Pearl S. Buck wurde 1892 in den USA geboren. Sie hat mehr als vierzig Jahre ihres Lebens in China verbracht. Die Kindheit verlebte sie in der alten Hafenstadt Tschingkiang, wo ihre Eltern als Missionare tätig waren. Knapp dreißig Jahre alt – inzwischen in Nanking –, begann sie zu schreiben. Erst 1934 kehrte Pearl S. Buck endgültig nach Amerika zurück. Sie ist mehrfacher Ehrendoktor, und für ihren Roman »Die gute Erde« (1931) erhielt sie 1938 den Nobelpreis. Fast alle ihre Werke behandeln die ostasiatische Welt und ihre Begegnung mit westlicher Lebensweise. Pearl S. Buck will Verständnis wecken für die Menschen jener Welt, ihre äußeren Reaktionen und inneren Wandlungen, die sie aus nächster Nähe beobachten konnte. Ihre Romane sind ein leidenschaftlicher Appell an das Weltgewissen, eine über den literarischen Anspruch weit hinausgehende Botschaft der Gleichberechtigung der Rassen auf unserer Erde. Pearl S. Buck starb 1973 in Vermont.

Von Pearl S. Buck sind außerdem
als Knaur-Taschenbücher erschienen:

»Lebendiger Bambus« (Band 127)
»Wo die Sonne aufgeht« (Band 310)
»Die chinesische Heirat« (Band 493)
»Die Frauen des Hauses K« (Band 676)
»Das Gelöbnis« (Band 733)
»Eine Liebesehe« (Band 755)
»Am Teich der Lotosblüten« (Band 786)
»Drachensaat« (Band 796)
»Das Mädchen von Kwangtung« (Band 812)

Vollständige Taschenbuchausgabe
Droemersche Verlagsanstalt Th. Knaur Nachf.
München
Lizenzausgabe mit freundlicher Genehmigung des
Scherz Verlags, Bern und München

Titel der Originalausgabe »A Bridge for Passing«
Aus dem Amerikanischen von Irene Muehlon
Umschlagfoto Susanne Geyer
Umschlaggestaltung Wolfgang Lauter
Satz Bauer & Bökeler Filmsatz GmbH, Denkendorf
Druck und Bindung Hanseatische Druckanstalt GmbH, Hamburg
Printed in Germany · 2 · 7 · 1282
ISBN 3-426-01010-0

2. Auflage

Pearl S. Buck:
Zuflucht im Herzen

Knaur

WAS ALSO BLEIBT ZU TUN?
ICH SUCHE ZUFLUCHT IM HERZEN,
WO ICH IHN LIEBE, WIE ICH WILL.

PAUL VALÉRY

I

Vor einem Jahr war es, daß ich mich zu der Filmarbeit in Japan entschloß, an einem Apriltag, einem Tag wie dem heutigen, an dem ich die Erzählung von meiner Rückkehr nach Asien beginne. Ich wußte immer schon, daß es zu dieser Rückkehr kommen würde, zwar nicht zu einer endgültigen, denn ich möchte in keinem anderen Land als Amerika leben, aber doch zu einer Rückkehr. Wenn man ein halbes Leben in Asien verbracht hat, kann man nicht anders, als dorthin zurückzukehren. Ich ahnte nicht, wann und wo es sein würde oder zu welchem Zweck; in unserer wechselnden Welt verändert sich nichts so sehr wie die geographischen Verhältnisse. Das freundliche China, die Stätte meiner Kindheit und Jugend, ist gegenwärtig verbotenes Gebiet. Als Feindesland kann ich es nicht bezeichnen: die Menschen in meiner Erinnerung sind zu gut und das Land zu schön.

Doch China stellt nicht ganz Asien dar, obwohl es den größten Teil davon einnimmt. Es gibt noch andere Länder, die mir offenstanden – Japan, Indien, Korea und die übrigen. Japan kenne ich nach China wohl am besten. Es war also zu vermuten, daß ich dorthin zurückkommen würde, aber wann? Ich bin keine Touristin. Es macht mir keine Freude, ein Land nur wegen seiner Sehenswürdigkeiten aufzusuchen, und ebensowenig, als bekannte Persönlichkeit empfangen zu werden. Wenn ich nach Japan reise, sagte ich mir, muß es für ein Vorhaben sein, eine Arbeit, eine interessante Aufgabe, für etwas, das mich der Pflicht enthebt, all die Einladungen zu Diners, Wochenenden und Unterhaltungen anzunehmen, wie sie bei gastfreundlichen Leuten üblich sind. Aber für welche Art von Vorhaben? Das wäre die dritte Frage neben dem Wann und Wo.

Ganz unerwartet wurde ich eines Tages gefragt, ob ich in Japan an der Verfilmung meines Buches »Die springende Flut« mitwirken wolle. Die Arbeit war neu für mich und versprach daher spannend zu werden. Ich habe den Konservatismus und die Bedenken der Jugend längst hinter mir gelassen. Ich bin in das abenteuerlustige Lebensalter eingetreten, und »Die springende Flut« ist ein Buch der Abenteuer. Es dreht sich um ein abgelegenes Fischerdorf, eine Flutwelle, einen Vulkan, und seit Jahrzehnten hatte ich mich danach gesehnt, diesen Rahmen wiederzusehen. Damit waren zwei Fragen beantwortet: das Reiseziel sollte Japan sein und der Zeitpunkt jetzt.

Nur in bezug auf meine Angehörigen zweifelte ich noch. Einige von ihnen waren alt und andere sehr jung, die Familie dehnte sich über Generationen aus und war weit verzweigt. Konnte ich, durfte ich sie alle in diesem Augenblick verlassen? Wir hielten einen Familienrat ab und kamen zu der Ansicht, daß ich es wagen könne und solle. Der Hausarzt sah keinen Grund, die Reise aufzuschieben. Die erwachsenen und halberwachsenen Kinder waren gesund und munter. Und er? Sein Zustand war so, wie er von nun an immer sein würde. Wenn ich auf die letzte Wahrscheinlichkeit warten wollte, konnte es Jahre dauern. Noch vor sechs Monaten hätte ich mich nicht von ihm trennen können, doch in dieser kurzen Zeit war eine Veränderung vorgegangen, die für mich dem Unterschied zwischen Tag und Nacht glich. Er war in eine nur ihm allein zugängliche Welt entglitten. Ich hatte noch nicht gelernt, mich damit abzufinden, wie es nun war und bleiben mußte.

»Reisen Sie«, sagte der Arzt. »Sie brauchen andere Eindrücke. Sie haben noch einen langen Weg vor sich.«

»Geh nur«, sagte meine Tochter. »Ich werde mich hier um alles kümmern.«

Auf dieses Zureden hin unterzeichnete ich die Verträge und bestellte die Flugkarte.

»Die springende Flut« mußte natürlich umgeschrieben werden. Die Handlung ist einfach, aber das Thema gewaltig. An einer Handvoll Menschen wird Leben und Tod und wieder Leben geschildert, in einem Fischerdorf auf der lieblichen Insel Kyushu im Süden Japans. Das Buch hatte von Anfang an ein starkes Eigenleben. Es gewann mehrere Preise und wurde in viele Sprachen übersetzt, aber nie in die neue und schöne Sprache des Films. Den Ausdruck in dieser Sprache zu suchen, war an sich schon ein Abenteuer – nicht mehr Worte, sondern menschliche Wesen, die sich bewegen, sprechen, mutig sterben und noch mutiger leben und lieben. Die üblichen Kunstarten sind mir vertraut. Ich kann mit Pinsel und Farbe umgehen, mit Lehm und Stein, mit Musikinstrumenten, aber der Film hat ganz andere Gesetze. Doch auch er ist eine große Kunst. Obwohl er oft durch billige Leute und Stoffe entwertet wird, bietet er als Ausdrucksmittel inspirierende Möglichkeiten. Wenn die Künstler groß genug sind, können große Filme geschaffen werden. Ich bildete mir keine Größe ein, aber ich hoffte, daß wir einen Film drehen könnten, der den von mir beschriebenen Menschen gerecht werden würde.

Wir brachen an einem Maimorgen auf. Während all der Jahre, die ich in China verlebt hatte, war Japan ein naher Nachbar gewesen. Wenn wir in meiner Kindheit von Vancouver oder San Francisco aus die Schiffsreise

antraten, war Japan der letzte Halt vor Shanghai, der Durchgang zu meiner chinesischen Heimat. Wenn wir von Shanghai aus zurückfuhren, war Japan der erste Halt auf dem Weg in meine amerikanische Heimat. Es war auch das Land, in dem wir Zuflucht fanden, als uns die Revolutionskämpfe aus China vertrieben. Einmal verbrachte ich viele Monate in einem kleinen japanischen Haus in den Bergen bei Unzen, und Unzen liegt in der Nähe des südlichen Teils von Kyushu, bei Obama. In jenem Jahr machte ich auch eine Autoreise durch die Insel Kyushu und hielt mich kurz in Obama auf, um dort in den heißen Quellen zu baden. In meiner Vorstellung sah ich jetzt mein Fischerdorf in dieser Landschaft: ein herrlicher Strand, grüne Berge und rauchende Vulkane.
»Ich werde es auf den ersten Blick erkennen«, sagte ich zu meinen Angehörigen. »Es wird ein kleines Dorf an einem felsigen Strand sein, eine sandige Mulde zwischen den Bergen, ein paar Steinhäuser hinter einem hohen Schutzwall gegen das Meer. Ich sehe es vor mir, als ob ich mich daran erinnere, obwohl ich nicht weiß, wie es heißt.«
War Japan in der Vergangenheit nah und vertraut gewesen, so schien es diesmal nur ein paar Schritte von meinem Haus in Pennsylvanien entfernt zu sein. Nach einer ungefähr zweistündigen Fahrt bestiegen wir eine Jet-Maschine in New York und flogen wenige Minuten später ab. Ich sann über die unglaubliche Spanne meines Lebens nach. Falls es Gottes Wille ist, habe ich noch einige Jahrzehnte auf dieser schönen Welt vor mir, doch in bezug auf meine Erfahrungen begann mein Leben im Mittelalter. Als Kind reiste ich in zweirädrigen Karren, Sänften, Maultierwagen oder einem Boot, das die am Ufer gehenden Männer auf dem trägen Kanal entlangzogen. Ich war zwölf Jahre alt, als ich in China zum erstenmal eine Eisenbahn sah, und fünfzehn, als ich zum erstenmal damit fuhr. Schiffe dagegen kannte ich, denn Schiffe brachten uns auf dem Jangtse-Fluß nach Shanghai und von dort über den Pazifik oder flußaufwärts nach Kiukiang oder zu den Bergen von Lu, wohin wir vor der sengenden Hitze in der Ebene flohen. Ich sah oder benützte nie ein Automobil, bis ich im College war, und danach jahrelang nicht mehr, bis ich wieder in Amerika lebte. Dann wurde ich eine moderne Frau und betrachtete Flugreisen als Selbstverständlichkeit, von Ceylon nach Java, von Kopenhagen nach Rom. Ein langsameres Flugzeug als ein Jet macht mich heute ungeduldig – mich, die ich einst Sänften gewohnt war, deren Geschwindigkeit nur vier Meilen in der Stunde erreichte!

Als wir aber an diesem Maimorgen in New York aufstiegen, fühlte ich mich trotzdem seltsam erhoben. Der riesige Metallvogel rüstete sich zum Flug, die Motoren dröhnten und zitterten unter ihrer eigenen Kraft. Meine gehobene Stimmung beruhte vielleicht teilweise auf dem Bewußtsein meiner völligen Hilflosigkeit. Ich hatte mich der Maschine ausgeliefert. Ich konnte nicht mehr entfliehen, nicht mehr aussteigen. Keine Entscheidungen waren zu treffen, denn es gab keine andere Wahl als die Richtung nach oben. Durch eine solche Lage entsteht ein eigenartiges Gefühl von Frieden, wenn auch in einer ausweglosen Form.

Hinter dem winzigen Fenster sah ich die Erde von mir weggleiten. Wenn – und falls – ich in ein paar Stunden wieder lande, dachte ich, wird der weite Kontinent meines Geburtslandes und die blaue Fläche des Pazifischen Ozeans zwischen mir und der Heimat liegen, obwohl in meiner Kindheit das Schiff Wochen brauchte, um diesen Ozean zu überqueren, und der Zug dann eine weitere Woche lang durch den Kontinent fuhr. Und doch empfand ich diese neuen Verhältnisse nie als fremd. Die Schnelligkeit ist sowohl selbstverständlich als auch notwendig geworden. Wir schwebten über ein silbriges Wolkenmeer, und ich lehnte mich in meinem Sessel zurück und begann am Drehbuch zu arbeiten.

Die hawaiischen Inseln sind Schrittsteine zwischen Asien und den Vereinigten Staaten. In meiner Kindheit, als ich auf dem Seeweg reiste, stellten sie mir Inseln der Hoffnung dar. Zehn Tage von San Francisco nach Honolulu oder acht Tage von Yokohama nach Honolulu dauerte die Erwartung. Doch ob die Reise ostwärts oder westwärts ging, immer war ich begierig auf die ewig grünen Inseln, wo man Kokosnüsse pflücken konnte und mit duftenden Blumengirlanden begrüßt wurde. Durch die Geschwindigkeit der Flugzeuge ist etwas von der Spannung verlorengegangen, die man erlebt, wenn ein großes Schiff nach langer Fahrt in den Hafen gleitet, wo Freunde warten, oder auch wenn man die Traurigkeit der letzten Abschiedsminuten fühlt und die Freunde winken sieht, während das Schiff die Anker lichtet, um die weite Reise zu beginnen.

In unserem Düsenflugzeug landeten wir präzise und pünktlich in Honolulu und wurden von gewandten Leuten empfangen und in unser Hotel gebracht. Ich hatte mich für die Zwischenlandung entschieden, weil ich Honolulu wiedersehen und noch einmal durch die zackigen Berge hinter der Stadt fahren wollte. Vor allem lag mir daran, die Atmosphäre von Hawaii kennenzulernen, die es jetzt als freier Staat in einer freien Nation hatte. Ich stellte mir vor, daß die Statusveränderung ein Verschwinden der Unzufriedenheit bewirkt haben müsse – obwohl es in Hawaii eigentlich nie viel Unzufriedenheit gegeben hatte: es ist dort immer warm, Sonnenstrahlen und Regen fallen gleichermaßen auf Gerechte und Ungerechte und oft sogar gleichzeitig. Nein, es mußte sich eher eine innere Wandlung vollzogen haben.

Bei unserer Ankunft war es Nacht, und der Mond schien auf die weiße Brandung und das dunkle Meer. Das Hotel war königlich, und als wir in die riesige Halle traten, herrschte immer noch ein lebhaftes Kommen und Gehen von Menschen verschiedenster Rassen und in verschiedenster Kleidung. Ich wunderte mich über nichts, nur über die weiblichen Reisenden in »Mother Hubbards«, den Gewändern, die empfindsame Missionare in jener Anfangszeit eingeführt hatten, als die Hawaiianer wie Adam und Eva noch nicht wußten, daß sie nackt waren. Die Missionare wußten es natürlich, und da mir die vielfältigen Regungen des menschlichen Herzens Vergnügen machen, habe ich mich gelegentlich gefragt, ob es die Missionare selbst waren, die auf der Verhüllung der hübschen Frauen bestanden, damit der in uns allen vorhandene Teufel nicht die Oberhand gewänne, oder ob es die Missionarsgattinnen gewesen sein mochten, die erfaßten, daß sie mit ihren langen Röcken und hohen Kragen niemals gegen die geschmeidigen braunen Körper würden aufkommen können. Gott allein weiß es, und Er behält solche Geheimnisse für sich – vielleicht mit leisem Lächeln. Heute tragen die Hawaiianerinnen elegante westliche Kleidung, die Reisenden dagegen wallende »Mother Hubbards«, und wieder sind die Hawaiianerinnen im Vorteil.

Die Luft in Hawaii kann man nur als himmlisch bezeichnen. Ich schlief in meinem bequemen Bett, wachte auf und atmete den sanften, reinen Hauch ein, den ein schwacher Wind vom Meer hereintrug, und dann schlief ich wieder, bis die Sonne ins Zimmer schien. Nach dem Bad zog ich mich an und frühstückte allein auf der kleinen Terrasse vor meinem Zimmer. Die Luft hatte genau meine eigene Temperatur, ich empfand weder Hitze noch Kälte. Ähnlich muß sich ein ungeborenes Kind im schützenden Wasser seiner ersten Behausung fühlen. Es ist ein unbeschreiblich weiches Umflossensein, ein Wohlbehagen ohne jeden Konflikt mit der Außenwelt.
Schon um diese Tageszeit genossen Wellenreiter die morgendliche Kraft des Meeres, und Männer und Frauen in äußerst spärlicher Bekleidung schlenderten am Strand entlang. Und ich hatte mich in bezug auf die innere Wandlung nicht geirrt. Der Kellner, der mein Frühstück brachte, bewegte sich mit einer Ruhe und einem Selbstvertrauen, das auf tiefe Zufriedenheit deutete. Wir unterhielten uns kurz über dieses Thema, nachdem ich gesagt hatte, daß Honolulu bei meinem letzten Besuch noch nicht die Hauptstadt eines Staates gewesen sei.
»Alles ist jetzt besser«, erklärte er.
»Inwiefern besser?« fragte ich.
Er zuckte ausdrucksvoll die Achseln. »Es handelt sich nicht um Essen oder

Kleider oder sonst etwas, das man mit den Händen greifen kann. Es ist einfach überhaupt besser. Jetzt wissen wir, wohin wir gehören. Jetzt können wir sprechen . . . Madame, die Marmelade ist sehr gut, frische Orangen, frische Ananas. Ich kann sie empfehlen!«
»Danke«, sagte ich, »und ich glaube, daß Sie recht haben. Alles ist besser.«
Ich machte mir meine Gedanken über diese Weisheit, nachdem er mir Kaffee eingeschenkt und sich dann entfernt hatte. Das Ausschließen ist immer gefährlich. Einschließlichkeit ist die einzige Sicherung, um Frieden auf der Welt zu haben, Einschließlichkeit in einem nationalen Commonwealth und in einem internationalen Commonwealth der Völker. Ich glaube, daß jedes Land so unentrinnbar und unwiderruflich zu den Vereinten Nationen gehören sollte, wie ein Kind in eine Familie geboren wird. Wenn sich das Kind in einer Trotzanwandlung entzieht oder sogar davonläuft, bleibt es doch ein Mitglied der Familie. Diese grundlegende Verbindung mußte im Weltrahmen für die Familie der Völker gelten. Alles Grundlegende ist einfach und umfassend. Nur das Einfache kann groß genug sein, um alle Verwicklungen in sich aufzunehmen.

Für das Wellenreiten habe ich keine besondere Vorliebe. Das Meer und ich sind nicht Feinde, aber doch etwas mißtrauische Freunde. Ich habe schon verschiedene Auseinandersetzungen mit einem zornigen Meer gehabt und auch mit einem freundlichen Meer – freundlich wie ein Löwe, der einen Menschen mit spielerischem Schlag zu Fall bringen kann.
An einem Augusttag auf Martha's Vineyard schwammen er und ich einmal in der Brandung. Wenige Tage zuvor hatte ein Sturm getobt, und trotz des blauen Himmels an diesem Morgen rollte das Meer mit gewaltigen Wogen herein.
»Nimm meine Hand«, sagte er, »zusammen sind wir stark genug.«
Aber auch zusammen waren wir nicht stark genug. Das Meer packte uns mit seinen mächtigen Pranken, stieß uns um und riß uns fort, bis wir keuchend und blind beinahe ertranken. Noch immer Hand in Hand wurden wir endlich an den Strand gespült und kamen so davon. Ich erinnere mich lebhaft an die völlige Hilflosigkeit, als wir der erbarmungslosen Naturgewalt ausgeliefert waren. Wir gingen landeinwärts, er und ich, dankbar für das gerettete Leben; für jenen Tag hatten wir genug vom Meer.
In Honolulu hatte ich daher keine Lust, allein mit der Brandung zu kämpfen.
Außerdem wußte ich auch, daß es mir nicht möglich ist, mich in einer Menge wohl zu fühlen. Autogrammjäger sind überall in der Welt, und da ich nicht gern abweisend bin, halte ich mich am besten abseits. Ich genoß also allein meine Terrasse und die Aussicht auf Meer und Berge. Ich las

die lokalen Zeitungen, was dem Verständnis immer förderlich ist, und ließ den Tag verstreichen bis zu einem Mittagessen mit Freunden und einer Inselrundfahrt im offenen Jeep. Waikiki ist ein Ort für Touristen, und erst wenn man sich davon entfernt, sieht man die anderen Strandstreifen, in geschützten Buchten, wo die Bewohner von Honolulu oder der Umgebung mit ihren Familien spielen und picknicken.

Die Fahrstraße ist ausgezeichnet und folgt einer großartigen Küstenlinie. Wir hielten häufig an und sahen die schweren Brandungswellen an den schwarzen Felsen aus Lavagestein zerschellen, und wie schon so oft, bewunderte ich staunend die seltsamen steilen Wände dieser dunklen, schroffen Berge am Meer. Es erscheint unglaublich, daß Menschen sie jemals erklimmen konnten und daß sich dort Höhlen befinden sollen. Doch in vergangenen Zeiten kletterten tatsächlich Eingeborene hinauf und trugen sogar Kanus mit, um ihre berühmten Seefahrer darin beizusetzen. Heute werden diese Boote mühsam wieder geholt, von altem Staub gereinigt und in Museen ausgestellt.

Es war schon dunkel, als wir ins Hotel zurückkehrten. In den Abendzeitungen standen die ersten Meldungen über ein starkes Erdbeben in Chile, und ich dachte voller Teilnahme an die Opfer. Dann wandte ich mich wieder der nächsten Umgebung zu; Chile war weit von unserer lieblichen Insel entfernt. Wir aßen in einem Nachtklub und genossen hawaiische Gerichte, Musik und Eingeborenentänze.

Die Tänze brachten mich immer wieder zum Lachen. Sie waren nicht nur schön, sondern auch geistreiche und heitere Satiren auf das Leben. Ein Tanz, der offensichtlich im Gedenken an die ersten Missionare aufgeführt wurde, war besonders humorvoll. Ein hübsches, schlankes braunes Mädchen kam auf die Bühne, in einem altmodischen weißen Kleid aus besticktem Musselin, so wie es die Frau eines Missionars vor hundert Jahren getragen haben mochte: hoch geschlossen, mit langen Ärmeln, Wespentaille, weitem Rock und bauschiger Schleppe. Das Mädchen war ein Bild süßer Unschuld, zumal das lange schwarze Haar glattgekämmt und tief im Nacken zu einem Knoten geschlungen war. Der einzige Farbfleck außer den vollen Lippen bestand in einer scharlachroten Hibiscusblüte hinter dem linken Ohr, und diese Blume weckte Argwohn in mir. Wenige Minuten später fand mein Argwohn Bestätigung, und ich begann hilflos zu lachen. Denn diese unschuldige, weißgekleidete Insulanerin wandte in ihrem Tanz so unmißverständlich alle weiblichen Verführungskünste an, daß Eva selbst, wenn sie dabeigewesen wäre, sicher um Unterricht gebeten hätte. In der weißen Umhüllung bog sich der schöne braune Körper und bebte vor Sinnesfreude; nicht in primitiver Weise, denn diese Freude ist ewig und erneuert sich in jeder Generation – ein Liebestanz.

Der gedämpfte Laternenschein fiel auf die Gesichter der Zuschauer, jeder war in seinen eigenen Traum versunken, in Erinnerung oder unerfüllter Sehnsucht. Als der Tanz zu Ende war, folgten Schweigen, tiefes Aufseufzen und dann donnernder Applaus. Das hübsche Mädchen lächelte und verneigte sich und verschwand, und obwohl wir klatschten, bis unsere Hände brannten, zeigte es sich nicht mehr.
Der Ansager hatte jede Darbietung mit liebenswürdigem Geplauder eingeleitet, und mehrmals im Verlauf des Abends hatte er scherzhaft eine Flutwelle erwähnt. Vielleicht würde uns die Aufregung einer Flutwelle Vergnügen machen, sagte er, und deshalb habe er für heute abend eine bestellt. Wir alle hatten das nicht ernst genommen, doch als wir nun in die Wirklichkeit zurückkehrten und er abermals von der Flutwelle schwatzte, erfaßte ich plötzlich, daß er uns tatsächlich vor ihrem Herannahen warnen wollte.
Ich stand sofort auf und ging mit meinem Begleiter ins Hotel hinüber. Dort herrschte größte Verwirrung. Die Gäste wurden in die oberen Stockwerke geschickt, und die zur Küste führenden Straßen waren schon abgesperrt. Was nun? Wir sahen einander bestürzt an. Unser Flugzeug sollte eine Stunde nach Mitternacht starten. Jetzt war es beinahe elf Uhr. Wenn mich das Leben etwas gelehrt hat, so ist es das Prinzip, das Programm so lange wie nur irgend möglich fortzusetzen. Wir eilten also in unsere Zimmer, packten die Handkoffer und nahmen das letzte verfügbare Taxi zum Flughafen.
Der Flughafen in Honolulu ist eine schmale, knapp über dem Meeresspiegel liegende Landzunge. Bei unserer Ankunft war alles beängstigend leer. Ein paar Angestellte starrten untätig auf den Horizont, und der Chauffeur hatte es sehr eilig, entlassen zu werden. Gleich darauf standen wir allein im großen Wartesaal, bis uns ein bedrückter Angestellter in einen gemütlichen Klubraum im ersten Stock führte, wo nur eine verängstigte Hosteß hinter dem Büfett zu sehen war. Sie begrüßte uns ohne Begeisterung und schenkte Kaffee ein; dann trat sie an das große Fenster und blickte stumm über das dunkle Meer.
Wir setzten uns auf ein Sofa und hörten wohl oder übel dem Radio zu, das über unseren Köpfen eingebaut war. Es spielte Jazzmusik, aber immer wieder wurde die Sendung unterbrochen, worauf eine unerbittliche Stimme meldete, daß die Flutwelle vordringe und an Gewalt zunehme. In wenigen Minuten werde sie mit schätzungsweise zwanzig Meter Höhe die Insel Hilo erreichen. Wir erfuhren auch, daß die Welle eine Folge des Erdbebens in Chile sei. Ich empfand es als seltsam symbolisch, daß ein Erdbeben in der einen Hemisphäre eine Flutwelle in der anderen hervorruft.

Während ich noch über die unterirdischen Zusammenhänge nachdachte, bemerkte ich plötzlich das Verschwinden der Hosteß. Sie war zum Büfett zurückgekehrt und hatte etwas von ihrem Mann und den drei Kindern gemurmelt: Ob sie sich beunruhigen würden, wenn sie nicht wie sonst um Mitternacht heimkäme? Weder wir noch sie selbst konnten diese Frage beantworten, und im nächsten Augenblick hatte sie uns verlassen, ohne sich zu verabschieden.

Wir blieben sitzen. Die Jazzmusik verstummte um Mitternacht, nur noch die Stimme des Ansagers berichtete weiter über das Herannahen der Flutwelle. Man habe die Flugzeuge vom Rollfeld zurückgezogen, hörten wir, und sämtliche Flüge würden eingestellt. Die Straßen zum Hotel waren gesperrt. Über der Stadt lag unheimliche Stille. Wir wurden ein Teil des Schweigens. Es gab nichts zu tun, als zu warten und auf alles gefaßt zu sein.

Punkt ein Uhr wurde die Tür aufgerissen. Ein atemloser junger Mann rief uns zu, wir sollten sofort kommen, unsere Maschine fliege in wenigen Minuten ab. Ja, das Gepäck sei schon verladen. Wir ergriffen unsere Taschen und stürzten ihm nach. Dort stand der Jet, man schob uns an Bord, und schneller, als ich es je erlebt habe, hoben wir uns vom Boden. In derselben Sekunde verkündete der Lautsprecher das Eintreffen der Flutwelle. Der Aufstieg in den Himmel ließ mich an den Tod denken. Die angsterfüllten Stunden, dann der Augenblick des Abschieds, die unabänderliche Trennung von der Erde und allem, was wir gekannt haben, das Entschweben in unbekannte Weiten – ist das nicht das Erlebnis des Sterbens? Nur mit einem Unterschied. Von dem letzten Flug gibt es keine Rückkehr. Für uns gab es die Hoffnung auf die Rückkehr nach Japan.

Noch ehe wir uns der Erde wieder nähern konnten, hatte die Flutwelle zugeschlagen. Das Radio meldete, daß sie nach Westen vorgerückt sei und Japan erreicht habe. Sie war rascher als unser Flugzeug und warf sich mit grausamer Macht gegen die nordöstlichen Küsten. Die Bevölkerung wurde von der Regierung gewarnt und konnte es nicht glauben. Ihrer Erfahrung nach traten Erdbeben und Flutwellen gemeinsam auf. Die Menschen vermochten nicht zu fassen, daß ein Erdbeben in Chile eine Flutwelle an ihren Küsten bewirken konnte. Welcher Zufall, daß wir ausgerechnet jetzt in Japan ankommen sollten, um den Film »Die springende Flut« zu drehen!

»Wie haben Sie das angestellt?« fragten die Reporter im Flughafen von Tokio. »Wer ist Ihr Propagandamann?«

Das war als Witz gemeint, und wir hatten auch keinen Propagandamann, aber tatsächlich schwammen wir in der Publizität der großen Flutwelle

mit. Es bekümmerte mich, daß meine Rückkehr nach Asien von einem Sturm begleitet sein mußte. Ich konnte nur hilfloses Mitgefühl für die Leidtragenden ausdrücken.
Ich hatte mit einer stillen Ankunft in Tokio gerechnet, da es zwischen zwei und drei Uhr nachts war und ich mir daher nicht vorstellen konnte, daß mich jemand am Flughafen empfangen werde. Nach einer raschen Fahrt durch dunkle Straßen, dachte ich, würde mich im alten Hotel Imperial ein Bad und ein Bett erwarten. Der Flug war reichlich lang gewesen.
Ein Mann in weißer Uniform trat zu uns. »Sind Sie –«
»Ja«, antwortete ich.
»Dann heiße ich Sie in Japan willkommen. Ich bin bei den japanischen Fluglinien. Hier durch, bitte . . . Einen Augenblick, bitte . . . für die Fotografen und Reporter.«
Wir blieben stehen. Blitzlichter flammten auf, und Kameras klickten. Die Reporter fielen mit Fragen über die Flutwelle über uns her.
»Danke«, sagte der Uniformierte, als unsere Kräfte nachzulassen begannen. »Ihre Freunde erwarten Sie?«
Erwarten uns? Wir gingen durch den Zoll, und wahrhaftig überschütteten uns die Freunde mit Begrüßungen und Blumen.
Wie war mir zumute? Einerseits, als kehrte ich nach langer Abwesenheit zurück, und andererseits, als käme ich in ein neues und fremdes Land. Die lächelnden Gesichter, die warmen Stimmen, die in manchen Augen schimmernden Tränen gaben mir das Gefühl der Zugehörigkeit. Männer und Frauen, die in meiner Jugend jung gewesen waren, sahen so verändert aus wie ich selbst, und neben ihnen standen Kinder und Enkel wie die meinen in Amerika, die Mädchen in Kimonos, ihre Brüder in europäischen Anzügen.
»Meine Töchter sind um ein Uhr aufgestanden, um Sie im Kimono zu begrüßen«, erklärte eine Freundin stolz.
Ich weiß, wie langwierig es ist, einen Kimono korrekt anzuziehen, und auch die Frisur verlangt Geduld. Die Mädchen sahen wunderschön aus, und ich freute mich, daß sie und andere wenigstens am ersten Tag mir zuliebe Kimonos gewählt hatten. Als ich vor dem Krieg in Japan lebte, trugen noch meine sämtlichen Freundinnen Kimonos. Die fortschrittlichsten und liberalsten unter ihnen besaßen vielleicht ein modernes Kostüm oder Kleid, doch galt dies als ungewöhnlich und wurde im allgemeinen nicht gebilligt. Heute tragen die Japanerinnen fast immer europäische Kleidung, außer bei seltenen offiziellen Gelegenheiten; viele besitzen nur einen einzigen Kimono, manche überhaupt keinen. Natürlich gibt es auch Ausnahmen; die alten Japanerinnen und auch einige berufstätige Frauen in gehobener Stellung bleiben dem Kimono treu. Meine nächste

Freundin, die ich vorhin erwähnte, bevorzugt Kimonos, weil sie ihr gut stehen. Ihr Alter und ihre Stellung erlauben ihr, sich so zu kleiden, wie es ihr gefällt.
Die freundliche Menge mit all den Blumen und Fotografen vermittelte mir den ersten Eindruck von Tokio selbst. Ich wußte, wie schwer die Stadt im Krieg unter Bombenabwürfen gelitten hatte und daß sie nun neu und glänzend aufgebaut wurde – womit sich vielleicht das Japan ausdrückte, das mir fremd war. Doch sogar die Menschen, die sich zu meinem Empfang einfanden, hatten sich vorteilhaft verändert, wie mir schien. Die einstige Steifheit war verschwunden. Ich hörte lebhaftes Lachen, nicht das frühere höfliche Lachen, sondern mit einem spontanen Klang. Jedermann sprach unbefangen und ohne Ängstlichkeit. Das war neu. Die liebenswerten guten Manieren hatten sich nicht vermindert, aber sie verrieten die Grundstimmung von heiterer Natürlichkeit, als wäre ein alter Zwang aufgehoben worden. Ich werde noch oft auf den ersten Eindruck jener Nacht zurückkommen, denn ich gewann ihn überall und in vielerlei Form.
Inzwischen folgten uns die Fotografen geduldig auf Schritt und Tritt. Die japanischen Fotografen sind unglaublich ausdauernd und behende und dabei philosophisch eingestellt. Sie bitten nicht um irgendwelche Posen oder lächelnde Gesichter. Ihre Apparate klicken pausenlos, wo auch immer man ist und was auch immer man tun mag. Sie huschten im Dunkeln herum wie Glühwürmchen, und wir wurden fortwährend mit unseren Blumen und Freunden aufgenommen. Schließlich stiegen wir in die wartenden Wagen und fuhren mit halsbrecherischer Geschwindigkeit zum Hotel. Ich weiß nicht, warum mir die japanischen Chauffeure nie Angst eingejagt haben. Sie rasen mit Gehupe und Geschrei durch Straßen und dichte Menschenansammlungen und verursachen doch keine Unfälle – jedenfalls habe ich keinen gesehen. Vielleicht fühle ich nur deshalb keine Angst, weil mich in Asien orientalische Gelassenheit befällt und ich mir bewußt bin, daß ich fast an nichts irgend etwas ändern kann.
Zu guter Letzt kamen wir unversehrt im Hotel Imperial an, wo Japan der Welt mit seinem ihm eigenen Stilgefühl begegnet, vermischt mit einem erstaunlichen Maß an Komfort und aufmerksamer Bedienung, und schon eine Stunde später ruhten wir in Zimmern mit Klimaanlage, umgeben von japanischen Blumenkörben.

Doch ich fand lange keinen Schlaf. Die Erinnerung regte sich, Bilder zogen an mir vorbei. Zuerst war es das überdeutliche Gesicht meiner Mutter – braunes Haar, bräunliche Haut, braune Augen. Wir saßen auf der großen Veranda unseres chinesischen Hauses. Ich war ungefähr sieben

Jahre alt, ein barfüßiges Kind mit langen gelben Haaren, und ich saß zu ihren Füßen auf dem Boden, die Arme um meine Knie geschlungen. Sie erzählte mir von meiner Schwester, die schon vor meiner Geburt gestorben war.

»Auf dem Gelben Meer zwischen Japan und China«, sagte meine Mutter. »Wir waren den Sommer über in den Bergen hinter Nagasaki. Damals hatten wir Kuling noch nicht entdeckt, wo wir später den Sommer verbrachten, hier in China, in den Lu-Bergen von Kiangsi. Im Jangtse-Tal war es so heiß, daß ich mir um die beiden Kinder Sorgen machte. Dieser Sommer in Japan war sehr schön – oben auf den Bergen war die Luft kühl und gesund. Ich wollte bis Oktober dortbleiben, aber dein Vater sagte, daß er schon im September wieder in China sein müsse. Ich hätte nicht auf ihn hören sollen, aber wie immer tat ich es doch. Wir fuhren auf einem japanischen Dampfer zurück – ›Hiroshima Maru‹ hieß er –, und die Kleine wurde krank. Ich weiß nicht, was es war – hohes Fieber und Dysenterie. Sie war erst sechs Monate alt und nicht kräftig. Und ich werde immer so seekrank – ich konnte sie nicht einmal im Arm halten. Dein Vater kümmerte sich um mich, und der alte Dr. Martin trug die Kleine an Deck auf und ab. Ich sehe ihn immer noch vor mir – so groß und aufrecht und das kleine Kind in seinen Armen.«

An dieser Stelle füllten sich ihre Augen immer mit Tränen, und ich weinte jedesmal mit und schmiegte mich an sie. Damals streckte sie die Hand aus, und ich griff mit beiden Händen danach. »Und dann?« drängte ich.

»Du weißt es ja, Kind. Sie starb in seinen Armen. Ich lag seekrank in einem Liegestuhl. Es war eine drückend heiße Nacht, und der abnehmende Mond versank gerade im Meer. Und plötzlich blieb Dr. Martin stehen und sah der Kleinen vorgebeugt ins Gesicht. Und ich – wußte es sofort.«

Ich fühlte ihre Hand an meiner Wange und wünschte mir sehnlichst, sie trösten zu können, und wahrscheinlich tröstete ich sie auch, auf meine kindliche Weise. Denn die Erzählung endete meistens damit, daß sie sich die Augen trocknete und energisch sagte: »Jetzt wollen wir ein bißchen Musik machen, bevor wir schlafen gehen«, oder sie schlug vor, daß wir eine Orange oder eine Mangofrucht oder ein Stück Pomelo essen könnten.

Wie die Erinnerung von einer Sache zur anderen fliegt! Als ich an Pomelos dachte, fiel mir der Wohlgeschmack dieser süßen, saftigen Frucht wieder ein – der Grapefruit verwandt, aber in jeder Hinsicht unvergleichlich besser; die Schale löst sich leicht ab, die Schnitze hängen nicht zusammen, und das Aroma ist herrlich. Eine Grapefruit ist dagegen ein kleines, mit saurem Wasser gefülltes Ding, und auch diesen Inhalt gibt sie nur widerwillig her. Ich beschloß, in Japan nach Pomelos zu suchen, denn in Amerika hatte ich nie etwas davon gesehen.

Von den Lippen meiner Mutter hörte ich also zum erstenmal die Namen japanischer Städte, und während sie erzählte, stellte ich mir Berge und Küsten vor. Und meine kleine verstorbene Schwester wurde auf dem christlichen Friedhof in Shanghai begraben, das wußte ich, denn ich hatte ihren Namen dort gesehen, neben denen von drei anderen Geschwistern, die später in China zur Welt kamen und dort starben, bevor ich im Landhaus meines Großvaters in West Virginia geboren wurde.
Ich war neunjährig, als ich selbst nach Japan kam, und zwar auf meiner ersten Rückreise nach Amerika. Unser Schiff lief Nagasaki an – ein kanadischer Passagierdampfer, denn mein Vater war der Ansicht, daß nur die Engländer sich auf Schiffsbau verstünden und daß man nur einem englischen Kapitän die Fähigkeiten zutrauen könne, seine Besatzung richtig zu kommandieren. Nagasaki war damals noch eine kleine Hafenstadt, ein Nest von Häusern an der Küste, dicht zusammengedrängt durch die dahinterliegenden hohen Berge. Die Einwohner sprechen einen Dialekt, und mein Vater wollte nicht, daß ich auch nur ein paar Worte lernte, weil es kein reines Japanisch sei, sagte er, und man müsse die ersten Worte irgendeiner Fremdsprache mit dem besten Akzent lernen. Er selbst war ein großer Sprachkenner, und ich gehorchte ihm unfehlbar. Es wäre mir nie etwas anderes eingefallen. Was den Namen von Hiroshima betrifft, so blieb er für mich der Name des japanischen Dampfers, auf dem meine kleine Schwester starb – bis er viele Jahre später, Jahrzehnte später, die Stadt der Toten bezeichnete, nachdem die Bombe gefallen war.

In der Halle des Hotels Imperial trifft man Menschen aus allen Teilen der Welt. Am folgenden Morgen fuhr ich im Lift, der von einer bildschönen Japanerin im Kimono bedient wurde, aus meinem Stockwerk hinunter. Als ich in die Halle trat, kam eine sympathisch aussehende Amerikanerin auf mich zu.
»Sie kommen mir bekannt vor«, sagte sie. »Ich bin aus Ohio. Kenne ich Ihren Namen?«
Ich schüttelte lächelnd den Kopf, worauf sie ebenfalls lächelnd weiterging. Im nächsten Augenblick ergriff jemand meine Hände, und vor mir stand ein alter Freund aus Indien.
»Daß Sie hier sind!« rief er. »Warum sind Sie nicht in Neu-Delhi? Unser Gastzimmer wartet auf Sie.«
Wir setzten uns und tauschten Versprechen aus, und er erzählte mir von seiner Familie, seiner hübschen Frau, die ihn geheiratet hatte, obwohl ihre Angehörigen wegen des großen Altersunterschiedes dagegen gewesen waren. Doch sie wußte, was sie wollte; die beiden wurden glücklich, und zu seinem ungeheuren Stolz schenkte sie ihm zwei Söhne. Er zog Fotogra-

fien aus der Brieftasche und zeigte mir die ganze Familie. In ihrem wundervollen tropischen Garten stand die liebliche Ismaya in einen Sari gehüllt, der Inbegriff einer harmonischen und selbstsicheren jungen Mutter; an ihre Hände klammerten sich die beiden Kinder, und dahinter lächelte mein Freund, groß und hübsch und weißhaarig.
»Ich sehe wie der Großvater aus, nicht?« sagte er stolz. »Aber trotzdem rate ich allen Eltern, Kinder zu haben, wenn sie schon vorgerückten Alters sind. Mein Haus wird nie leer sein. Ich werde es vor meinen Kindern verlassen, und wenn ich gegangen bin, werden sie ihre Mutter trösten.«
Meine japanische Sekretärin tauchte neben mir auf. Sie verneigte sich, lächelte sanft und mahnte:
»Bitte, jetzt Zeit für Pressekonferenz. Alle warten.«
Pressekonferenz! In Japan bedeutet das ein wichtiges, feierliches Ereignis, und für uns wurde es keine Ausnahme. Der Tag war heiß, Tokio ist im Mai immer sehr heiß. Wir versammelten uns in einem großen Raum, dessen hintere Hälfte von einem langen Tisch ausgefüllt wurde. Auf den in Reih und Glied stehenden Stühlen nahmen wir unsere Plätze ein, nicht auf gut Glück, sondern nach sorgfältigen Protokoll-Erwägungen. Zuerst verhandelten wir darüber, wer am Tisch zu sitzen habe, dann über die Tischordnung.
Ich habe schon an vielen Pressekonferenzen teilgenommen, aber bei dieser hier herrschte eine sonderbare Aufregung. In der vorderen Hälfte des Raumes drängten sich Reporter von sämtlichen Zeitungen und Zeitschriften – mehr als siebzig. Auch die Fotografen waren zahlreich, doch sie warteten still, mit schußbereiter Kamera.
Nach japanischem Brauch begann die Pressekonferenz damit, daß Reden gehalten wurden. Zur Eröffnung sollte ich einige Worte sprechen. Ich erklärte einfach, daß ich glücklich sei, wieder in Japan zu sein, daß ich die Freundlichkeit der Menschen noch von meinem letzten Besuch her in dankbarer Erinnerung habe und daß über Fortschritte in unserem Verfilmungsplan einer Geschichte aus Japan, »Die springende Flut«, berichtet werden könne. Zu unserer Freude arbeite eine japanische Filmgesellschaft mit uns zusammen, was der Leiter selbst offiziell mitteilen werde.
Unterdessen servierten einige hübsche Mädchen Gläser mit kaltem Tee. Das war eine bemerkenswerte Neuerung, zweifellos auf westlichen Einfluß hin, denn in früheren Jahren hatte es nie etwas anderes als heißen Tee gegeben. In der feuchten Hitze war der kalte Tee eine Wohltat. Die Presse hörte ohne Tee andächtig und aufmerksam zu. Fragen werden erst gestattet, wenn die Reden beendet sind.
Die Rede des Filmproduzenten machte mir Eindruck. Er war eine bekannte und hochgeachtete Persönlichkeit, Mitte Dreißig, ruhig, selbstsicher

und angenehm herzlich. Da ich das Japanische nicht verstehe, fragte ich mich, was er wohl so ausführlich erklären möge, denn er pflegte sonst nie viel Worte zu machen. Als unsere Dolmetscherin uns später den Inhalt übersetzte, war ich tief gerührt.

Am Anfang seiner Rede sagte er, daß seine Gesellschaft sich geehrt fühle, bei der Verfilmung mitzuwirken. Er selbst habe vor einigen Jahren daran gedacht, aus dem Buch einen Film zu machen, denn er habe es in einer Zeit tiefer Niedergeschlagenheit gelesen, als Japan zum erstenmal in seiner stolzen Geschichte eine besiegte Nation gewesen sei. Er habe damals nicht gewußt, auf welche Weise er wieder Mut fassen könnte. Dann sei ihm eines Tages dieses kleine Buch in die Hände gekommen. Er habe den Eindruck gehabt, daß die Autorin damit eine Botschaft der Hoffnung vermitteln wolle, eine Überzeugung: so, wie das japanische Volk jahrhundertelang mit der Möglichkeit der Zerstörung durch Flutwellen und Erdbeben gelebt und tatsächlich derartige Naturkatastrophen auch überstanden habe, um jedesmal mit neuem Mut und neuer Kraft daraus hervorzugehen, so werde es abermals sogar die Niederlage überleben. Nun biete ihm ein eigenartiger Zufall die Gelegenheit, im Auftrag seiner Gesellschaft an der Filmfassung des Buches mitzuarbeiten. In dieser Pressekonferenz gebe er daher bekannt, daß seine Gesellschaft gemeinsam mit den Amerikanern »Die springende Flut« herstellen werde.

Ich hörte mir die Zusammenfassung voller Dankbarkeit an. Es ist wohl die höchste Belohnung, wenn ein Schriftsteller erfährt, daß ein Buch, an dem er zweifelnd und einsam schrieb, für einen Leser tiefere Bedeutung gewinnt, als sie sogar dem Autor selbst bewußt war. Der Schreibende erhält damit eine unerwartete Gegengabe.

Auf die Rede folgten viele Fragen in bezug auf die Produktion, den Aufnahmeort, die vorgesehenen Darsteller und so weiter. Den letzteren Punkt konnten wir noch nicht beantworten, denn eine große Anzahl Kandidaten mußte erst auf ihre Eignung geprüft werden. Seit mehreren Wochen waren Verhandlungen mit einigen Stars im Gange, und nur eine einzige Entscheidung war bisher getroffen worden: der bekannte japanische Schauspieler Sessue Hayakawa sollte die Rolle des Alten Herrn übernehmen.

Nach dieser Mitteilung verabschiedete sich die Presse bis auf eine englische Journalistin, die nicht Japanisch konnte. Ich unterhielt mich noch ein paar Minuten mit ihr und zwei oder drei anderen, die besondere Fragen an mich richten wollten.

Dann gingen auch sie, und ich war wieder allein. In dieser Weise spielte sich mein Leben täglich ab, seit er aufgehört hatte, er selbst zu sein – eine Menge von Menschen, und dann keiner mehr. Er fehlte mir jetzt, beson-

ders auch deshalb, weil er sich über diese Pressekonferenz gefreut haben würde. Er hatte viele Pressekonferenzen präsidiert, die an vielen Orten auf der Welt für mich abgehalten wurden; die erste fand statt, als ich von China zurückkehrte und vor lauter Lampenfieber im stillen beschloß, daß ich, was auch kommen möge, keine Veränderung in meinem Leben zulassen würde. Natürlich änderte sich dann doch alles, kaum stand er in Montreal vor mir. Obwohl ich ihn durch seine Briefe mehr oder weniger kannte – er schrieb die charmantesten und interessantesten Briefe, die ich je gelesen habe –, sah ich ihn an jenem Tag zum erstenmal, sonnverbrannt und mit auffallend blauen Augen. Ich war schüchtern und stumm, aber er wirkte völlig unbefangen, so wie er überall und mit jedermann zu sprechen pflegte; das bedeutete eine große Hilfe für mich, da ich am nächsten Tag in New York der gefürchteten Presse gegenübertreten mußte. Er kannte die Reporter, denn er hatte seine Laufbahn als Journalist begonnen, und bei allen war er beliebt. Er brachte sofort eine ungezwungene Atmosphäre zustande, und bald antwortete ich offen auf die üblichen Fragen. Zu offen, wie er mir nachher belustigt sagte; denn als ich nach meinem Alter gefragt wurde, kam mir nicht in den Sinn, es zu verschweigen – in China galt jedes Jahr als zusätzliche Ehre.
Seine natürliche Art machte ihn zu einem ausgezeichneten Vorsitzenden, weshalb er die Zusammenkünfte der verschiedensten Organisationen leitete. Wie oft habe ich an solchen Konferenzen teilgenommen und zugehört, wie er anscheinend mühelos jedem Oppositionsredner das Wort erteilte, jedem Einwurf Beachtung verschaffte und dann ruhig und mit wenigen Worten das Gemeinsame der Ansichten in eine klare Resolution zusammenfaßte! Er besaß die seltene Fähigkeit, Unordnung in Ordnung zu verwandeln. Darüber hinaus aber hatte er die Gabe der Einfühlung, so daß er das Wesentliche aus dem Unwesentlichen herausholen und im Widerstreit der Meinungen die verbindenden Punkte finden konnte.
Die kleine Sekretärin stand wieder neben mir.
»Wir haben Zeit, zu altem Meiji-Schrein zu gehen, bevor Sie ins Büro müssen, und ich möchte, daß Sie ihn vorher sehen, bitte«, sagte sie. »Tokio ist zu neu, wegen Bombardierung, aber Meiji-Schrein ist alt, und er wird Ihnen guttun.«
In einem Taxi rasten wir durch das Stadtzentrum, das so verändert war, daß ich es nicht wiedererkannt hätte: neu und geschäftig und keineswegs schön. Nur der Palast war noch unberührt geblieben; genau wie einstmals sah ich seine geschweiften Dächer hinter den mit einem Wassergraben umgebenen Steinmauern. Dann gingen wir zum Meiji-Schrein und traten in zeitlosen Frieden ein. Ich schlenderte die Pfade entlang, von der taktvoll schweigenden Sumiko begleitet, und blieb dann am See stehen,

der noch immer so aussieht wie in meiner Kindheit, als ich mit meiner japanischen Nurse dort stand. Derselbe fette Karpfen schob seinen enormen Körper faul durch die Wasserlilien, und ich machte eine Bemerkung darüber.
»Nein, nicht derselbe, bitte«, antwortete Sumiko. »Im Krieg viele hungrige Menschen kamen in der Nacht, um Karpfen zu fangen und zu essen.«
Ich beharrte darauf, daß immerhin einige Karpfen noch dieselben sein müßten, da sie sonst nicht so groß geworden sein könnten.
»Vielleicht«, stimmte sie höflich zu. »Aber es ist Zeit, zu gehen, Büro wartet, zweifellos.«
Wir kehrten zum Tor zurück und rasten zu den Büros der großen japanischen Filmgesellschaft.

Hier möchte ich eine Zwischenbemerkung einschalten.
Der erstaunlichste Aspekt des neuen Japan ist die Japanerin. Meine erste japanische Bekannte war mit einem Engländer verheiratet, der in China ein großes Haus am Berghang dicht neben uns bewohnte. Sicherlich muß ich auf unseren Reisen nach Japan auch andere Japanerinnen kennengelernt haben, doch keine prägte sich meinem Gedächtnis so unauslöschlich ein wie diese Nachbarin; vermutlich deshalb, weil ich sie nur sah, wenn sie von vier uniformierten Trägern in ihrer Sänfte vorbeigetragen wurde. Sie war immer in einen Kimono gekleidet, und besonderen Eindruck machte mir ihre hohe, lackierte Frisur, wie sie im einstigen Japan üblich war. Aus ihrem weißgepuderten Gesicht blickten die Onyx-Augen starr geradeaus, bis sie mich am staubigen Straßenrand stehen sah. Im Sommer hielt sie ein Sonnenschirmchen aus weißer Seide mit aufgemalten Kirschblüten über der Schulter, im Winter trug sie einen Brokatmantel über dem Kimono. Unsere Blicke begegneten sich; der ihre war traurig und gleichgültig, bis sie mir plötzlich zulächelte, der meine drückte Staunen und Bewunderung aus, denn sie war sehr schön. Eine schöne Frau, ein gutaussehender Mann, ein hübsches Kind ist eine Quelle der Freude, wenigstens für die Augen, wenn nicht überhaupt. Als Bild der Schönheit behielt ich diese Frau in Erinnerung, und wegen ihres Lächelns auch irgendwie als meine Freundin.
In späteren Jahren befreundete ich mich hin und wieder näher mit einer Japanerin. Ob es die Frau eines Bauern oder eines wohlhabenden und einflußreichen Mannes war, immer wirkte sie unnahbar, etwas traurig, mit Pflichten beladen. Es mußte zuerst eine Schranke überwunden werden – sei es eine allgemeine Enttäuschung über das Leben oder ein persönlicher Kummer –, ehe man sie innerlich erreichen konnte. Vielleicht war sie auch überhaupt nicht zu erreichen. Mit ihrer leisen sanften Stimme, ih-

rem bescheidenen und rücksichtsvollen Auftreten trug sie das Stillsein wie ein Gewand, und solange man sie nicht direkt ansprach, schien sie vom Hintergrund aufgeschluckt zu werden.
Von alldem trifft heute nichts mehr zu. Die altmodische Frau ist in Japan einfach verschwunden, jedenfalls meiner Beobachtung nach. Die Männer haben sich weder in ihrer Erscheinung noch in ihrem Benehmen wesentlich verändert. Und die Frauen? Die außerordentliche Wandlung, die ich bei ihnen feststellte, läßt sich nicht in einem Tag oder in bezug auf einen Ort beschreiben. Ich muß schrittweise vorgehen, indem ich von den einzelnen Frauen erzähle, die ich im Verlauf der Filmarbeit kennenlernte.
Schon als wir in die Büros der großen japanischen Filmgesellschaft kamen, begann meine Überraschung. Früher hätte mich ein junger Mann begrüßt, ein Sekretär und Assistent der Direktoren. Das Büro wäre mit jungen Männern besetzt gewesen. Jetzt aber saßen dort junge Frauen in eleganter europäischer Kleidung, und mehrere sprachen sehr gut Englisch. Auch hatte ich den Eindruck, daß alle tüchtig und hübsch waren. Eine Angestellte, die auf uns zutrat, war besonders hübsch. Sie hatte kurzgeschnittenes gewelltes Haar – wobei ich gleich betonen möchte, was ich vermutlich noch oft sagen werde: wie sehr ich die Dauerwellen in Japan beklage. Das glatte schwarze Haar, einst die Zierde der Japanerinnen, wird heute meist abgeschnitten und in enggelockte, perückenartige Formen gezwungen. Am schlimmsten ist jedoch die Mode, die mir vor allem bei Schauspielerinnen auffiel: das schwarze Haar rotbraun zu färben. Dadurch geht der natürliche Schimmer verloren, und das unklare Mischbraun beeinträchtigt die helle Rahmfarbe des Gesichts, die früher so schön war. Außerdem werden infolgedessen auch die dunklen Augen wirkungslos, obwohl die Japanerinnen alle letzten Errungenschaften in bezug auf Augenschminke und flüssigen oder festen Puder anwenden.
Das moderne Äußere hat allerdings wenig Gewicht im Vergleich zum modernen Benehmen. Kaum irgendwo sieht man noch die demütig gesenkten Augen, die zarte Zurückhaltung oder das indirekte Verhalten gegenüber Männern. Selbstsichere Blicke, offene Äußerungen, unverblümt sexuelle Attacken auf jeden verfügbaren Mann – vorzugsweise auf die allzu bereitwilligen Amerikaner – sind statt dessen an der Tagesordnung.
Ich greife in meiner Erzählung vor. Meine Beobachtungen machte ich nicht alle bei meinem ersten Besuch im Büro der Filmgesellschaft. Ich sah nur eine Schar hübscher Frauen, alle gepflegt, beherrscht, tüchtig, lebenslustig und offenbar unzerstörbar jung, und eine von ihnen geleitete uns weiter. Ich atmete erleichtert auf, als ich meine besondere Freundin erkannte, die zwar hinter einem sehr modernen Schreibtisch saß, aber einen silbergrauen Kimono mit blaßrosa Obi trug. Sie stand zur Begrüßung

auf und verneigte sich tief mit der ganzen altmodischen Anmut. Ihr Englisch ist fehlerlos, und ich weiß, daß sie ebenso vollkommen Französisch, Deutsch und Italienisch spricht, da ihre Arbeit teilweise in Reisen durch europäische Länder besteht. In Wahrheit ist ihre Kleidung das einzig Altmodische an ihr. Im Geschäft hat sie volle Partnerschaft mit ihrem Gatten und zwei weiteren Associés und wird sehr geschätzt wegen ihrer Klugheit, Sachkenntnis und Urteilsfähigkeit. Es kam mir allerdings von seiten des Produktionsleiters ein gelegentliches unterirdisches Grollen zu Ohren; er behauptete, daß sie »allmählich sehr hoch zu Roß sitze«. Doch da er Junggeselle war, was in Japan für einen Fünfziger an sich schon ein Minus bedeutet, nahm ich seine Klagen nicht ernst.

Das Büro war geschmackvoll eingerichtet, äußerst modern bis auf ein altes Gemälde und einige wertvolle Schriftrollen an der Wand. Wir setzten uns, und drei der hübschen jungen Mädchen brachten grünen Tee in japanischen Schalen. Wir nippten daran und machten leichte Konversation. Unsere Gastgeberin forderte mich auf, ein Wochenende in ihrem Landhaus in Kamakura zu verbringen; ich nahm die Einladung an, und davon werde ich später mehr erzählen. Wir blieben nicht lange, denn es gilt in Japan als unhöflich, den ersten Besuch zu lange auszudehnen. Nach einer Viertelstunde führte uns die Empfangssekretärin zum Leiter der Gesellschaft.

Auch er saß am Schreibtisch, stand bei unserem Eintreten auf, verbeugte sich und bat uns, an einem langen Tisch Platz zu nehmen. Er sprach nur gebrochen Englisch; seine Sekretärin, nicht weniger hübsch als die andern, dolmetschte für ihn und für uns. Sein feingeschnittenes Gesicht verriet hohe Intelligenz, und er war ein weltgewandter Mann, selbstsicher und liebenswürdig. Während eine weitere hübsche Angestellte Tee einschenkte, hörte ich dem Gespräch der Männer zu. Es erwies sich bald, daß unser Gastgeber sehr gut Englisch verstand, doch die Sekretärin übersetzte ihm trotzdem alles, mit einer Art lebhafter Würde. Offensichtlich verließ er sich sowohl auf ihre Detailkenntnis als auch auf ihr Urteil. Was denkt der japanische Mann über diesen neuen Frauentyp? Ich hoffte, im Lauf der Zeit näheren Einblick zu gewinnen. Was diese Privatsekretärin betraf, so schien sie nicht nur äußerst nützlich und dabei dekorativ zu sein, sondern auch glücklich. Der melancholische Zug von einst war verschwunden. Der Hauch von Tragödie hatte sich vielleicht nicht gerade in Komödie verwandelt, aber jedenfalls in etwas Lebensvolles und Gewinnendes.

In erstaunlich kurzer Zeit waren die Einzelheiten unserer Zusammenarbeit festgelegt – sofern man Filmpläne je als festgelegt bezeichnen kann. Nachdem wenigstens über das Grundsätzliche Klarheit bestand, forderte uns dieses Haupt des Dreigestirns auf, auch noch mit der dritten Größe, dem Produktionschef, zu sprechen. Das war die entscheidende Figur, der Mann, mit dem wir in bezug auf alles Praktische immer wieder zu tun haben würden. Doch wir konnten erst nach dem Wochenende mit ihm zusammenkommen, denn es war Freitag abend, und das Wochenende spielt in Japan eine ebenso wichtige Rolle wie im Westen. Bis zum Montag konnte nichts unternommen werden. Ich benützte daher die willkommene Gelegenheit, zu meiner Freundin zu fahren.

Nicht weit von der modernen Großstadt Tokio entfernt liegt das stille Kamakura. Sein Name hatte geschichtliche Bedeutung, und heute ist es berühmt, weil einige der beliebtesten japanischen Schriftsteller dort leben. Meine Freundin, deren Mann sich gerade in Europa befand, holte mich in ihrem Privatwagen ab, und der Chauffeur steuerte uns durch das belebte Zentrum und die ausgedehnten Vorstädte. Erst als wir das freie Land erreichten, bemerkten wir, daß die Sonne schien, denn über Tokio lag eine dicke Schicht von rauchigem Nebel.
Ich genoß die Fahrt sehr; nicht nur, weil es mich interessierte, das neue Stadtbild wenigstens in einer Himmelsrichtung zu überblicken, sondern auch wegen der fesselnden Unterhaltung mit der Vertreterin des neuen Japans an meiner Seite. Sie blieb im schönsten Sinn japanisch – mit grauseidenem Kimono, glattem Haar und ihrem gelassenen liebenswürdigen Ausdruck –, doch geistig war sie kosmopolitisch und intellektuell. Überall in der Welt behielt sie ihr wahres Wesen bei, in jeder Umgebung auf selbstverständliche Weise sich selbst treu. Ich bin es gewohnt, kosmopolitischen und intellektuell verfeinerten Frauen jeder Nationalität zu begegnen, und um so mehr ist mir die ungewöhnliche Eigenart meiner Freundin bewußt. Man könnte sie niemals für etwas anderes als für eine Japanerin halten, und doch ist diese nationale Prägung durch Herkunft und Erziehung nur die Form, in der sie individuelle Erfahrung mit Klugheit und Charme ausdrückt. Eine Rose ist eine Rose, gleichgültig, in welchem Land, aber in einem japanischen Zimmer und in einer japanischen Vase wird die Rose irgendwie japanisch. So ist meine Freundin.
Ich stellte Hunderte von Fragen, muß ich gestehen, und ihre offenen und gutinformierten Antworten begeisterten mich. Zwei Stunden flogen wie Minuten vorbei.
»Ich habe ein paar Schriftsteller eingeladen, Sie kennenzulernen«, sagte sie gegen Ende der Fahrt. »Wir werden in einem berühmten Gasthaus zu Abend essen.«
Bei unserer Ankunft in Kamakura war die Sonne schon untergegangen, und wir fuhren sofort zum Gasthaus weiter. Der Wagen hielt am Straßen-

rand, worauf wir zu Fuß auf einem schmalen Pfad weitergingen, bis wir ein hölzernes Tor erreichten. Trittsteine führten von dort durch einen Garten und auf eine weite Rasenfläche, die mit Steinlaternen beleuchtet war. Die niederen Dächer der Gebäude duckten sich unter mächtigen Bäumen, die hinter dem Haus am steilen Berghang wuchsen.

Da wir uns etwas verspätet hatten, warteten schon sämtliche Gäste auf uns. Alle trugen dunkle Kimonos und saßen teetrinkend auf einer langen Steinbank. Einer nach dem anderen wurde mir vorgestellt; einige Schriftsteller, zum Beispiel Mr. Kawabata und Jiro Osaragi, kannte ich dem Namen nach. Mr. Kawabata ist Präsident des japanischen PEN-Klubs und war soeben im selben Flugzeug wie ich von einer Reise durch Nord- und Südamerika zurückgekehrt. Ich hatte gelegentlich zu ihm hingesehen und sogar zu meinem Begleiter gesagt: »Der Herr dort drüben ist sicher ein bekannter Mann in Japan.«

Er war klein und sehr zierlich gebaut. Sein Charakter verriet sich durch die Augen. Sie waren groß und dunkel und wirkten wie Fenster, durch die man den feinfühligen und wachen inneren Menschen sah.

Jetzt blickte ich abermals in diese Fenster und erkannte ihn sofort wieder.

»Sie waren mein Gangnachbar im Flugzeug!« rief ich.

Er lächelte. »Ich wußte, wer Sie sind, aber Sie kannten mich nicht.«

»Jetzt kenne ich Sie«, erwiderte ich. »Ich habe Ihre Bücher gelesen. Ich weiß auch, daß Sie in Südamerika waren. Und – verzeihen Sie – ich wußte schon auf dem Flug, daß Sie jemand Bedeutender sind.«

Er lachte über meine Einfalt, und ich bewunderte im stillen seine feingeschnittenen Züge, das feste elfenbeinfarbene Kinn und die dichten grauen Haare. Er ist zweiundsechzig Jahre alt, und sein Kimono aus schwerer Seide unterstrich seine aristokratische Erscheinung. Trotzdem ist er voller Leben und sehr modern. Als ich später am Abend die ausgezeichnete Bedienung in japanischen Flugzeugen erwähnte, wiegte er verschmitzt lächelnd den Kopf.

»Ich habe nur eine einzige Beschwerde vorzubringen«, sagte er. »Die Stewardessen finde ich nicht alle hübsch genug!«

Wir lachten, und unsere Gastgeberin erklärte freundschaftlich, daß dieser berühmte Schriftsteller junge Mädchen anziehe und daher ein Kenner sei.

Ungefähr eine Stunde lang betrachteten wir den Mond und tranken Fruchtsaft. Die Unterhaltung spielte sich vorwiegend auf japanisch ab, da die Mehrzahl der Schriftsteller nicht Englisch sprach, doch es fehlte nie an hilfsbereiten Übersetzern. Dann begaben wir uns in das Restaurant, zogen am Eingang die Schuhe aus und traten in einen großen Raum, der auf zwei Seiten zum Garten hin offen war. Im erfrischenden Wind eines elektrischen Ventilators sprachen wir weiter oder ließen geruhsame Pausen eintreten. Ich saß neben Jiro Osaragi, und meine Freundin dolmetschte für uns. Vor kurzem hatte ich zum zweitenmal seinen Roman »Heimkehr« gelesen, dessen Grazie und Feinheit fast feminin wirkt. Es war schwer zu fassen, daß dieser kräftige, große, gutaussehende Mann ein solches Buch geschrieben haben sollte. Er selbst war keineswegs feminin. Die Kombination von Zartheit und Kraft, von Zärtlichkeit und Grausamkeit ist jedoch in den Werken japanischer Schriftsteller häufig zu finden und stellt vielleicht einen wesentlichen Teil ihrer Natur dar.

Unterdessen wurde eine Unmenge von Gerichten aufgetragen. Zuerst gab es geröstete Meerforellen, die einzeln auf heißen Steinen anstatt auf Tellern lagen, jeder Fisch so angerichtet, daß er zu schwimmen schien. Eine Linie aus Salz symbolisierte den Meeresstrand, ein kleiner Zedernzweig den Seetang. Es sah viel zu kunstvoll aus, um verzehrt zu werden, aber wir aßen die Forellen doch und fanden sie köstlich. Dann folgte der Länge nach aufgeschlitzter Bambus, worin das zarte Fleisch junger Wachteln gekocht worden war. Und so weiter, bis wir uns nach beendigter Mahlzeit wieder im Garten niederließen. Dort wurde uns »Dschingis-Khan« vorgesetzt, ein mongolisches Gericht aus dünn geschnittenem Rindfleisch und Gemüse, das auf einem Holzkohlenrost gebraten wird – vermutlich ein Vorläufer des modernen Sukiyaki. Richtig soll es im Freien gegessen werden, so wie wir es taten, in Erinnerung an das Nomadenleben der Mongolen. Doch genug davon, denn man könnte endlos über den Einfallsreichtum der Japaner auf kulinarischem Gebiet erzählen. Nur zu schnell war der Abend vorbei, wir verabschiedeten uns voneinander und zogen unseres Weges.

Das Haus meiner Freundin ist geräumig, eine Mischung von alter und moderner japanischer Architektur in einem großen Garten hinter einer Mauer. Im Vorübergehen sah ich das im westlichen Stil möblierte Wohnzimmer, neben dem ein kleiner, nach japanischer Art eingerichteter Raum lag, doch in Anbetracht der vorgerückten Stunde wurde ich gleich in das obere Stockwerk geführt, wo im Gastzimmer eine Matratze mit makellosen Leintüchern und Kissen auf dem Fußboden ausgelegt war. Meine Freundin zeigte mir mein Badezimmer, vergewisserte sich, daß der Tee in der Thermoskanne noch heiß war, und wünschte mir herzlich eine gute Nacht.

Ich öffnete die Schiebewand aus Reispapier und fand dahinter eine große Veranda mit Aussicht auf den Garten. Der Mond tauchte alles in goldenes Licht von solchem Glanz, daß die Lampen in den Steinlaternen daneben verblaßten. Es war ein Bild ewigen Friedens; der Mond schwebte hoch über den Baumwipfeln, wie er es seit Jahrtausenden getan hatte. Gott ge-

be, daß wir ihn noch weitere Jahrhunderte auf seiner Himmelsbahn sehen dürfen!
Ich wandte mich von dem zauberhaften Anblick ab und ging zu Bett. Die uralten Laternen brannten die ganze Nacht im Garten, und die Grillen sangen, während ich schlief.

Am nächsten Morgen erklärte meine Freundin, daß ich unbedingt den berühmten Schrein von Kamakura sehen müsse. Wir brachen also nach einem späten Frühstück auf und ließen uns zu diesem Heiligtum fahren, das vor ungefähr hundertfünfzig Jahren, in der Meiji-Periode, erbaut wurde. Da es Sonntag war, befand sich schon eine Menge von Ausflüglern dort. Junge Japaner und Japanerinnen schlenderten zu meinem Erstaunen – ich dachte an das einstige Japan – Hand in Hand oder trugen Picknickkörbe. Auch die Landbevölkerung war vertreten; hier gingen die älteren Frauen noch genau wie früher einige Schritte hinter den Männern.
Als wir uns dem Eingangspavillon aus Zedernholz näherten, gerieten wir in eine Menschenansammlung. Ein Fernsehfilm wurde aufgenommen. Männer in altertümlichem Aufzug kämpften und fochten in einem historischen Schauspiel. Wir stellten uns unter die Zuschauer. Gerade als der Regisseur, ein abgehetzter junger Mann mit dunkler Brille – ganz im Stil von Hollywood –, »Aufnahme!« geschrien hatte und die Kameras zu surren begannen, ereignete sich ein Zwischenfall. Der mittelalterlichen Szene näherte sich ein Bursche, der auf seinem Fahrrad die Anhöhe heruntersauste. Mit wütenden Zurufen, ebenfalls im besten Hollywoodstil, bedeutete ihm der Regisseur, in ein Wäldchen abzubiegen. Der Bursche gehorchte bestürzt, und die Krieger nahmen ihre Stellungen wieder ein und duellierten sich. Aber im selben Augenblick überflutete eine Horde von Schulkindern die Bildfläche. Neuerliche Zurufe, die Kinder wurden in das Wäldchen geschoben, und zum drittenmal kehrten wir in die Vergangenheit zurück. So ging es weiter. Es lag etwas Symbolisches darin, alte und neue Zeit, deren Vermischung man überall in Japan fühlt – neuer Wein in alten Schläuchen.

Der große, in westlichem Stil eingerichtete Wohnraum im Haus meiner Freundin war für die Familie bestimmt. Das japanische Zimmer dagegen wurde von ihrer achtzigjährigen Mutter bewohnt. Sie saß mit untergeschlagenen Beinen auf einem Kissen am Boden, als wir sie besuchten. Auf einem niederen Tisch vor ihr lagen ihre kostbaren Besitztümer, einige Bücher, eine Blumenvase, ein Käfig mit einem kleinen grünen Papagei darin. Sie schien in vergangene Zeiten zu gehören, und doch war sie in

der bequem modernen Umgebung vollkommen glücklich. Auch hier vermischten sich das alte und das neue Japan auf einfache Weise.
Der Tag verging mit friedlichen Gesprächen und Besichtigung des Gartens und der Bibliothek. Gegen Abend brachte mich der Chauffeur nach Tokio zurück, und auf der Fahrt ließ ich die zwei Tage noch einmal an mir vorbeiziehen. Ein kleines Erlebnis hob sich dabei besonders hervor. In dem stillen, luxuriösen Haus war auch eine jüngere Schwester meiner Freundin, sanft und bescheiden und schon etwas verblüht. Ich hatte mir verboten, Fragen über sie zu stellen; es ging mich nichts an, weshalb sie dort lebte. Sie machte sich überall nützlich, sie wirkte auch zufrieden. Doch kurz vor der Abreise erlag ich meiner hartnäckigen, unbezähmbaren, unersättlichen Schriftstellerneugier. Obwohl ich mit dieser Familie nah befreundet bin, fühlte ich mich immerhin gedrängt, mit einer Bitte um Nachsicht zu beginnen.
»Ich schäme mich, daß ich so viele Fragen stelle«, sagte ich zu meiner Freundin. »Aber wenn ich nicht frage, wie soll ich dann etwas erfahren?«
»Fragen Sie, was immer Sie fragen möchten«, erwiderte sie freundlich.
»Bitte sagen Sie mir, warum hat Ihre jüngere Schwester nie geheiratet? Das ist doch ungewöhnlich.«
Einen Augenblick huschte ein zögernder Ausdruck über das Gesicht der älteren Schwester. Dann antwortete sie: »Sie war einmal verheiratet – vor zwanzig Jahren. Er war ein guter Mann – ein alter Freund. Vier Tage nach der Hochzeit kam sie wieder zurück.«
Ich wartete und hoffte, daß ich es dabei bewenden lassen könnte. Aber schon kam die nächste Frage über meine Lippen: »Warum kam sie zurück?«
Meine Freundin sagte einfach: »Das wissen wir nicht. Wir wollten nicht in sie dringen.«
Ich fragte nichts mehr. Zwanzig Jahre, und die Angehörigen wollen nicht in sie dringen! In der Antwort lag die bewundernswerte Zurückhaltung eines ganzen Volkes. Nein, nicht neuer Wein in alten Schläuchen. Die umgekehrte Metapher trifft eher zu: alter Wein in neuen Schläuchen. Der Unterschied ist subtil, aber sehr tief.

Am Montagmorgen waren wir mit dem Produktionschef verabredet. Er ist immer eine wichtige Persönlichkeit, aber in dieser japanischen Filmgesellschaft hatte er die Stellung eines Premierministers. Alles wurde ihm unterbreitet, man erwartete Wunder von ihm, und jedes Ja und Nein von oben wurde durch ihn ausgesprochen.
An jenem heißen Vormittag also führte uns eine hübsche Sekretärin in sein Büro. Wir erblickten einen massigen Japaner in Hemdsärmeln, mit

wilden Haaren, wilden Augen, schweren Kiefern, wulstigen Lippen und dröhnender Stimme. Er bellte in eine Telefonmuschel, während drei andere Telefonapparate von drei hübschen Mädchen besetzt waren, die alle auf sein Diktat hin sprachen, jedoch mit sanften Stimmen. Er rollte seine großen feurigen Augen in unsere Richtung, nahm aber im übrigen nur mit einer gebieterischen Handbewegung, die uns zum Sitzen aufforderte, von uns Notiz. Wir warteten an einem niederen Tisch und ließen uns von einem hübschen Mädchen Tee einschenken. Schließlich brach er das Gespräch laut bellend ab und begrüßte uns voller Herzlichkeit, vermischt mit Ungeduld und einer Art unterdrückter Verzweiflung, was seine übliche Stimmung war, wie wir später erfuhren.

Er ließ die Formalitäten beiseite und sprach mit anscheinender Offenheit – jedenfalls war es Offenheit des Augenblicks. Ich mache diesen Vorbehalt, weil ich aus Erfahrung weiß, daß die gewinnende und entwaffnende Offenheit der Theaterleute nicht unbedingt das ausdrückt, was man im allgemeinen unter Wahrheit versteht. Wahrheit kann in der Theaterwelt jeden Moment etwas anderes bedeuten und mit Hoffnungen, Erwartungen oder vielleicht sogar Absichten verbunden sein. Und dieser Mann gehörte zur Theaterwelt.

Er sprach japanisch, und die in Amerika ausgebildete Übersetzerin milderte seine Äußerungen, ohne ihnen die Durchschlagskraft zu nehmen. Sie war sehr geschickt. Doch wir kannten ihn noch nicht wirklich. An jenem Tag sagte er nur mit gehetztem Gesichtsausdruck, daß er alles in seiner Macht Liegende tun werde, um uns behilflich zu sein, und seinerseits habe er eine einzige Bitte: wir sollten die Regelung der finanziellen Fragen mit den Schauspielern ihm überlassen. Japanische Filmgesellschaften hätten für die gemeinschaftliche Produktion von amerikanischen Filmen nicht viel übrig. Die Amerikaner zahlten absurde Gagen, so daß die Schauspieler unzufrieden und schwierig würden, wenn sie später wieder mit ihren japanischen Filmgesellschaften verhandelten. Er schlug mit seiner großen Faust auf den Tisch. Man bedenke nur, schrie er, was in Italien passiert sei! Das dürfe sich in Japan nicht wiederholen! Wir beteuerten unsere Zustimmung und beendeten den Besuch.

Nachdem wir nun mit allen Leitern gesprochen hatten, konnte der Drehplan in Angriff genommen werden. Diese Vorarbeiten sind beim Filmen ebenso wichtig wie das Zusammentragen des Fütterungsmaterials für ein elektronisches Gehirn. Sämtliche nötigen Einzelheiten müssen sofort und präzise geordnet vorliegen, damit das richtige Ergebnis herauskommen kann. Außer den Vereinbarungen mit der japanischen Filmgesellschaft gab es daher vielerlei zu überlegen: den Ort, wo die Dreharbeit stattfinden sollte, die Wahl der Schauspieler, des Komponisten, des Ka-

meramannes und all die Einzelheiten, die zur Herstellung eines Films gehörten.
Seit unser Film beendet ist, habe ich viel mehr Hochachtung für alle Filme, auch die schlechten, als vor diesem Einblick. Wie unbefriedigend manche Resultate in künstlerischer Hinsicht auch sein mögen, immer gingen unendliche Mühe und Anspannung, viele Enttäuschungen und Qualen voraus, ganz abgesehen von seelischer und körperlicher Erschöpfung. Die Filmarbeit ist harte Arbeit.
Während der Produktionschef uns seinem Versprechen gemäß bei der Rollenbesetzung half, machten wir uns auf die Suche nach passenden Aufnahmeorten. Küste, Fischerhaus, Bauernhaus, Landsitz und ein noch aktiver Vulkan waren die erforderlichen Szenerien. Auch eine Flutwelle brauchten wir, doch davon erzähle ich später.
Wir hofften alles Gewünschte möglichst nahe bei Tokio zu finden, da die Studios in Tokio sind. Ich selbst teilte diese Hoffnung allerdings nicht, denn ich sah ein kleines Dorf in einer weiten Bucht vor mir, darüber terrassierte Felder mit einem Bauernhaus und irgendwo in der Nähe das Haus des Alten Herrn – und eine solche Landschaft gab es nicht in der Gegend von Tokio, das glaubte ich sicher zu wissen.
Der Vulkan jedoch war eine Sache für sich. Die seltsame schwarze Insel Oshima liegt nicht weit von Tokio; mit einem wackligen kleinen Küstendampfer erreicht man sie in wenigen Stunden, mit dem Flugzeug in fünfundvierzig Minuten.
Wir entschieden uns für das Schiff und hofften, daß wir auf der Fahrt an den Buchten entlang vielleicht doch ein passendes Fischerdorf entdecken würden. Man hatte uns gesagt, daß wir auf bewegte See gefaßt sein müßten, und das Schiff war sehr klein, wenn auch tadellos instand gehalten. Als wir an Bord gingen, befanden sich schon so viele Schulklassen mit ihren Lehrern darauf, daß der Dampfer weit unter die Wasserlinie sank. Trotzdem hatte anscheinend niemand Bedenken, und da strahlendes Wetter war und das Meer sich mit kleinen Schaumkronen geschmückt hatte, schob ich alle ängstlichen Gedanken weg und genoß die kurze Seereise.
Den ganzen Vormittag hielten wir Ausschau, ohne an der schönen Küste ein Dorf zu erspähen, das in Frage kommen konnte, und dann liefen wir schon den Hafen an. Die Rückfahrt war auf den nächsten Morgen angesetzt, und wir begaben uns sofort in das Hotel, wo wir übernachten wollten. Es war ein großes, leicht verwahrlostes Sommerhotel, so wie diese Hotels fast überall zu sein pflegen; zu meiner Bestürzung erfuhr ich, daß man mir die für den Kaiser bestimmten Zimmer zugeteilt hatte. Der freundliche Besitzer erklärte mir, erst vor einer Woche habe der Kaiser

mit der Kaiserin darin gewohnt, und beide hätten es so gemütlich gefunden, daß sie zum Frühstück nicht aufgestanden wären. Das erfüllte mich mit solcher Ehrfurcht, daß ich um eine bescheidenere Unterkunft bat. Dann mieteten wir einen Wagen und machten eine Rundfahrt, die uns bis zum Vulkan führte.

Oshima ist schwarz. Lava, durch die Zeit und Witterungseinflüsse zermalmt, bedeckt die ganze Insel. Es gibt keine Landwirtschaft, aber die Täler und Hügelhänge sind grün von wilden Kamelien. Zur Blütezeit, im Frühling, verwandelt sich die Insel in ein Blumenmeer, das in ganz Japan berühmt ist. Die Bevölkerung lebt vom Ertrag des Öls, das aus dem Samen gepreßt wird. Kamelienöl ist eine dünne Flüssigkeit, wasserklar und geruchlos, und dient den verschiedensten Zwecken, vom Kochen bis zur Haarpflege.

Ein paar Fischerdörfer kleben an der Küste; die übrige Insel ist infolge des unergiebigen Bodens spärlich bevölkert. Die Küstenlinie ist stark zerklüftet, und ich ließ den Wagen mehrmals anhalten, um den furchterregend schönen Anblick zu genießen, wie die hohen weißen Brecher gegen die tiefschwarzen Klippen schlugen.

Infolge der schlechten Straßen setzten wir unsere Erkundungsfahrt nicht lange fort, sondern begaben uns zum Vulkan selbst. Schon den ganzen Tag hatte ich ihn über uns rauchen und dampfen sehen, wobei er in kurzen Abständen schwefelgelbe Wolken ausspie. Als wir seinen Fuß erreichten, standen wir überwältigt still. Der Boden war glatt und schwarz und völlig kahl. Rauch, Gase und Dampf hatten in weitem Umkreis jede Vegetation getötet, auch die benachbarten Berggipfel ragten schwarz in den Himmel. Ähnlich mag die Mondlandschaft aussehen, wenn der erste Astronaut dort ankommt, und ich selbst kam mir wie ein Astronaut vor, so unwahrscheinlich schien es mir, daß dies unsere Erde sein sollte.

Leider fehlte uns die Zeit, an jenem Tag bis zum Krater hinaufzureiten, denn der gewundene Saumpfad ist zehn oder fünfzehn Kilometer lang. Dutzende von Pferden standen gesattelt da und warteten mit ihren diensteifrigen Besitzern. Doch wir wußten ohnedies schon, daß wir gefunden hatten, was wir suchten. Ich sah von einem kahlen schwarzen Hügel aus zu, wie der brodelnde weiße Dampf durch die untergehende Sonne rot gefärbt wurde, bis er lebendigen Flammen glich. Hierher würden wir später mit unseren Darstellern und Filmtechnikern zurückkehren, das stand fest. Wir würden den Rand des Kraters erklimmen und dort die Szene aufnehmen, wie der kleine Held Yukio, der Bauernsohn, in das Innere der Weltkugel hinuntersieht.

Und nie werde ich das unerwartete Erlebnis vergessen, als kurz vor unserer Abfahrt nach Tokio der schneebedeckte Berg Fuji aus den Wolken auftauchte. Manche Fremde verbringen Monate in Japan, ohne den Fuji jemals zu sehen. Es hängt vom Zufall und von Gottes Gnade ab, ob der heilige Berg vor Menschenaugen erscheint. Wir fuhren über einen Hügel, der Himmel war wolkig, und obwohl ich mir diesen Glücksfall wünschte, wagte ich nicht darauf zu hoffen. Auf einmal war er da, der Gipfel hob sich blendend weiß gegen ein plötzlich frei gewordenes Stück blauen Himmels ab. Einige wenige – sehr wenige – berühmte Sehenswürdigkeiten sind schöner als ihr Ruf. Eine davon ist der Tadsch Mahal und eine der Fuji. Wir versanken Minuten lang voller Entzücken und Ehrfurcht in den Anblick. Dann hüllte sich die majestätische Form wieder in Wolken.

Am nächsten Morgen schlug ich um fünf Uhr die Augen auf, hellwach und seltsam bewußt. Irgend etwas hatte mich aufgerufen; eine Stimme war es nicht, jedenfalls hörten meine Ohren keine Stimme. Ich wußte nur, daß ich aufgerufen worden war. Im Zimmer war es weder dunkel noch hell. Die Nacht war vorbei, aber das Morgengrauen hatte noch nicht begonnen. Ich lag regungslos in meinem Bett, horchte und wartete und fühlte deutlich, daß jemand mich zu erreichen suchte. Allmählich verblaßte der Eindruck, und ich war wieder allein, doch anders als vorher. Etwas sollte sich ereignen.
Um Viertel vor sechs läutete das Telefon. Ich wußte sofort, welche Nachricht ich hören würde.
»Sie werden aus Übersee verlangt, bitte«, sagte eine Stimme. »Aus Amerika, bitte, aus Pennsylvania – sind Sie bereit?«
»Ich erwarte den Anruf«, antwortete ich. Es wurde mir nun bewußt, daß ich ihn seit fast einer Stunde erwartete.
»Bitte bleiben Sie in der Nähe«, sagte die Stimme.
Ich war seit einer Stunde in der Nähe. Sieben Minuten vergingen auf der Armbanduhr vor meinen Augen, dann kam die Stimme meiner Tochter über Tausende von Meilen zu mir.
»Mutter?«
»Ja, Liebling.«
»Ich muß dir etwas sagen. Bist du bereit?«
»Ja, Liebling.«
»Mutter.« Die tapfere junge Stimme schwankte und sprach gefaßt weiter. »Mutter, heute morgen, als er schlief, hat Dad uns verlassen.«
»Ich wußte, daß du mir das sagen wolltest.«
»Woher hast du es gewußt?«
»Ich – wußte es einfach.«
»Kommst du zurück?«
»Heute – mit dem ersten Flugzeug.«

»Wir holen dich in New York ab.«
»Ich telegrafiere, sobald ich die Zeit weiß.«
»Alle sind schon heimgekommen. Wir sind alle hier. Wir sorgen für alles, bis du kommst.«
»Ich weiß.«
Noch ein paar Worte wurden von Herz zu Herz getauscht, dann legte ich den Hörer auf. Einen Augenblick lang überwältigte mich der Gedanke: oh, wäre ich doch nicht abgereist, oh, hätte ich dort sein können, als er fortging. Ich verbot es mir. Ich hatte diese Möglichkeit ja ungezählte Male mit unserem Hausarzt besprochen. Schon vor Jahren hatte er auf meine Fragen geantwortet: »Es kann noch sehr lange dauern, und es kann morgen sein. Sie müssen Ihr Leben genauso fortführen wie bisher. Er hat ein starkes Herz – vermutlich wird er noch lange leben. Aber machen Sie sich eines klar, wann immer die Stunde kommt und wie sie auch kommt, Sie hätten nichts dagegen tun können. Auch ich werde machtlos sein, selbst wenn ich an seinem Bett sitze.«
Nach kurzem Zögern fügte er hinzu: »Das Gehirn hat schwer gelitten. Sie müssen sich auf eine Veränderung seiner ganzen Persönlichkeit gefaßt machen – natürlich können wir es nicht sicher wissen –«
Der überlegene Verstand, der so rasch auf jeden meiner Gedanken reagiert hatte – ja, es trat tatsächlich eine Veränderung ein. Der Mann, den ich so gut kannte, der weise Gefährte, wurde allmählich ein vertrauensvolles Kind, ein sanftes, hilfloses Wesen, das jeden rührte. Wir mußten trotzdem dankbar sein. Wenn das klare Bewußtsein entschwindet und nur der Körper zurückbleibt, beginnt oft eine furchtbare Veränderung der Persönlichkeit. Die Chinesen glauben, daß der Mensch drei Seelen und sieben irdische Geister habe. Wenn sich die Seelen zurückziehen, leben nur die irdischen Geister weiter, und niemand weiß vorher, wie böse und grausam dieser Mensch dann werden kann.
Mit ihm war es anders. Seine irdischen Geister unterschieden sich nicht von seinen drei Seelen. Er blieb so, wie er von jeher gewesen war, liebenswert, geduldig, immer darauf bedacht, keine Mühe zu machen – nur hörte die Verbindung mit der Umwelt langsam auf. Die Sprache versagte, die Sehkraft erlosch, das Gehirn lebte nicht mehr, außer im Schlaf.

Es war noch zu früh, um jemanden mit der Nachricht zu wecken, und es gab ohnedies keinen Menschen, der meine Gedanken und Erinnerungen hätte teilen können. Wie rasch, von einem Augenblick zum andern, sind die Jahre eines glücklichen Lebens nur noch Erinnerung! Die lange Vorbereitungszeit der letzten sieben Jahre war nun abgeschlossen. Der Tag, den ich gefürchtet hatte, war gekommen. Die Einsamkeit begann.

Die Nachricht ließ sich nicht verheimlichen. Jemand im Telefonamt erzählte es weiter. Schon eine Stunde später klingelte das Telefon, und Freunde suchten mich auf. Alles erschien mir fern und unwirklich. Ich hörte die Stimmen fragen, ich hörte meine Antworten. Ja, es ist wahr, ja, ich muß mit dem ersten Jet zurückfliegen.
Es gab keine Plätze mehr, und wieder sprangen Freunde ein. Jemand verzichtete auf seinen Flugschein, als er von dem Notfall erfuhr. Doch der erste Jet startete erst um Mitternacht, so daß noch der ganze Tag auf irgendeine Weise durchlebt werden mußte. Die Herzlichkeit, das Mitgefühl von allen Seiten war mehr, als ich ertragen konnte. Ich sehnte mich aus der Stadt fort, ich wollte auf das Land fliehen, irgendwohin, wo niemand mit mir telefonieren und niemand an meine Tür klopfen konnte.
In diesem Augenblick sagte Miki: »Bleiben Sie doch den Tag über bei mir.«
Meine Freundin Miki wohnt ungefähr zwei Stunden von Tokio auf dem Land. Wir fuhren in ihrem Wagen hin, durch eine kleine Stadt und zum Fuß eines steilen Hügels – fast könnte man ihn als Berg bezeichnen –, wo Miki hinter einem Tor anhielt.
»Von hier aus müssen wir zu Fuß hinaufsteigen«, erklärte sie.
Es war tröstlich, ihre ruhige, sachliche Stimme zu hören, und ich wußte voller Erleichterung, daß sich Miki genauso benehmen würde, als wäre ich nur zu einem alltäglichen Besuch gekommen. Ich hatte ihr Haus noch nie gesehen, aber wenn sie bei mir in Pennsylvanien war, hatte sie mir von ihrer Arbeit für die in Japan geborenen Kinder halbamerikanischer Abstammung erzählt. Miki ist eine einzigartige Japanerin. Warum sagte ich Japanerin? Sie ist ganz einfach einzigartig. Ich bin nie einer ähnlichen Frau begegnet. Sie ist bis in die letzte Gehirnzelle modern, aber in ihren Adern fließt altes und edles japanisches Blut. Sie kommt aus einer der großen japanischen Familien, und ihr Mann hat viele ehrenvolle Posten innegehabt. Sie war längere Zeit in Europa und reist jedes Jahr ein- oder zweimal nach Amerika. Sie bevorzugt europäische Kleidung, weil sie die größere Bewegungsfreiheit darin schätzt, doch nirgends auf der Welt könnte sie ihr japanisches Wesen verleugnen. Sie macht sich über ihr Aussehen lustig und bezeichnet sich als »Mondgesicht«, weil sie ein rundes Gesicht hat; aber sie ist hübsch, mit lebhaften Augen, und ihre Haltung verrät die Sicherheit, daß auf sie gehört wird. Wie sie zu ihrer Tätigkeit kam, schildert sie selbst ungefähr folgendermaßen:
Eines Tages, in der schlimmsten Periode des Krieges, fuhr sie aufs Land, um nach Lebensmitteln zu suchen. Der Zug war überfüllt, beinahe hätte sie keinen Platz mehr gefunden. Als sie sich setzte, fiel aus dem Gepäcknetz ein Bündel in ihren Schoß. Es war lose in Zeitungen gewickelt. Sie

machte es auf, um es fester einzuwickeln, und sah zu ihrem Entsetzen, daß ein neugeborenes totes Kind darin lag. In diesem Augenblick kamen Militärposten, um das Abteil nach Schwarzhändlern zu durchsuchen. Sie wurde sofort verhaftet, in der Annahme, daß sie sich eines toten Kindes habe entledigen wollen. Ihre Erklärungen schienen vergeblich zu sein, bis sich ein alter Bauer einmischte: »Das Kind gehört nicht ihr. Eine junge Frau hat das Bündel aufs Gepäcknetz gelegt und ist wieder fortgegangen.«
Die Polizisten ließen sich zu guter Letzt überzeugen und gingen weiter. Doch Miki konnte das tote kleine Kind nicht mehr vergessen. »Ich fühle sein Gewicht immer noch auf meinen Knien«, sagte sie zu mir.

Einige Tage später, als sie frühmorgens durch ihren schönen Garten ging, bemerkte sie, daß sich unter einem großen Busch etwas bewegte. Sie bückte sich, weil sie dachte, daß es ein verletztes Kaninchen sein könnte, und entdeckte einen Säugling. Irgendeine verzweifelte Mutter hatte ihn ausgesetzt. Miki trug das Kind ins Haus und behielt es zur Pflege bei sich. Von da an widmete sie sich den Kindern, die japanische Mütter und schwarze oder weiße amerikanische Väter hatten.

Was mit einem toten kleinen Körper seinen Anfang nahm, ist ein lebendiges großes Hilfswerk für Tausende von Kindern geworden. Sie organisierte auf eigene Faust eine Vermittlungsstelle für die Adoption solcher Kinder und hat schon über tausend Waisen bei amerikanischen Ehepaaren in den Vereinigten Staaten untergebracht. Noch immer werden Kinder geboren, und noch immer findet Miki Familien für sie. Viele von ihnen werden jedoch bei ihr bleiben, bis sie erwachsen sind und einen Beruf ergreifen können.

Während wir an jenem Tag zu Mikis Haus hinaufstiegen, hörte ich schon von weitem die lachenden, rufenden, kreischenden Kinderstimmen. Der Steinpfad wand sich zwischen Bäumen hindurch, und an den steilsten Stellen waren Stufen eingefügt. Die milde Sonne schien zwischen den Baumstämmen auf das Moos. Unten am Hang standen dicht zusammengedrängte Hütten mit niedrigen Dächern aus Stroh und Holzschindeln. Ich kam nur langsam vorwärts; meine Energie, die mich sonst zu treiben pflegte, war im Innersten gelähmt. Ich stellte Fragen und hörte Mikis Antworten, und die ganze Zeit war ich allem ferngerückt und keinem Menschen nah. Ich hatte ein Gefühl, als hinge ich schwerelos im Weltraum, Kopf und Herz waren leer. Plötzlich wurde mir klar, daß ich Miki schon seit einer Weile nicht zuhörte.

»Wie viele Kinder haben Sie hier, Miki?« fragte ich, nur um etwas zu sagen.

»Hundertachtundvierzig«, antwortete sie, wobei sie stehenblieb, bis ich sie eingeholt hatte.

Hundertachtundvierzig! Sie waren überall in den schönen alten Gebäuden des Ahnensitzes verstreut. Miki hatte auch einige moderne Zweckbauten für Schlafsäle und Schulzimmer errichten lassen. In einem der Schlafsäle sah ich zwei kleine Mädchen, die in die Fütterung eines Kaninchens und einiger Feldmäuse vertieft waren. Alle Kinder durften ihre Schützlinge bei sich haben, und jedes hatte ein eigenes Plätzchen für seine persönlichen Habseligkeiten. Die meisten Heime für Waisenkinder sind freudlos, aber Miki hatte ein wirkliches Heim aus ihrem Unternehmen gemacht. Ungefähr die Hälfte der Kinder, stellte ich fest, hatten Negerväter. Der Prozentsatz bei den Neugeborenen ist natürlich niedriger, doch für die halbweißen finden sich viel leichter Adoptiveltern.
Wir gingen durch die ganze Anlage und machten hier und dort halt, um besonders interessante Einzelheiten näher anzusehen. Mikis größter Stolz war die Schule, der sie nun ein zweites Gebäude für obere Schulklassen hinzufügen wollte. In den letzten Jahren hatte sich ein Wettrennen zwischen Mikis Schulausbau und der zunehmenden Kinderschar abgespielt, und nur mit größter Mühe war es ihr gelungen, einen Vorsprung zu bewahren.
An der Tür jedes Klassenzimmers bemerkte ich eine kleine, in Bronze gravierte Landkarte. Es waren immer wieder andere Staaten von Amerika, und auf meine Frage erklärte Miki: »Auf meinen Reisen nach Amerika nehme ich jedes Jahr irgendeinen Staat vor, um Unterstützungen zu bekommen, und wenn mir die Leute genug Geld für ein Klassenzimmer geben, baue ich hier weiter aus. Zum Dank wird dann an der Tür eine Landkarte des Staates angebracht.«
»Aber die Größenverhältnisse sind ja ganz anders als in Wirklichkeit«, wandte ich ein. »Rhode Island ist hier zum Beispiel sehr groß, obwohl es doch unser kleinster Staat ist.«
Miki öffnete eine Tür, und ich blickte in einen winzigen Raum, kaum größer als ein Schrank, jedenfalls viel zu klein für ein Klassenzimmer. Vielleicht ein Lagerraum? Die Landkarte an der Tür entsprach nur meiner Handfläche. Sie drückte den Dank an die Einwohner von Texas aus.
Miki lachte über meine Verwunderung. »In Texas behalten die Leute ihr Geld lieber für Texas«, erklärte sie offenherzig. »Ich bin ihnen trotzdem dankbar für die Summe, die sie den Kindern gestiftet haben, aber wie Sie sehen, ist Texas in unserem Schulhaus nur sehr klein.«
Ihre heitere Stimme verriet nicht den leisesten Groll. Sie nahm die Menschen so hin, wie sie eben waren. Dann führte sie mich in die sauberen Küchen und Eßzimmer. Die Kinder halfen überall mit und plauderten und lachten bei der Arbeit. Miki kritisierte dies und das, und die Kinder hörten ihr aufmerksam, aber keineswegs ängstlich zu. Mikis Äußerungen

sind bestimmt und sachlich, ohne eine Spur von Sentimentalität. Immerhin glaubte ich eine geheime Vorliebe herauszuhören, wenn sie von ungezogenen Kindern sprach. Für die Streiche, die in diesem Heim ebenso oft wie anderswo verübt werden, hat sie das heiterste Verständnis. Sie erzählte, daß sie selber als Kind recht ungezogen war, und jetzt lacht sie im stillen, während sie gleichzeitig das nötige Maß von Tadel oder Strafe austeilt. Sie betrachtet ihre Zöglinge nicht als Widersacher, und die Kinder ihrerseits wissen, daß Miki sie alle ins Herz geschlossen hat. Ich erfuhr auch, daß die wildesten und die neu eingetroffenen das Schlafzimmer mit ihr teilen.

»Manchmal möchte ein Schlingel gern durchbrennen«, sagte sie, »weil er an die wilde Freiheit auf der Straße gewöhnt ist. Wenn ich solche Absichten vermute, binde ich eine starke Schnur um seine Fußknöchel, so daß er die Knoten nicht aufziehen kann, und das andere Ende befestige ich an meinem eigenen Fuß. Falls er dann nachts davonlaufen will, wache ich auf und kann ihn festhalten.«

Mikis Liebhaberei ist ihr Theater, das sie mir als glanzvollen Schlußeffekt zeigte. Sie selbst ist zweifellos die geborene Schauspielerin. Alles, was sie tut, ist dramatisch und stark. Sie gibt offen zu, daß ihr Herz dem Theater gehört. Deshalb hat sie als Mittelpunkt des Ganzen ein wunderschönes kleines Theater geschaffen, wo die Kinder Schauspiele und Tänze aufführen können.

»Nach dem Essen«, versprach sie, »werden meine Kinder für Sie singen und tanzen.«

Ja, der Vormittag, der wie eine unendlich lange Strecke vor mir gelegen hatte, war schon vorüber. Die Sonne stand im Zenit, und der Gong wurde geschlagen. Die Kinder ließen Arbeit oder Spiel im Stich und rannten zum Speisesaal. Ich hatte in keinem Augenblick vergessen, daß ich allein auf der Welt war, aber irgendwie war das Wissen noch nicht ganz in mich eingedrungen. Seit Stunden hatte mir Miki das Leben vor Augen geführt, hatte mich von einer Stätte des Lebens zur nächsten mitgenommen. Und nun, bevor wir selbst zum Essen gingen, ließ sie mich an einem weiteren Geschenk des Lebens teilhaben.

»Wir wollen uns die Jüngsten ansehen«, sagte sie.

Zuhinterst im Garten, in einem sonnigen Haus für die Kleinsten, sahen wir sie, die winzigen Neugeborenen und die Größeren, die schon sitzen und gehen lernten. Liebevolle Frauen sorgten für sie und erweckten offensichtlich Gegenliebe. Es war beruhigend zu sehen, wie die Kinder von mir, einer Fremden, nichts wissen wollten und alle Erwartungen auf ihre Pflegerinnen richteten. Nur zu oft habe ich Waisenhäuser besucht, wo die Kinder auf uns zustürzten und sich an uns klammerten.

»Sie sind schon alle adoptiert«, sagte Miki, »außer diesem Bübchen, weil es geistig zurückgeblieben ist. Ich muß da eine andere Lösung finden ... Dieses Mädchen kommt nach New York. Der Kleine dort reist nächste Woche nach San Francisco. Ich nehme sie selbst mit – elf im ganzen. Wir fliegen über den Nordpol.«

Ich betrachtete jedes eingehend und voller Liebe. Die Kinder, die den Osten und den Westen in sich tragen, sind immer besonders schön. Kipling dachte nicht an sie, als er sagte, daß Osten und Westen nie zusammenkommen könnten. Von jeher haben sie sich gefunden, wie zwei Herzen sich finden müssen – wenn nicht in der Politik, so doch in der Liebe. Durch Liebe werden die Menschen zusammengebracht, durch viele Arten von Liebe, aber durch Liebe. Ich trennte mich widerstrebend von den kleinen Kindern; sie vermittelten mir tiefen Trost. Liebe ist stärker als Haß, und das Leben ist stärker als der Tod.

Wir gingen durch die Gärten zurück und kamen zu einem mächtigen alten Holzhaus, dessen eine Seite früher auf einen japanischen Platz hin offen war. Eine Gruppe von Knaben hatte eilig die Mahlzeit beendet und spielte nun mit Schlägern und Bällen. Wir betraten das Haus, nachdem wir auf der untersten Stufe die Schuhe ausgezogen hatten. Nahe neben dem Eingang lag Mikis schönes, geräumiges Wohnzimmer, das dieselbe Vermischung von östlichem und westlichem Stil ausdrückte wie seine Besitzerin. In der vorderen Hälfte bildeten seidenbezogene, etwas abgenutzte Sessel einen einladenden Kreis. Hübsche alte Wandschirme standen an mehreren Stellen, und die Wände waren sowohl mit alten Papierrollen als auch mit modernen Fotografien geschmückt. Hinten im Zimmer sah ich einen langen niedrigen Eßtisch und zwei polierte antike Schränke.

»Soviel ich weiß, essen Sie gern chinesische Gerichte«, sagte Miki zu mir. »Ich habe deshalb einen chinesischen General eingeladen – er ist ein alter Freund von mir und hat das beste Restaurant in Tokio –, damit uns die chinesische Kochkunst zugute kommt.«

Der General kam uns aus dem Hintergrund entgegen: ein sehr gutaussehender Mann, weißhaarig und schlank. Es ist keine Seltenheit, daß chinesische Generäle, die, euphemistisch ausgedrückt, im Ruhestand leben, im Ausland Gaststätten führen. Sie sind ohnedies Feinschmecker, und vielleicht haben sie zur Vorsicht auch ihre Köche behalten, entsprechend der Auffassung, daß ein Mann alles ertragen kann, selbst die Niederlage im Kampf, wenn er nur nicht auf gutes Essen verzichten muß. Es ist sogar möglich, daß der Gedanke an seinen guten Koch einen General veranlaßt, den Kampf vor dem Essen einzustellen. Nicht alle Generäle bleiben dabei so schlank wie General Wang.

Ich wünschte, ich könnte den vorbildlichen Takt schildern, den meine Gastgeberin und die anderen Tischgenossen während dieser ausgezeichneten chinesischen Mahlzeit bewiesen. Jeder wußte von meiner Lage, aber niemand sprach darüber. Andererseits spiegelten sie auch keine falsche Fröhlichkeit vor. Sie berührten mit ruhigem Interesse verschiedene Themen, fesselten geschickt meine Aufmerksamkeit, wenn ich zu lange in Schweigen versank, zwangen mich durch freundlichen Gedankenaustausch zur Teilnahme und redeten mir zu, von jeder Spezialität zu kosten, nicht weil sie dachten, ich hätte Appetit, sondern aus Rücksicht auf den Koch, der sonst gekränkt gewesen wäre.

Einmal glaubte ich das Telefon läuten zu hören, doch anscheinend wurde der Anruf bis nach dem Essen verschoben. Ich erinnere mich weder an die einzelnen Speisen noch an die Gespräche. Ich hörte zu und lächelte und gab möglichst passende Antworten; nicht das, was gesagt wurde, zählte für mich, sondern die fühlbare Atmosphäre von unausgesprochenem, tiefem Verständnis. Ich weiß noch, daß eine schöne Japanerin mit kurzgeschnittenen grauen Haaren am einen Ende der Tafel saß. Sie trug einen roten Kimono aus dicker, weicher Seide und sprach ausgezeichnet Englisch. Von fern erfaßte ich, daß sie mir als Mikis Schwägerin vorgestellt wurde, die soeben aus Paris zurückgekehrt sei.

Als die Mahlzeit beendet war, teilte mir Miki mit, daß eine telefonische Voranmeldung aus Amerika für mich gekommen sei. Sie führte mich in einen kleinen Raum, zog die Tür zu und gab mir den Hörer. Über Tausende von Meilen hinweg hörte ich gleich darauf wieder die Stimme meiner Tochter, so klar und deutlich, als wäre sie im Nebenzimmer.

»Mutter, wir haben alles geordnet, aber wir möchten sicher sein, ob du einverstanden bist. Die Trauerfeier soll übermorgen sein, und natürlich wird sie unser eigener Pfarrer abhalten. Wir finden, daß wir es am besten in der Bibliothek machen, weil er doch so gern dort war. Er könnte – der Sarg könnte vor dem Kamin stehen, und außer uns allen wären nur die Leute von der Farm und vom Haus dabei und die Pflegerinnen. Dann fahren wir ihn zum Friedhof – und wir dachten, wir würden darum bitten, daß man keine Blumen schickt, sondern dem Welcome House Spenden überweist.«

Die Kinder hatten alles in meinem Sinn geplant, es gab nichts mehr für mich zu tun, als rasch nach Hause zu kommen. Ich sagte immer wieder ja, ja, ja und ließ sie alle grüßen und ihnen danken. Als ich dann den Hörer auflegte, war es plötzlich zu schwer. Zum erstenmal kam mir voll zum Bewußtsein, daß es schon seit sieben Jahren zu schwer gewesen war – seit jenem Tag in einem sonnigen Park in Sheridan, in Wyoming. Der Anfang war uns damals so geringfügig erschienen – nur ein leichter Hitzschlag,

dachten wir. Wir hatten eine seit langem geplante Ferienreise durch den Westen machen wollen, zum Yellowstone Park und dann nach Oregon und Washington. Es wurde eine glückliche Zeit, die ganze Familie saß in einem großen Wagen mit Klimaanlage, den unser bewährter Chauffeur fuhr. »Die Reise wird ihm guttun«, hatte der Hausarzt gesagt.
Und so schien es tatsächlich zu sein – bis zu diesem sonnigen Tag. Am folgenden Morgen sollten wir nach Yellowstone weiterfahren. Statt dessen blieben er und ich in einem bequemen Landhaus, während die Kinder allein aufbrachen und wieder zurückkamen, und dann fuhren wir alle nach Hause. Noch immer dachten wir, daß es zwar nicht ernst sei, aber daß wir doch lieber die Heimfahrt antreten sollten, um für alle Fälle unseren Hausarzt in Reichweite zu haben. Der Arzt in Sheridan war nicht ganz sicher, ob es sich um einen Hitzschlag handle. Später erfuhren wir, daß es nichts damit zu tun hatte. Aber er schien wieder ganz wohl zu sein und setzte genauso energisch wie vorher seine Tätigkeit in den New Yorker Büros und zu Hause fort.
Ich verbarg mein Gesicht in den Händen und kämpfte um meine Fassung. Und Miki schwieg mit dem Zartgefühl, das den Asiaten innewohnt und einem uralten Vertrautsein mit menschlichem Kummer entspringt; sie streckte die Hand nicht aus, um mich zu berühren, sie wußte, daß es keinen Trost gab außer dem einen, die stille Nähe eines Freundes zu fühlen. Ich fand meine Selbstbeherrschung wieder und wischte mir die Tränen ab, und Miki stand auf. »Die Kinder warten auf uns«, sagte sie.
Nichts als diese Worte, aber dahinter lag die Bedeutung, daß ich weiterleben und jetzt sofort damit beginnen müsse. Der Tod durfte das Leben nicht unterbrechen. Andere warteten auf uns. Ich verließ mit ihr den kleinen Raum, und sie führte mich zum Theater.
Die Zuhörerschaft bestand aus den älteren Kindern, den Mitarbeitern und uns. Was geboten wurde, war Tanz, Jazzmusik und Volksgesang. Mich interessierten vor allem die Kinder selbst. Sie waren ohne Ausnahme auffallend schön und offensichtlich begabt. Die Mädchen in Kimonos führten mit Fächern und Blumen japanische Tänze im alten Stil auf. Die Jazzkapelle setzte sich aus Knaben zusammen, zum großen Teil Halbnegern, und auch sie waren durchweg sehr hübsch.
Während ich dort saß und Mikis Kindern zusah, hatte ich das Gefühl, daß ich nie mehr würde lächeln können. Aber allmählich konnte ich mich ihrer Welt nicht mehr entziehen, und ich nahm mir voller Liebe vor, daß ich Miki nach besten Kräften helfen wolle, Adoptiveltern zu finden.
Der Nachmittag war vorüber. Es wurde Zeit zur Rückkehr nach Tokio und zum Flug nach Hause. Miki wich bis zur letzten Minute nicht von meiner Seite.

Das Flugzeug startete um Mitternacht. Mehrere Freunde begleiteten mich zum Flughafen, und ihre Güte und Wärme umhüllte mich. Doch sie mußten auf ihren eigenen Weg zurückkehren, so wie ich selbst den meinen gehen mußte, und ich empfand es fast als Erleichterung, als ich schließlich unter Fremden war, denen ich nichts zu beantworten brauchte. Ich suchte meinen Platz, schnallte mich an und lehnte mich mit geschlossenen Augen zurück.
Zum erstenmal, seit sich am frühen Morgen die Welt für mich verändert hatte, war ich ganz für mich allein. Vor langer Zeit, als mir klar wurde, daß mein Kind geistig zurückgeblieben war, hatte ich erfaßt, daß es zwei Arten von Kummer gibt: einen, der gemildert werden kann, und einen, der durch nichts gemildert werden kann. Jetzt erlebte ich einen anderen Schmerz, nur insofern ähnlich, als auch er durch nichts gemildert werden konnte. Doch in vielem hatte ich wenigstens die Technik des Hinnehmens gelernt. Der erste Schritt besteht einfach darin, daß man innerlich nachgibt. Es ist ein geistiger Vorgang, der aber mit dem Körper beginnt. Während ich angeschnallt dasaß und das Flugzeug in den schwarzen Nachthimmel aufstieg, ließ ich meinen Körper bewußt nachgeben, Muskel um Muskel, Knochen um Knochen. Ich leistete keinen Widerstand mehr, ich kämpfte nicht mehr. Mochte kommen, was kommen mußte; ich konnte nichts an dem ändern, was schon geschehen war. Das Flugzeug hielt mich gefangen, beherrschte mich und isolierte mich.
Einem seltsamen Gesetz gemäß muß der Geist manchmal dem Körper folgen, so wie zu anderen Zeiten der Geist vorangeht. Als der Körper sich nun dem Willen fügte, fiel es dem Geist leichter, demselben Befehl zu gehorchen. Das Leben kann unerbittlich sein, doch der Tod ist immer unerbittlich. Der nächste Schritt ist, die Unabänderlichkeit einzusehen. Das Vergangene wird statisch. Es ist Geschichte, und die geschichtlichen Tatsachen können nicht geändert werden. Was getan wurde, bleibt getan. Man kann aus der Vergangenheit lernen, man kann sie wie Kostbarkeiten bewahren, aber ändern läßt sich nichts daran. Fünfundzwanzig Jahre waren glücklich gelebt worden – aber sie waren gelebt. Das Wort »Ende« stand darunter. Man schreibt ein Buch nicht mehr weiter, nachdem dieses Wort es abgeschlossen hat. Ein neues Buch muß begonnen werden.
Das kann nicht sofort geschehen. Zuerst muß eine Zeit völliger Entspannung folgen, völliger Erkenntnis der Unabänderlichkeit, wirkliche Einsicht, daß die Vergangenheit vorbei ist. Nur so kann neue Kraft gefunden werden. Ich bezweifle sogar, daß sie gefunden werden kann. Sie muß aus den tiefsten Wurzeln des Wesens zu einem neuen Lebenswillen heranwachsen.
Soweit mein Wille in jener Nacht reichte, während das Flugzeug zwi-

schen Wolken und Sternen dahineilte, konnte er nur befehlen, daß der Körper nachgab und der Geist sich zurückzog. Nach einer Weile schlief ich ein.

Ich sah auf meine Uhr. Es war drei Uhr morgens. Die Zeit war bei diesem raschen Flug bedeutungslos, und der Himmel wurde schon hell. Ich hatte Tokio am vergangenen Abend verlassen, am Sonntagabend; es war schwer zu begreifen, daß es bei meiner Ankunft in New York erst Montagmorgen sein würde, nach einem weiteren Tag und einer weiteren Nacht, die ich doch durchlebte, auch wenn sie als Zeit nicht zählte. Allmählich verstand ich die Relativität der Zeit in bezug auf Raum und Geschwindigkeit. Welches Wunder, daß Einstein gerade dann lebte, als die praktischen Erfahrungen mit Düsenflugzeugen und Weltraumraketen gemacht wurden! Meine Gedanken, die noch zu unfähig waren, an die einschneidende Veränderung meines eigenen Lebens zu rühren, richteten sich auf die Bedeutung der Ewigkeit: Zeit ohne Anfang und Ende. Was jetzt ist, ist immer gewesen und wird immer sein, das universelle und ewige Gesetz bestimmt nur die Veränderung. Und doch kann die Veränderung Angst hervorrufen. Wenn der Tod nur eine Veränderung ist, worin besteht dann die Veränderung? Er wußte es, und ich wußte es nicht. Er war im Schlaf gestorben. In einem Augenblick lebte er noch, und im nächsten war er tot. Das heißt, in einem Augenblick war er das eine gewesen und im nächsten das andere – dasselbe und doch etwas anderes.
Wo ist er jetzt?
Einstein bewies uns, daß Masse und Energie austauschbare Begriffe sind. Dieser so einfach zu schreibende Satz bewirkte mein Erwachen zum neuen Zeitalter. Es war mehr als ein verstandesmäßiges Erwachen. Es war eine seelische Bekehrung, ein geistiges Klarwerden; mein ganzes Wesen schloß sich zu einer Einheit zusammen. Ich gewann einen neuen Begriff vom Tod, eine neue Einstellung zum Leben. Diese Gleichsetzung, die Einstein in einige knappe Formeln zusammenfaßte, ist der Schlüssel zu unserem Universum und zweifellos auch zu vielen anderen. Was einst Masse war, kann Energie werden, es enthält schon als Masse potentielle Energie. Liegt darin der wissenschaftliche Beweis dessen, was wir Seele nennen? Während mein Herz im stillen blutete, rang mein Verstand mit überpersönlichen Problemen. Ich dachte an das Wunder der elektronischen Gehirne, der denkenden Mechanismen aus konkreter Materie. Sie sind nach dem Prinzip des menschlichen Gehirns konstruiert, aber unser Gehirn ist bedeutend komplexer. Das Gehirn kann neue Ideen hervorbringen, was den Maschinen bisher noch nicht gelingt. Doch das Grundprinzip ist dasselbe. Wir vermögen Gehirne aus unbelebtem Material herzustellen,

wenn auch nicht aus menschlichem Stoff. Die Wissenschaftler, die derartige Maschinen konstruieren, vertreten zweierlei Auffassungen. Manche glauben, daß aus den Maschinen echte Gehirne entwickelt werden könnten, die dem menschlichen Gehirn ebenbürtig und in einigen Punkten sogar überlegen wären. Ein Mensch würde zum Beispiel ein ganzes Leben brauchen, um zu gewissen astronomisch-mathematischen Ergebnissen zu gelangen. Die Maschine dagegen kann das Resultat in Minuten liefern. Andere Wissenschaftler sind jedoch der Ansicht, daß die Maschine niemals das menschliche Gehirn ersetzen könne. Ihrer Überzeugung nach erhält das Menschenhirn ein Element – einen Willen, ein Bewußtsein, ein Gewissen –, das sich durch die Bestandteile einer Maschine nicht ausdrücken läßt.

Ich hoffe, daß letztere Auffassung der Wahrheit näher ist. Ich muß es glauben, denn wenn wir nur Maschinen wären, lediglich mit dem Unterschied, daß unsere Masse aus Fleisch anstatt aus Metall besteht, so würde durch den Zerfall der Masse – halt! Masse kann nicht verschwinden, sondern nur Umwandlungen durchmachen. Welche Umwandlung? Das ist es, was wir wissen müssen, was wir eines Tages wissen werden. Und ich glaube um so fester daran, als wir schon wissen, daß es in diesem unfaßlichen Universum, in dem wir leben, nichts Absolutes gibt. Selbst parallele Linien laufen irgendwo in der Unendlichkeit zusammen.

Wo bist du jetzt? Weißt du, daß ich mich hier hoch über der Erde befinde? Bist auch du hier? Wie rasch geht die Umwandlung vor sich? Verlagert sich die Energie, die du jetzt bist, sofort an irgendeinen anderen Punkt? Lebst du jenseits des luftleeren Raumes? Wir sind nicht mehr in Verbindung –

Es ist unvorstellbar, daß wir nicht mehr in Verbindung sein können. Wie oft haben wir gelacht, weil wir beide plötzlich genau dieselben Worte sagten: die gleichen Gedanken im gleichen Augenblick. Und doch betrachtete er alle übernatürlichen Erklärungen mit Skepsis. Obwohl er warmes Mitgefühl und unfehlbare moralische Richtlinien hatte, wollte er die Hoffnungen und Voraussetzungen der Religion nicht anerkennen. Er beharrte auf der vollständigen Unabhängigkeit des Menschen.

»Wir wissen nichts über die Zukunft«, sagte er. »Ich werde mir darüber nie etwas weismachen oder weismachen lassen.«

»Daß wir nichts wissen, beweist aber nicht, daß es nichts Wissenswertes gibt«, wandte ich ein.

»Was auch immer das sein mag«, entgegnete er, »ich werde es zur gegebenen Zeit erfahren – oder nicht erfahren, weil ich dann nicht mehr existieren werde.«

Das war unsere große Streitfrage. Werden wir sein oder nicht sein? Er sagte, wir würden nicht mehr sein. Ich lehnte diese Gewißheit ab. Wie können wir eine negative Behauptung aufstellen, sagte ich, wenn wir nicht wissen, ob die positive Möglichkeit wirklich ausgeschlossen ist? Jetzt weiß er es, und ich weiß es nicht.

Das ist nicht fair von dir. Ich dachte, wir würden es gemeinsam erfahren. Du solltest einen Weg finden, um es mir mitzuteilen. Bist du oder bist du nicht?

Ich stieß mit meiner Frage in die Nacht vor und zog sie dann angsterfüllt zurück. Ich will die Wahrheit nicht wissen. Wenn er existiert, wird das Warten für mich allein unerträglich. Und ebensowenig ertrage ich den Gedanken, daß er nicht existiert. Laß mich warten, bis ich es aus eigener Erfahrung weiß. Falls ich recht habe, werde ich jenseits der Schwelle voller Liebe und Triumph zu ihm sagen: »Hier bin ich. Jetzt wissen wir es.« Bis dahin lebe ich von dort aus weiter, wo wir vorher standen, er mit seinen Zweifeln und ich mit meinem Glauben. Ja, ich glaube im Grund immer noch, obwohl ich noch nicht entdeckt habe, wie man mit Sicherheit wissen kann. Der Glaube zählt, sagten uns die Heiligen seit Jahrhunderten; die Möglichkeit besteht, sagen die Wissenschaftler von heute, denn so vieles, was wir einst für unmöglich hielten, ist jetzt möglich. Heilige und Wissenschaftler –

Das erste Tageslicht, das in ein Flugzeug eindringt, ist zauberhaft schön. Wir flogen in die aufgehende Sonne, in eine Lichtfontäne, die großartig über dem gewölbten Rand der Erde erschien. Die Reisenden erwachten, regten sich und schauten durch die kleinen Fenster. Es duftete nach Kaffee; eine adrette Stewardeß war schon mit Fruchtsäften zur Stelle. Mein Nachbar stand auf und schlenderte den Gang entlang. Die Gegenwart dieses Fremden war mir zwar nicht die ganze Nacht bewußt gewesen, doch fühlte ich immer, daß er neben mir saß. Früher oder später mußte es zu einem Gespräch kommen, aber vorläufig hatte ich mich in der Dunkelheit verborgen. Nun begann der Tag, der erste Tag meines neuen und einsamen Lebens. Es war gleichgültig, wie viele Menschen mich umgaben; in mir selbst herrschte von nun an dauernde Einsamkeit. Was bedeutete das? Was konnte es bedeuten? Es würde sich zeigen. Ich durfte nicht verlangen, sofort alles zu wissen. Vor langer Zeit hatte ich gelernt, daß man auch mit sich selbst Geduld haben muß, wenn man anderen gegenüber geduldig sein will.

Ich hatte diese Lektion nicht in einem einzigen Augenblick gelernt. Ich war sehr oft ungeduldig mit mir, ungeduldiger als mit anderen, bis ich erfaßte – ich glaube, durch das Üben am Klavier –, daß es sich beim Lernen um einen Tag für Tag fortschreitenden Prozeß handelt. Man kann zwar

vierzehn Stunden durcharbeiten, um eine Beethovensonate auswendig zu lernen, aber dieses Resultat verschwindet wieder. Um ein Stück auf die Dauer innerlich gegenwärtig zu behalten, muß man es auch geistig in sich aufnehmen – das heißt, es muß längere Zeit hindurch und mit Hilfe von fortgesetztem Üben zu einem Teil des eigenen Wesens werden.
Was ich in der Einsamkeit entdecken sollte, was ich über ihre Verwertung und ihren Sinn zu lernen hatte, ließ sich nur im täglichen Leben und durch neue Erfahrungen finden. Allein ins Theater zu gehen hatte mich zum Beispiel Überwindung gekostet, als er mich nicht mehr begleiten konnte. Wir beide liebten das Theater, und wir hatten einige unserer glücklichsten Stunden dort erlebt. Jedes Stück, jede Operette machte uns Vergnügen, was auch immer es im Theater zu sehen gab; wir ärgerten uns nur, wenn ein Schauspiel so minderwertig war, daß es die Entweihung einer edlen und alten Kunst bedeutete. Er wäre sicher über mich enttäuscht oder sogar empört gewesen, wenn ich das Theater aufgegeben hätte, weil ich nun allein ausgehen mußte.
Blitzlichtartig flammten solche Beispiele in mir auf, und ich schob die stückweise Wahrnehmung beiseite. Tag für Tag, so hatte ich seit langem leben gelernt, und an diesem Tag saß ich in der silbrigen Maschine hoch über der Erde, von Menschen umgeben, die ich noch nie gesehen hatte und vermutlich nie mehr sehen würde.
Im Waschen und Anziehen, Essen und Trinken, in all diesen körperlichen Notwendigkeiten liegt ein zugleich oberflächlicher und organischer Trost. Als ich vor dem Spiegel stand, hatte ich das Gefühl, daß es mir nie mehr wichtig sein werde, wie ich aussähe, da ich seine Anerkennung und sein Lob doch nie mehr hören konnte. Natürlich hatte ich mich nie darauf verlassen, auf diesem Gebiet die Wahrheit von ihm zu hören. Er war zu voreingenommen, und niemand hätte dasselbe Bild von mir haben können wie er. Keinen Augenblick glaubte ich, daß ich auch nur im entferntesten das sei, was er behauptete. Aber als Frau hörte ich es gern, obwohl es nicht wahr sein konnte, und solange er selbst daran glaubte, hatte die Wahrheit wenig Gewicht.
War dies mein Gesicht, das ich so viele Jahre hatte ansehen müssen? Ich war ein anderer Mensch, und das Gesicht gehörte nicht zu mir. Trotzdem wusch ich mich, machte mich wie üblich zurecht und gab mir die gewohnte Mühe mit meinen langen Haaren. Diese Haare! Schon in der Kindheit waren sie eine Qual, lang und weich und immer zerzaust. Damals waren sie honiggelb, und meine Mutter wollte sie nicht abschneiden und redete mir gut zu, wenn ich schrie, und lobte mich, wenn sie sie durchgekämmt hatte. Als ich klein war, drehte sie mir Locken, später trug ich lange Zöpfe, und ich sehnte den Tag herbei, an dem ich erwachsen

sein würde und diese Haare abschneiden dürfte. Das tat ich dann auch, sobald ich konnte, und dann ließ ich sie wieder wachsen, weil er es so haben wollte. Jetzt könnte ich sie wieder abschneiden lassen, dachte ich, denn er wird es nie mehr sehen – und im selben Augenblick wußte ich, daß ich es niemals tun würde, obwohl die langen Flechten silbern waren statt golden.
Nachdem ich mich wieder an meinen Platz gesetzt hatte, brachte die Stewardeß mein Frühstück, Kaffee und gebratene Speckscheiben und Toast. Obwohl ich geistesabwesend war, aß ich wie immer. O grausames Fleisch! Alle Passagiere waren jetzt wach. Ich kannte niemanden, und niemand kannte mich, und ich war dankbar dafür. Die Stewardeß holte das halbgeleerte Frühstückstablett, und ich versuchte einen japanischen Roman zu lesen und legte ihn wieder weg. Ich konnte mit einer Liebesgeschichte oder irgendeiner Erzählung von Menschen nichts anfangen; statt dessen nahm ich aus meiner Reisetasche ein dünnes Bändchen, »Wissenschaft und menschliche Werte« von J. Bronowsky. Darin las ich den ganzen Morgen und ließ meinen Verstand abgetrennt von meinem persönlichen Leben arbeiten.

> Ob unsere Tätigkeit Kunst oder Wissenschaft oder die tägliche Arbeit der Gesellschaft ist, der Unterschied besteht nur in der Form, in der wir unseren Erfahrungen nachforschen; die Notwendigkeit des Nachforschens selbst bleibt dieselbe. Aus diesem Grunde ist die Gesellschaft der Wissenschaftler letzten Endes wichtiger als ihre Entdeckungen. Was die Wissenschaft hier zu lehren hat, ist nicht ihre Technik, sondern ihre Gesinnung: das unwiderstehliche Bedürfnis, weiterzuforschen . . . Denn die Lehre, die wir aus der Wissenschaft ziehen können, besteht darin, daß die Begriffsbildung tiefer ist als die Gesetze und das Urteilen entscheidender als das Urteil. In einem Buch über die Dichtkunst schrieb ich:
> »Die Dichtkunst an sich veranlaßt uns nicht, gerecht oder ungerecht zu sein. Sie veranlaßt uns zu Gedanken, in deren Licht Gerechtigkeit und Ungerechtigkeit in furchterregend scharfen Umrissen sichtbar werden.« Was für die Dichtkunst gilt, gilt für jedes schöpferische Denken. Und was ich über einen menschlichen Wert sagte, trifft auf alle menschlichen Werte zu. Die Werte, die unser Überleben sichern können, sind keine Regeln für richtiges und unrichtiges Verhalten, sondern sie gehören zu jenen tieferen Erleuchtungen, in deren Licht Gerechtigkeit und Ungerechtigkeit, Gut und Böse, Mittel und Zwecke in furchterregend scharfen Umrissen sichtbar werden.

Damit schloß das Buch, und ich war diesem denkenden Geist dankbar, der an das Denken appellierte. Wie dankbar bin ich auch meinen Eltern, die mich seit frühester Kindheit durch ihr Beispiel lehrten, Erleichterung und Mut und Kraft im Benützen des Verstandes zu finden! Welchen persönlichen Kummer man auch haben und wie absolut die persönliche Einsamkeit auch sein mag, der geübte Verstand setzt die Forschertätigkeit fort. Ich trug mein Werkzeug in meiner Hirnschale. Es brauchte nicht zu sein, durfte nicht sein, daß ich mich geschlagen gab oder innehielt oder zu wachsen aufhörte, weil ich nun allein meinen Weg ging.
Ein seltsames Gefühl von Frieden, warm und lebendig, durchflutete mich. Ich lehnte mich zurück und schloß die Augen. Es war, als hätten wir wieder Verbindung, er und ich, durch Gedanken und Schweigen anstatt durch Worte.

Der Tag rückte vor, und noch immer sprach ich mit niemandem. Dann aber, am späten Nachmittag, wandte sich mein Nachbar an mich. »Darf ich Ihnen sagen, daß ich Sie erkannt habe?« Es widerstrebte mir, seine Vermutung zu bestätigen, doch ich bin im Lügen nicht gewandt, und die Mühe lohnte sich ohnedies nicht; ich gab also zu, daß er richtig geraten hatte. Ein höfliches und unverbindliches Gespräch war nun nicht mehr zu umgehen, aber ich konnte ja trotzdem meine Einsamkeit bewahren, indem ich den Grund meiner Reise verschwieg und meinerseits Fragen stellte. Sein Name ist mir entfallen, so wie fast alle Einzelheiten jenes Fluges, und ich glaube kaum, daß ich sein Gesicht wiedererkennen würde. Er war groß, das weiß ich noch, und hatte hagere Züge. Auch erinnere ich mich, daß er für die Wells Fargo Bank reiste, was ein schwaches historisches Interesse in mir weckte. Wells Fargo hat in der amerikanischen Geschichte eine romantische Bedeutung, aber vom Bankwesen verstehe ich nur gerade das Allernotwendigste.
Durch meine Unwissenheit angespornt, erklärte mir dieser Mann mit trockener, anschaulicher Klarheit, worin seine Aufgabe bestand, und ich begriff die Rolle, die das internationale Bankwesen in unserer modernen Welt spielt. Er war in Singapore und Hongkong und anderen mir vertrauten Städten gewesen, doch er sah sie in einem für mich neuen Licht: Als Aktionszentren in unbekannten Gebieten, wo Männer mit Währungen manipulieren und Kapital investieren und an geeigneten Punkten Macht schaffen. Meine Aufmerksamkeit war zuerst gering, dann oberflächlich und zu guter Letzt echt – »das unwiderstehliche Bedürfnis des Weiterforschens« hatte mich ergriffen. Ich vergaß mich selbst beinahe und war erstaunt, als der Lautsprecher über unseren Köpfen die Landung in Honolulu ankündigte. Jetzt erst sah ich, daß es inzwischen wieder Nacht gewor-

den war. In kurzer Zeit hatten wir einen ganzen Tag durchflogen und kamen wieder in den Vereinigten Staaten an.
Das übliche Getriebe der Ankunft und Zollinspektion nahm seinen Lauf, ohne sich mir einzuprägen, bis sich etwas Unerwartetes ereignete. Ich stand in der Reihe – wieder zutiefst bewußt, daß ich allein war –, als ein Zollbeamter mich plötzlich bat, ihm in einen Nebenraum zu folgen. Dort sagte er mit gedämpfter Stimme: »Ich möchte Sie nicht lange aufhalten, aber ich hätte Sie gern um eine vertrauliche Auskunft gebeten.«
Ich war sprachlos vor Verwunderung. Ich hatte diesen Beamten noch nie gesehen: ein großer, stämmiger Mann mit gutmütigem rundem Gesicht, typisch amerikanisch.
»Ich habe nämlich eine Tochter«, fuhr er leise fort, »die geistig zurückgeblieben ist.«
Deshalb also hatte er mich beiseite gezogen! Ich bin es gewohnt, daß mich Leute beiseite ziehen, um mir eine solche Mitteilung zu machen. Überall auf der Welt habe ich schon dasselbe erlebt.
»Erzählen Sie mir von ihr«, sagte ich.
Ich hörte ihm zu, und obwohl mir kein Wort entging, dachte ich dabei voller Staunen über das große Wunder nach. Daß ausgerechnet in dem Augenblick, in dem ich dringend einen Lebensantrieb brauchte, dieser Mann auf mich zutrat und mich ins Leben zurückrief! Seit langem hatte ich einen großen Teil meiner Zeit den Eltern zurückgebliebener Kinder und diesen Kindern selbst gewidmet. Doch in den letzten Stunden, seit dem ersten Anruf meiner Tochter in Tokio, hatte ich kein einziges Mal an diesen Teil meines Lebens gedacht. Und nun kam er von selbst auf mich zu und verlangte meine Aufmerksamkeit.
»Wissen Sie«, sagte der Beamte, »es ist nämlich so. Meine Frau und ich haben verschiedene Ansichten. Sie sagt, die Amerikaner brächten ihre zurückgebliebenen Kinder immer in Heimen unter, weil sie dort besser aufgehoben wären. Und sie sagt, wir müßten es so machen wie die Amerikaner, weil Hawaii jetzt ein Staat ist. Aber ich sage dann immer, daß uns die Kleine ja keine Mühe macht – sie ist lieb und still, und in einem Heim wäre sie unglücklich.«
»Wäre es Ihrer Frau lieber, wenn das Kind fortkäme?«
»Nein, sie weint jedesmal, wenn sie davon spricht, aber sie sagt, es wäre besser für das Kind.«
»Und möchten Sie selbst es in einem Heim unterbringen?«
»Ich? Mir würde es das Herz brechen.«
Ich überlegte. »Was würde aus Ihrer Tochter, wenn Sie beide nicht mehr am Leben wären? Wer könnte dann für sie sorgen?«
»Viele Verwandte. Meine Frau ist eine Hawaiianerin. Sie kommt aus ei-

ner sehr kinderreichen Familie. Alle würden sich um unser Kind kümmern. Sie werden immer ganz wütend, wenn wir etwas von einem Heim sagen. Meine Frau meint eben nur –«
»Sagen Sie Ihrer Frau, daß sie unrecht hat, und daß Sie und die Verwandten recht haben«, antwortete ich. »Ihr Kind hat Glück, daß es in einer Familie ist, die es behalten möchte. Ganz sicher würden auch amerikanische Eltern sich nichts Besseres wünschen, als solche Verwandten zu haben wie Sie und Ihre Frau.«
Sein ehrliches Gesicht strahlte. »Danke«, sagte er.
Er begleitete mich in den Abfertigungsraum zurück. »Haben Sie etwas zu verzollen?«
»Nein, nichts.«
»Schön«, sagte er, brachte ein Kreidezeichen auf meinen Koffern an und lächelte. »Auf Wiedersehen. Ich werde Sie nie vergessen. Das war ein Glückstag für mich. Warten Sie nur, bis ich's meiner Frau erzählen kann. Sie wird ihren Ohren nicht trauen. Das reinste Wunder.«
Es war tatsächlich ein Wunder, auch für mich.
Und dann war ich wieder allein und mußte mich bewähren. Bis zu seiner Erkrankung war ich nie allein gereist. Für uns beide zusammen hatte jede Reise ein Vergnügen bedeutet. Er war ein wunderbarer Gefährte. Er wußte immer, was sehenswert war und wohin wir gehen sollten, und ich ging sorglos und glücklich mit. Jetzt mußte ich das Restaurant finden und etwas essen. Im Flugpreis war eine Mahlzeit in Honolulu inbegriffen. Aber wo? Ich suchte auf gut Glück und kam mir in meiner Ratlosigkeit dumm und ungeschickt vor. Natürlich schlug ich die falsche Richtung ein, fragte nach dem Weg, kehrte um und kam zu spät im Restaurant an, so daß es keinen freien Tisch mehr gab. Als ich eben im Begriff war, wieder fortzugehen und nicht mehr ans Essen zu denken, fragte mich ein sympathisch aussehender Amerikaner, ob ich vielleicht an seinem Tisch sitzen wolle, wo noch ein Platz frei wäre.
Ich nahm das Angebot erleichtert an, und er führte mich an einen kleinen, halb versteckt stehenden Tisch. Dann bestellte er das Essen, wofür ich ebenfalls dankbar war. Die innere Einsamkeit war unüberwindlich, und ich wußte, daß ich mich damit abzufinden hatte; aber es war, als ob er meine hilflose Lage von irgendwoher sähe und mir statt seiner selbst fremde Menschen schickte.
Ich fragte diesen Fremden nach seinem Namen. Er nannte ihn und fügte hinzu, daß er Physiker sei und im Auftrag der amerikanischen Regierung mit japanischen Wissenschaftlern arbeiten werde. Abermals wurde ein Teil meines Lebens berührt, so daß ich mich aufgerufen fühlte. Seit langem gilt der Physik, vor allem der Atomphysik, meine besondere Vorlie-

be, und ich hörte daher mit Interesse und Verständnis zu und konnte mich selbst vergessen. Die Japaner, erzählte er, leisteten hervorragende Arbeit, und in bezug auf die Ionosphäre wären sie allen Wissenschaftlern der Welt voraus. Die Ionosphäre ist die Schicht der Elektrizität, der Entstehungsort der elektrischen Stürme, die mit den von der Erde ausgehenden Wellen ein ewiges Duett von kontrapunktischer Gewalt spielen. Wieder regte sich die unwiderstehliche Wißbegier in mir, und ich hatte ein Gefühl, als würde ich durch ihn selbst daran erinnert, daß in diesen Interessen, die wir einst gemeinsam verfolgt hatten, das Leben fortgesetzt werden könne. So verging eine Stunde, bis wir durch die Stimme im Lautsprecher aufgefordert wurden, zum Flugzeug zurückzukehren. Irgendwie war der Tag vergangen, und dreimal war ein Mensch auf meinen Weg gesandt worden, der mit mir sprach, mir half, das Leben in Erinnerung brachte.

Wieder wurde es Nacht. Ich wußte nicht, als welche Nacht ich sie bezeichnen sollte; eine namenlose Nacht, da sich die Zeit über ihre Bemessungen hinaus erstreckte. Ich hatte vierundzwanzig Stunden mehr durchlebt, als die Spanne zwischen Sonntag abend und Montag morgen enthielt. Ich hatte den ersten Schritt in mein künftiges Leben getan. In dieser Nacht schlief ich, zwar unruhig, aber ohne Furcht. Niemand konnte ihn ersetzen, doch ich fühlte, daß Fremde kommen würden, wenn ich sie brauchte, und ich konnte von ihnen lernen und sie weiterziehen lassen, weil nach ihnen andere kommen würden. Es war wie die alles umfassende Bewegung des gesamten Lebens – die Energiewellen, die unsere Weltkugel umspielen, aus unzähligen Teilchen zusammengesetzt. Auch wir Menschen sind nur Partikel, auch wir kommen und gehen in unablässiger Wellenbewegung.

Mein Leben war nur ein Teil des Ganzen, ein abgetrenntes und einsames Teilchen und doch unabtrennbar in das Wogen der menschlichen Flut hineingezogen.

Der nächste Tagesanbruch goß sein goldenes Licht auf die Landschaft von Amerika. Die Stimme im Lautsprecher sagte an, daß wir bald die Stadt Allentown in Pennsylvanien überfliegen würden. Allentown ist nicht weit von meinem Landhaus entfernt. Ahnten die Kinder, daß ich mich so nah bei ihnen in den Wolken befand? Ich machte mich eilig zurecht und trank Kaffee, und dann näherten wir uns der Erde, und ich sah die schimmernden Wolkenkratzer von New York.

Nun stand das Wiedersehen mit Freunden und Angehörigen unmittelbar bevor, und einen Augenblick lang fürchtete ich es. Zwischen den Mitreisenden, die nichts von mir wußten, war ich vor aller Teilnahme geschützt gewesen. Doch es war nun an der Zeit, meinen Kindern gegenüberzutre-

ten und ihre Hilfe anzunehmen. Sie würden mich zu trösten versuchen und darin auch Trost für sich selbst finden.
Der Morgen war schön. Sonnenstrahlen durchbrachen den Dunst, als ich über den Flugplatz zum Gebäude ging. In der Halle warteten meine geliebte Schwester und zwei meiner Töchter, und neben ihnen stand der treue Chauffeur, der mich seit vielen Jahren zu fahren pflegte. Ich sah in jedes Gesicht, und alles, was ich gefürchtet hatte, zerschmolz. Wie gut, bei den Menschen zu sein, die mich kannten und liebten und von mir geliebt wurden! Ich habe drei Söhne und sechs Töchter, wovon die älteste diejenige ist, die immer Kind blieb und der ich so viel verdanke. Eine Tochter übt als tüchtige Beschäftigungstherapeutin ihren Beruf aus; die zwei jüngsten sind Kinder von Japanerinnen und amerikanischen Soldaten, die drittjüngste hat eine deutsche Mutter und ebenfalls einen amerikanischen Vater. Die fünfte, lebhaft und mit ausgesprochenem Organisationstalent, hat drei reizende Kinder und wohnt in meiner Nähe; sie hat dunkle Haare, große veilchenblaue Augen und ein heftiges Temperament, das durch einen wachen Sinn für Humor gemildert wird. Jeder Sohn hat seine besonderen Stärken, jede Tochter ihre besondere Anmut, jedes Kind nimmt in meinem Leben einen Platz ein, den kein anderes ausfüllen könnte. An jenem Morgen aber war ich froh, daß mich nur die beiden älteren Töchter mit meiner Schwester abholten – drei starke, verständnisvolle Frauen.
Natürlich fühlten wir uns tiefer verbunden denn je, obwohl unser Familienleben immer sehr glücklich war. Durch seinen Tod rückten wir uns noch näher. Auch die stille Hilfsbereitschaft des Chauffeurs entging mir nicht. Er nahm meine Gepäckscheine und begleitete uns zum Wagen, und wir stiegen ein und warteten, bis er mit den Koffern kam. Schon wenige Minuten später befanden wir uns auf der Heimfahrt, durch die Straßen von New York zum Lincoln-Tunnel und Turnpike. Hunderte von Malen war ich im Lauf der Jahre durch diese Gegend gekommen, zuerst immer mit ihm und in den letzten fünf Jahren allein. Sein kräftiger Körper und sein starker Geist hatten sieben Jahre gebraucht, bis die Lebenszeit abgelaufen war.
Und wieviel Freude hatten wir von Anfang an geteilt, wie reich war das gemeinsame Leben gewesen! Wir begannen in New York, wo er dreißig Jahre verbracht hatte, bevor wir uns begegneten. Den ersten Winter über wohnten wir in hübschen Zimmern in einem Hotel, das ebensogut in Shanghai oder Peking hätte stehen können, so wohlbekannt war mir das ständige Kommen und Gehen aus allen Teilen der Welt. Im folgenden Jahr zogen wir in eine Wohnung mit Dachterrasse und adoptierten die beiden ersten Kinder. Er hatte sich immer eine große Familie gewünscht, und dieser Zuwachs bedeutete auch einen Zuwachs an Glück. Nach zwei

Jahren nahmen wir abermals zwei Kinder zu uns. Nun wurde sein anderer Lieblingswunsch, nämlich auf dem Land zu leben, allmählich eine Notwendigkeit. Vier kleine Kinder gehören eigentlich nicht in eine Wohnung. Meine eigene Kindheit hatte sich in einem geräumigen alten Bungalow abgespielt, inmitten tropischer Gärten, hinter deren Mauern Hügel und Felder lagen – außerhalb der Stadt Chinkiang am großen Jangtse-Fluß. Ich konnte mir nicht vorstellen, daß Kinder auf Zement und zwischen Wolkenkratzern richtig aufwachsen können, so schön New York als Stadt auch ist. Wir zogen also in unser Landhaus um, und einem dritten alten Wunsch gemäß widmete er sich von da an der verlegerischen Arbeit. Er war nie mit ganzem Herzen Geschäftsmann gewesen, und wenn er seine brillante Begabung in etwas bestimmtere Kanäle gelenkt hätte, wäre er wohl Schriftsteller geworden. Tatsächlich schrieb er ein paar ganz verschiedenartige Bücher, so wie es seinem vielseitigen Wesen entsprach: originelle Kindergedichte, einen humoristischen Kriminalroman, einen geschickten, für Jugendliche vereinfachten Tatsachenbericht über Marco Polo und eine kritische Studie über Buffalo Bill, der seit langem ebensoviel Interesse wie Skepsis in ihm erweckt hatte.
Unser Landhaus bot der Jahr um Jahr zunehmenden Familie behaglich Platz. Er spielte mit den Kindern Tennis, Baseball und Golf und lehrte sie schwimmen und reiten. Ich schrieb meine Bücher, aber da mein Zimmer auf der Gartenseite lag, fühlte ich instinktiv, wenn ein Kind am Schwimmbassin zu tollkühn wurde. Unsere Tage drehten sich ohne starre Regeln um Arbeit und Kinder, und wir lebten aus der Tiefe des Daseins. Unser Vergnügen fanden wir in Musik und Geselligkeit und Kindern und Büchern und draußen in den Wäldern, den Bergen und am Meer.
Ich weiß nicht, ob es leichter ist, wenn das Ende plötzlich kommt oder allmählich. Wenn eine Wahl möglich gewesen wäre, hätte ich wohl ein plötzliches Ende vorgezogen, trotz dem damit verbundenen Schock. Die Erinnerungen wären dann nicht vermischt mit dem langsamen, qualvollen Abnehmen des Wahrnehmungsvermögens und der Sprechfähigkeit, bis er schließlich nicht einmal mehr seine Nächsten und Liebsten erkannte. Immerhin war ein Trost darin, daß er selbst nichts von seinem Nachlassen ahnte. Und als seine Existenz nur noch ein physischer Ablauf war, blieb doch, wie ich schon sagte, sein Charakter unverändert liebenswert und selbstlos.
Langsam, langsam versagten die Kräfte. Als er wegen seiner Augen nicht mehr lesen konnte, ließen wir auf Tonbänder gesprochene Bücher kommen. Ich muß hier meinen Dank an die Blindenbibliothek noch einmal aussprechen. Sie sorgte kostenlos dafür, daß wir ständig mit Tonbändern versehen waren, und er wurde dadurch in einem Maße beschäftigt und

angeregt, das unsere Erwartungen weit überstieg. Doch auch diese Phase war nur vorübergehend. Es kam die Zeit, in der die Worte ihren Sinn für ihn verloren und sogar die Musik ihm nichts mehr bedeutete; er war zufrieden, einfach nur zu existieren. Wenn er sich dessen bewußt gewesen wäre, hätte er darunter gelitten; eine gütige Macht, welche Art sie auch immer sein mag, bewahrte ihn davor. Sein Körper funktionierte weiter, ohne geistige oder seelische Bedürfnisse, und entwickelte dabei ein seltsam zähes Eigenleben.

»Vermutlich dauert es noch sehr lange«, sagte unser Hausarzt immer wieder. »Sie müsen Ihre gewohnte Arbeit fortsetzen. Sie müssen leben, Sie müssen reisen, Sie dürfen sich nicht aufzehren lassen von diesem Zustand, an dem doch nichts zu ändern ist.«

Und tatsächlich ließ sich das, was uns widerfuhr, nur auf diese Weise ertragen. Ich versuchte mein bisheriges Leben weiterzuführen, soweit mir das möglich war.

Das Ende war ganz unerwartet gekommen. Ich hörte meiner verheirateten Tochter zu, während wir durch die grüne Vorsommerlandschaft fuhren. Bis vor zwei Tagen hatte sich sein Befinden nicht verändert. Nach dem Frühstück besuchte sie ihn wie immer mit ihren drei kleinen Kindern. Er war wach und schien bereit, einen neuen Tag zu beginnen. Die Kleinen kletterten auf sein Bett, küßten ihn und streichelten ihm die Wangen. Ich glaube, daß er ein Stück sicheren Bodens für sie darstellte. Er lag Tag für Tag im Bett, seit sie auf der Welt waren; sie kannten nichts anderes, als ihn dort vorzufinden. Nach einer Weile verließ ihn meine Tochter mit den Kindern, und als sie kurz darauf zurückkam, war er gestorben. Jahrelang hatte er nicht gewußt, daß er lebte, und auch seinen Tod bemerkte er nicht.

»Niemand hätte irgend etwas tun können«, sagte meine Tochter.

»Ich weiß«, antwortete ich. »Ich habe es ja seit langem gewußt.«

Nun hatte ich alles erfahren, was es zu erzählen gab, und im ersten Augenblick empfand ich nur das Endgültige darin und eine grenzenlose Müdigkeit in allen Gedanken, allen Gliedern. Die zwei Nächte im Flugzeug und die dauernde Selbstbeherrschung unter fremden Menschen hatten mich wahrscheinlich mehr angegriffen, als mir bewußt geworden war. Ich saß schweigend da, meine Hände lagen im warmen jungen Griff meiner Tochter. Dann bog der Wagen in die vertraute Einfahrt ein. Die freundlichen Leute, die mir im Haushalt, auf dem Grundstück und bei den Büroarbeiten halfen, erwarteten uns schon. Ich mußte sie begrüßen, ihre Teilnahme entgegennehmen, ihren Tränen standhalten, bevor ich in mein Zimmer gehen konnte.

Alle Kinder waren nach Hause gekommen. Sie hatten alles getan, was nur möglich war. Sein Zimmer, das so viele Jahre an ein Spital erinnert hatte, war schon in ein Gastzimmer umgewandelt. Das Spitalbett war verschwunden, Teppiche lagen auf dem Boden, frischgewaschene weiße Vorhänge hingen an den Fenstern. Mein eigenes Zimmer war tadellos hergerichtet und mit Rosen geschmückt. Ich sah alles und fühlte nichts. Ich bewegte mich schlafwandlerisch. Sobald irgend jemand im Gespräch eine Pause machte, übermannte mich der Schlaf. Nach dem Mittagessen, an das ich mich nicht erinnere, obwohl ich es vermutlich zu mir nahm, legte ich mich auf das Sofa im Wohnzimmer und schlief, während die Kinder dies und das besprachen. Es war kein gewöhnlicher Schlaf; ich versank einfach in Bewußtlosigkeit.

Später gingen wir alle zum letzten Abschied zu ihm. Wir sahen nur seinen Körper, er selbst war nicht da. Doch der Körper ist kostbar. Durch den Körper drücken wir unsere Liebe aus, und mit dem Körper leben wir. Ich erinnere mich an ein Erlebnis, das ich als siebenjähriges Kind hatte. Ich lag mit schwerer Diphtherie in einer chinesischen Stadt. Mein jüngerer Bruder war gerade an derselben Krankheit gestorben und sollte an diesem Tag beerdigt werden. Meine Mutter schluchzte. Eine wohlmeinende, aber verständnislose Freundin sagte mit leisem Tadel: »Man begräbt ja nur seinen Körper. Seine Seele ist bei unserem Vater im Himmel.«
Meine Mutter geriet trotz ihrer Tränen in Zorn. »Aber sein Körper ist kostbar!« rief sie. »Ich habe ihn geboren. Ich habe ihn gepflegt und geliebt. Wo auch immer seine Seele ist, sie ist nicht in meiner Reichweite, und man nimmt mir seinen Körper weg, und das ist alles, was ich noch von ihm habe.«
Diese Worte fielen mir wieder ein, als ich vor seinem geliebten Körper stand. Er lag auf einer Couch, mit geschlossenen Augen und ungezwungen ruhenden Händen. Er trug seinen Lieblingsanzug aus Tweedstoff und die dunkelblaue Krawatte, die ich ihm zu Weihnachten geschenkt hatte. Seine schönen, noch nicht ganz weißen Haare waren aus der Stirn zurückgebürstet wie immer. Sein Gesicht wirkte wieder jung, fast faltenlos, die Lippen hatten einen friedlichen, stillen Ausdruck. Ich küßte ihn auf die Wange. Ich berührte seine Hand, die immer rasch und warm reagiert hatte. Jetzt war sie kalt.
Am nächsten Tag fand die einfache Trauerfeier statt. Die Kinder rückten die Möbel in der Bibliothek an die Wand, und ich stand am Fenster meines Schlafzimmers, bis alles bereit war. Die Mittagssonne schien in den Hof, und der Springbrunnen sprudelte leise in das Steinbecken.
Als ich in den unteren Stock ging, erwarteten mich die Hausangestellten,

die Leute von der Farm, die Kinder mit ihren Familien und die Krankenschwestern. Die Männer hatten seinen Sarg vor den Kamin gestellt. Der Deckel war geschlossen. Unser Pfarrer las einige Textstellen vor, dann hielt er eine kurze Ansprache als Freund. Ich erinnere mich nicht mehr an ihren Inhalt. Ich dachte an die vielen Stunden, die wir in diesem Raum verbracht hatten. Zuerst war hier das Spielzimmer der Kinder gewesen. Als sie dann größer wurden, so daß sie Korbball spielen und Rollschuh laufen wollten, richteten wir ihnen die Scheune als Tummelplatz ein und machten aus dem bisherigen Kinderzimmer eine Bibliothek mit hohen Regalen an den Wänden. Er ordnete die Bücher mit großer Sorgfalt ein, alle Gebiete hatten ihre bestimmten Fächer: schöngeistige Literatur, Sozialwissenschaften, Biographien, Kinderbücher, Reisebeschreibungen, Neuerscheinungen und so weiter. Er war ein Bücherliebhaber, ein gebildeter und weltoffener Geist. Obwohl ich so lange in Asien gelebt hatte, konnte er mir immer wieder Tatsachen erzählen, die mir neu waren. Als wir einmal eine Reise nach Indien und Südostasien und China und Japan machten, wußte er genau, welche wichtigen Persönlichkeiten wir kennenlernen sollten, und bei allem, was wir sahen, hatte er geschichtliche Erklärungen zur Hand. Zu Hause oder im Ausland, immer war er ein herzgewinnender und interessanter Gefährte. Vor allem hatte er nie eine männlich herablassende Art mir gegenüber.
Ich ging wieder in mein Zimmer, während man ihn forttrug, ich glaube, das war der schwerste Augenblick und ist es noch. Er verließ unser Haus und unser gemeinsames Heim für immer. Und dann kam die lange Fahrt zum Friedhof in New York, wo seine Eltern begraben sind. Die Männer, die auf dieser letzten Reise für ihn zu sorgen hatten, taten ruhig und rücksichtsvoll ihre Pflicht, und in New York lotsten uns Polizisten durch den Verkehr bis zu unserem Ziel.
Hier halte ich suchend inne. Und was taucht aus der Erinnerung auf? Dies: Mitten auf der traurigen Fahrt, im intensiven Schmerz, der mir bis in die Knochen zu dringen schien, blickte ich zufällig durch das Rückfenster auf die langsame Prozession schwarzer Wagen. Ja, aber zuhinterst folgten zwei feuerrote Combiwagen. Ich erkannte sie sofort. Einer gehörte meinem zweitältesten Sohn und der andere meinem ebenso jugendlichen Schwiegersohn. Als sie mir vor meiner Abreise nach Japan voller Stolz vorgeführt worden waren, hatte es mir im geheimen geschaudert, obwohl ich natürlich heroisch meine Bewunderung ausdrückte. Nun fuhren sie also blitzend und lebenslustig durch die Morgensonne, und mein Herz löste sich in Tränen und Lachen auf. Wie schade, wie schade, daß er diese beiden grellroten Wagen nicht sehen konnte, die ihm die letzte Ehre erwiesen – wie hätte er darüber gelacht!

Warum sage ich »hätte«? Es ist doch möglich, daß du irgendwo mitgelacht hast. Ich beharre auf meinem Standpunkt, bis –

Alles war zu unserem Empfang bereit, als wir an dem stillen Ort ankamen. Die Vögel sangen, und die Blumen blühten, und wir gaben der Erde seinen Körper zurück. Unser Pfarrer war mitgefahren und sprach die letzten Worte des Friedens und der Ergebenheit. Meine Söhne und mein Stiefsohn standen neben mir, drei starke junge Männer. Der Stiefsohn sollte das Unternehmen seines Vaters weiterführen. Meine Töchter begleiteten mich zum Wagen, und dann fuhren wir fort . . . Oh, der stumme letzte Augenblick, als er dort zurückgelassen werden mußte, und die Ankunft im leeren Haus! Ich kann nichts darüber schreiben. Den Frauen, die dasselbe erlebt haben und nun diese Zeilen lesen, kann ich nur sagen, daß es kein Entrinnen gibt. Diese Stunden müssen ertragen werden, und nicht nur einmal, sondern wieder und wieder. Man hat mir versichert, daß es allmählich leichter werde. Meiner Erfahrung nach nicht. Jedesmal, wenn ich nach Hause zurückkomme, ist es eine Heimkehr in das Geborgensein, aber es ist nicht mehr dasselbe wie einst und wird es nie mehr sein. Das weiß ich jetzt. Da man dieser Tatsache nicht entrinnen kann, muß man sie hinnehmen. Und dieses Hinnehmen lernt man im Lauf der Zeit, aber nicht sofort – oh, nicht sofort.

Wahrscheinlich hätte ich nicht nach Vermont fahren sollen. Aber wir sind immer dorthin gefahren, wenn der Sommer in Pennsylvanien zu heiß wird. Unsere Wälder und Felder werden dann so üppig wie ein Dschungel, und auch nachts bleibt es heiß.

Vielleicht hatte ich mir vorgestellt, daß ich seiner dauernden Abwesenheit irgendwie entfliehen könnte. Ich brauchte lange, bis ich einsah, wie aussichtslos das ist, wohin auch immer ich reise.

Nach einigen Wochen übersiedelte ich also mit meinen drei jüngsten Töchtern nach Vermont. Vor Jahren hatte ich dort ein kleines Haus für ihn und mich gebaut – zwei Schlafzimmer und ein großes Wohnzimmer, das gleichzeitig ein Eßzimmer mit Kochnische war. Die Kinder pflegten für sich über der Garage zu wohnen. Dieses Haus, in dem wir beide so viele gute Sommer verbracht hatten, bewohnte ich nun allein, während sich die Mädchen wieder in den Zimmern über der Garage einrichteten.

Ich machte mich ans Schreiben, spielte Klavier und saß stundenlang auf der Terrasse, die eine schöne Aussicht auf die Berge bietet. Ich weiß nicht, warum ich mir von diesem Aufenthalt irgendeine Erleichterung versprochen hatte. Erstens konnte ich nicht schreiben. Meine Gedanken verloren sich in Erinnerungen und Fragen und waren unfähig, sich schöpferisch mit anderen Schicksalen zu befassen. Die Menschen waren mir so fern gerückt, als wäre ich selbst gestorben. Nein, es half alles nichts. Vermont war nicht das richtige. Zum erstenmal empfand ich das Schreiben als ungenügende Beschäftigung. Ich brauchte eine feste Verpflichtung, eine Zusammenarbeit mit anderen, die mich täglich zwang, früh aufzustehen und mich irgendwo einzufinden.

Sobald mir diese Notwendigkeit klar wurde, entschloß ich mich zur Rückkehr nach Japan. Ich wollte meine Filmarbeit wiederaufnehmen. Die anderen waren inzwischen ein gutes Stück weitergekommen. Sie hatten ein Fischerdorf gefunden, das allen Wünschen zu entsprechen schien, eine terrassierte Farm, einen leeren Strand, eine Fischerhütte, einen Landsitz. Den Vulkan hatten wir schon. Ich könne mit der Arbeit beginnen, schrieben sie mir. Wann ich käme? Jetzt sofort, antwortete ich.

Es war Ende August. Die Mädchen hatten ohnedies nicht lange Ferien vor sich und konnten bei ihren Schwestern wohnen. Von der Familie aus lag kein Grund vor, der mich zum Bleiben verpflichtete, und der Gedanke an die Filmarbeit in Japan war mir willkommen.

II

Die Atmosphäre, die mich bei meiner zweiten Ankunft in Tokio empfing, drückte herzliche Begrüßung und wortlose Teilnahme aus. Je tiefer die Gefühle sind, um so weniger dürfen sie nach japanischer Ansicht ausgesprochen werden. In Amerika halten wir es für nötig, etwas zu sagen und Briefe oder Kondolenzkarten zu schicken. Hunderte von Briefen waren bis zu meiner Abreise gekommen, und überall, in der Stadt und auf dem Land, war ich von Freunden oder Fremden angesprochen worden: »Ich habe zu meinem großen Bedauern gehört –«

In Tokio wurde nichts gesagt, aber alles zu verstehen gegeben. Die zartfühlende Rücksicht verriet sich in jeder Kleinigkeit. Mein Hotelzimmer war mit Blumen geschmückt. Die kleinen Japanerinnen waren jederzeit zur Stelle und voller Dienstbereitschaft. Ich verstand diese Art des Verhaltens, denn in Japan wird sogar Liebe nicht in Worten ausgedrückt. Die japanische Sprache kennt keine Wendungen wie »Ich liebe dich«.

»Wie sagen Sie denn Ihrem Mann, daß Sie ihn lieben?« fragte ich einmal eine japanische Freundin.

Sie schien beinahe etwas schockiert zu sein. »Ein so tiefes Gefühl wie die Liebe zwischen Ehegatten kann nicht in Worten gefaßt werden«, erklärte sie. »Es muß sich in der Haltung und in Taten ausdrücken.«

Im Japanischen gibt es auch nichts Entsprechendes für unser »Liebling«, »Liebes«, »Schatz« und alles übrige dieser Art. Manche jungen Japaner beginnen zwar, die englischen Wörter dafür zu verwenden, aber vermutlich nie ganz im Ernst. Allerdings verwendet sie vielleicht überhaupt niemand mehr ganz im Ernst. Wenn ich höre, wie amerikanische Direktoren sie unbeteiligt und wahllos über Geliebte und Ungeliebte ausstreuen, im Hollywood- oder Broadway-Stil, lehne ich mich immer dagegen auf. Für einen Schriftsteller hat jedes Wort Bedeutung und Wert, einzeln oder in Verbindung mit andern, und jedes darf nur an der passenden Stelle eingesetzt werden, nicht anders als ein Edelstein. Die englische Sprache ist besonders reich an Liebesworten, deren Wurzeln tief im alten, angelsächsischen Boden stecken. Es verstimmt mich, wenn ein Mann eine Sekretärin oder Schauspielerin oder vielleicht ein Mädchen, dessen Name ihm entfallen ist, mit einem dieser kostbaren Liebesworte anredet. Echte Zuneigung, das tiefste Gefühl im menschlichen Herzen, wird damit entweiht. Für mich ist nichts im Leben von gleichem oder auch nur ähnlichem Wert wie echte Liebe zwischen Mann und Frau, mit allem, was sie umschließt. Die Worte, die wir seit Jahrhunderten dafür benützt haben, dürfen nicht abgegriffen werden, denn sie gehören uns allen. Wenn sie durch nachlässigen Mißbrauch ihren Glanz verlieren, wie sollen wir dann echte Liebe noch ausdrücken? Es wird uns etwas geraubt, das nicht ersetzt werden kann. Wohl jede Frau, die von dem Mann, den sie liebt, diese Worte gehört hat, muß zutiefst verstimmt sein, wenn die allgemeine Gewohnheit ihren Wert zerstört.

»Wie können Sie nur diese Worte so mißbrauchen?« fragte ich einen Amerikaner.

Er lachte verständnislos. »Es tut den Mädchen gut«, antwortete er leichthin. »Es ist ungezwungen, so – wissen Sie – einfach freundlich.«

Den japanischen Mädchen aber tat es weder gut, noch faßten sie es als Freundlichkeit auf. Die wenigen Ausnahmen waren problematische Fälle. Sie glaubten, daß Liebesworte Liebe bedeuteten, nahmen es ernst und wurden entsprechend hartnäckig. Die anderen, die es weder auf die Liebe der Amerikaner noch auf die damit verbundenen Vorteile abgesehen hatten, schrieben einem solchen Amerikaner ungebührliche Absichten zu und fühlten sich daher beleidigt. Es bedurfte langer Erklärungen, um sie zu besänftigen. Meistens verbot ihnen die Höflichkeit, sich in seiner Gegenwart zu beklagen, aber welche Empörung erhob sich hinter seinem Rücken!

»Ich zeige ihn an, wenn er das noch einmal sagt«, rief eine junge Schauspielerin mit schwarzen Zornesblitzen . . . Und tatsächlich ging sie vor Gericht. Ja, wir hatte unsere Probleme.

Die Aufnahmeorte waren festgelegt, obwohl ich sie vorläufig nur im Bild gesehen hatte; die nächste Aufgabe bestand im Suchen nach japanischen Darstellern. Japanische Filmtechniker und einen Kameramann hatten wir schon engagiert. Es war das erstemal, daß eine amerikanische Filmgesellschaft in Japan einen Film drehte, und zwar gemeinsam mit einer japanischen Filmgesellschaft, der größten und in mancher Hinsicht auch der besten. Zumindest mußte es ein hochinteressantes Experiment werden. Ich hatte schon einige Verfilmungen meiner Bücher gesehen, aber keine ließ sich mit diesem Vorhaben vergleichen, und noch nie war ich dabeigewesen.

Da mir bewußt ist, von welchen Gebieten ich nichts verstehe, beabsichtigte ich keineswegs, mich in die Regie oder andere Fachmannsarbeit einzumischen, doch ich genoß das Privileg, überall zusehen und meine Ansicht äußern zu dürfen. Ich glaube, bei dieser Abmachung verließ man sich vor allem auf meine Fähigkeit zu schweigen. Es galt als sicher, daß ich nur selten und wenig sprechen würde. Im großen ganzen bin ich tatsächlich von Natur aus still, außer wenn mich irgendeine Ungerechtigkeit aufbringt; dann allerdings soll ich entsetzlich wortreich werden, wie man mir versichert.

Die japanischen Mitproduzenten stellten uns Büroräume in ihrem stattlichen Geschäftshaus zur Verfügung, und dort saß ich nun täglich von morgens früh bis abends spät und beobachtete, hörte zu und urteilte anerkennend oder mißbilligend, während Schauspieler und Schauspielerinnen, Erwachsene und Kinder geprüft wurden. In erster Linie mußten wir vier Kinder finden, zwei Jungen und zwei Mädchen, mit denen die Geschichte anfangen sollte. Das Büro füllte sich daher mit Kindern und ihren Müttern.

Ich habe schon viele kleine Rollenanwärter gesehen, und oft machen sie einen traurigen Eindruck. Von diesen japanischen Theaterkindern aber hätte man das nicht behaupten können. Sie waren genau wie alle andern japanischen Kinder, gesund und fröhlich und ganz davon durchdrungen, daß sie zärtlich geliebt wurden. Weder sie selbst noch ihre Mütter verrieten die verkrampfte Spannung, die man bei amerikanischen Theaterkindern und ihren Müttern so oft sieht; der Unterschied beruht darauf, daß der Wettstreit das Leben in Japan nicht so beherrscht wie bei uns und daß der Wunsch nach Auszeichnung weniger ausgeprägt ist als die Rücksicht auf menschliche Gefühle.

Sie kamen nacheinander herein, wobei jede Mutter ihrem Kinderstar unaufdringlich folgte, und alle verbeugten sich mit der Grazie, die infolge eines Extragelenkes im japanischen Rückgrat zu entstehen scheint. Diese Verbeugungen sind einzigartig. Der Chinese nickt bei der Begrüßung und

beim Abschied fröhlich mit dem Kopf, der Koreaner verneigt sich voller Stolz. Die Japaner drücken tief und stolz zugleich ihre Ehrerbietung aus. Nur ein einziger Kandidat in der endlosen Prozession wirkte widerstrebend oder rebellisch. Er war von Mutter und Tante flankiert, und es zeigte sich bald, warum er von zwei Frauen begleitet werden mußte. Sein hübsches Gesicht hatte einen mürrischen Ausdruck, er verneigte sich nur knapp und war zuerst nicht zum Sprechen zu bringen. Mutter und Tante suchten mit sanfter Bestürzung dieses Benehmen zu entschuldigen und erklärten eifrig, daß er ein Preisschwimmer sei. Da die Rolle gute Schwimmkenntnisse verlangte, beglückwünschten wir den Jungen, doch er blieb stumm. Wir baten ihn, sich zu setzen, worauf er widerwillig Platz nahm. Auf die geflüsterten Beschwörungen seiner Angehörigen hin ließ er sich zu guter Letzt herbei, unsere Fragen kurz – zu kurz – zu beantworten. »Ja«, sagte er mit starrem Blick auf die Wand, »ich war in Schule. Japanische Schule . . . Ja, ich spreche Englisch – manchmal. Ich war dreieinhalb Jahre in Kairo, Ägypten und dort in englische Schule, aber spreche lieber nicht Englisch . . .« Japanische Schule gefalle ihm besser als englische Schule, erklärte er weiter. Er erinnerte sich nicht gern an Kairo. Eine Stadt, mehr nicht . . . Er wurde immer verstockter. Schließlich kam uns eine Vermutung, und wir stellten die Schlußfrage: »Möchtest du in diesem Film mitspielen?«
Er hob den Kopf, zum erstenmal strahlte sein Gesicht. »Nein!«
Wir fragten noch der Sicherheit halber: »Möchtest du später Schauspieler werden?«
Er leuchtete wie ein Neonlicht auf. »Nein!«
Wir brachen in Gelächter aus, und er sah uns voller Hoffnung an.
»Das Interview ist beendet«, sagten wir, »und du bist ein weiser Mann. Du weißt genau, was du nicht willst.«
Er schritt, ohne zu lächeln, zur Tür, ein künftiger Herr und Gebieter, während seine Frauen geschmerzt, aber fügsam hinter ihm hertrotteten. Offensichtlich hatte er damit nicht den ersten Sieg über seine Familie errungen; er war Siege gewohnt.
Im Laufe der Tage schieden sich die Gruppen der Unbrauchbaren und der eventuell Brauchbaren, wobei letztere Gruppe bedeutend kleiner war. Es gib in Japan viele hervorragende Kräfte beiderlei Geschlechts und jeden Alters, aber wir suchten Darsteller, die außer ihrer Qualität auch über Englischkenntnisse verfügten, da der Dialog englisch gesprochen werden sollte. Im Anfang dachten wir weltfremd, daß ihr Englisch tadellos sein werde. Später hofften wir nur noch auf eine halbwegs verständliche Aussprache, so daß die Illusion eines japanischen Dialogs vermittelt werden könnte.

Dabei fällt mir ein Erlebnis ein, das ich vor langer Zeit in China hatte. In einer abgelegenen Provinz machte ich eines Tages in einer Herberge halt und ließ mir von einer alten Frau Tee einschenken. Ich bedankte mich auf chinesisch und fragte dann, ob sie mit ihrem Leben zufrieden sei. Sie starrte mich entgeistert an und ließ die Teekanne fallen. »Der Himmel errette mich!« stieß sie hervor. »Was ist mir geschehen? Ich verstehe Englisch!«

Eine Illusion dieser Art hofften wir zu erreichen, doch zeitweilig fürchteten wir, sogar damit zu hoch gegriffen zu haben. Die Japaner sprechen das Englische unglaublich verschieden aus, aber sämtliche Akzente haben ein gemeinsames Charakteristikum: der Konsonant »l« scheint dem japanischen Ohr ebenso fremd zu sein wie der japanischen Zunge.

Mit derlei unterhaltsamer Arbeit verging der Tag bis zur Abenddämmerung, und das schlimmste an jedem Tag war nur, daß dann immer die Nacht kam.

Zum erstenmal in meinem Leben machte mich der Abend traurig. Die anderen gingen zu ihrem Mann oder zu ihrer Frau, während ich allein in mein Hotelzimmer zurückkehrte. Aus den Fenstern sah ich auf die Dächer der neuen Stadt, die nicht schön ist, wie ich schon sagte, da man sich bei dem heutigen Wiederaufbau um Schönheit nicht gekümmert hatte. Leider; denn nach der völligen Zerstörung durch die Bomben wäre es an sich möglich gewesen, ein neues Geschäftszentrum mit breiten Straßenzügen zu entwerfen, eine zwar moderne, aber in japanischer Art schöne Stadt. Es kam nicht dazu. Die Einwohner hatten bittere Zeiten hinter sich, sie sehnten sich verzweifelt danach, das normale Leben wiederaufzunehmen, und die Regierung war beinahe bankrott. Man begann Hals über Kopf zu bauen. Noch heute ist es fast aussichtslos, ein Haus nach seiner Nummer oder auch nur nach dem Straßennamen zu finden. Man muß sich auf gut Glück dem Zufall anvertrauen.

Abende in einsamen Hotelzimmern sind unerträglich, wenigstens für mich. Ich hatte viele Freunde und bekam viele Einladungen, weit mehr, als ich annehmen konnte, aber damit war mir nicht geholfen. Immer mußte die Fassade gewahrt, an Haltung gedacht werden, und im persönlichen Kontakt mit anderen fiel mir das nicht so leicht wie tagsüber bei der sachlichen Arbeit. In meiner Verzweiflung und Einsamkeit begann ich nachts durch die Straßen zu wandern, frei und von niemandem erkannt. Es gibt eine Unmenge Theater und Kinos in Tokio, und meistens mischte ich mich eine Weile lang hier oder dort unter die Zuschauer. Obwohl ich den Dialog nicht verstand, konnte ich die Handlung ohne weiteres erraten und mich darüber wenigstens an der Oberfläche erheitern. Sie

waren immer vollbesetzt; das Publikum lauschte mit intensivem Ernst, bis eine komische Wendung lautes Staccatogelächter hervorrief, auf das sofort wieder tiefer Ernst folgte. An einem dieser Abende fiel mir eine Amerikanerin auf, die ungefähr gleich alt war wie ich und genau wie ich herumzustreifen schien. Wir blieben stehen, beide über den gegenseitigen Anblick erstaunt, dann sprach ich sie an. Sie kam aus Los Angeles, ihr Mann war nach Formosa gefahren, wohin sie ihn nicht begleiten wollte, ihre Tochter aß mit einem jungen Amerikaner zu Abend – darum hatte sie dem lang unterdrückten Wunsch nachgegeben, allein auf Entdeckungen auszugehen. Als ich ihr begegnete, sah sie allerdings schon etwas unsicher, wenn auch nicht gerade ängstlich aus; sie nahm gern meinen Vorschlag an, gemeinsam in das Filmtheater zu gehen, vor dem wir standen, und die unerwartete Gesellschaft machte uns beiden Vergnügen. Im weiteren Verlauf befreundeten wir uns näher, ich lernte ihre Familie kennen und besuchte sie später auch in Los Angeles. Bis zu jenem Abend – und deshalb erzähle ich davon – war mir nicht bewußt, wie eine amerikanische Frau in einer japanischen Menge aussieht. Als sie mir auffiel, dachte ich natürlich nicht daran, daß ich genauso hervorstach.
Ich fühlte mich sogar ausgesprochen heimisch, wenn ich allein unter Japanern war. Vermutlich spielten dabei alte Erinnerungen an die Atmosphäre meiner Kindheit mit; wie oft hatte ich in Begleitung meiner chinesischen Kinderfrau in chinesischen Theatern gesessen oder im Freien auf einem Dreschplatz oder in einem Tempelhof, wo ein Schauspiel aufgeführt wurde. Ich begeisterte mich für Mirakelspiele und die langen historischen Dramen, durch die ich mit der einfachen Bevölkerung Religion und Philosophie oder chinesische Geschichte aufnahm. Die Zuschauer waren meine häufige Anwesenheit gewohnt, das blonde amerikanische Kind tauchte in der asiatischen Menge unter. Damals war es eine harmlos freundliche Menge, man machte meine Person nie für die Sünden des Kolonialismus mitverantwortlich, wie es heute anscheinend alle Asiaten gegenüber allen Weißen tun. Ich fühlte nur, daß ich von heiteren, gutmütigen Menschen umgeben war. In Tokio fand ich jetzt wieder denselben Menschenschlag vor, und sie nahmen meine Anwesenheit lediglich deswegen hin, weil sie sich damit abgefunden haben, die Amerikaner als einen Teil der Landschaft zu betrachten. In den langen Besetzungsjahren haben sie unsere besten und schlimmsten Seiten kennengelernt.
Tokio hat natürlich auch düstere Aspekte. Durch manche Straßen wäre ich nicht gern allein gegangen, ebensowenig wie in manchen Vierteln von New York und Philadelphia, wo sogar das Fahren gefährlich ist, wenn die Autotüren nicht abgeschlossen sind. Eine Großstadt bleibt eben eine Großstadt, und in allen gibt es Gesindel.

Während meines Aufenthaltes in Tokio ereigneten sich auch die Studentenunruhen, über die so viele unzutreffende Berichte verbreitet wurden. Ich kann nur sagen, daß ich mit eigenen Augen die Scharen von jungen Männern und Frauen sah: sie wirkten ernst, entschlossen, gut informiert. Sie hatten keine antiamerikanischen Absichten. Es waren Japaner, die ihre Verfassung schätzten, obwohl sie von Amerikanern bestimmt worden war – wenigstens von einem Amerikaner. Vor allem schätzen sie den Teil der Verfassung, in dem Japan als Nation verspricht, nie wieder Krieg zu führen. Nun wurden sie von den Amerikanern aufgefordert, im Kriegsfall für den Westen Partei zu ergreifen, obwohl sie nach Asien hin orientiert waren und in Zukunft vernunftgemäß neutral sein mußten. Durch die amerikanischen Stützpunkte auf ihrem Boden fühlten sie sich unter Zwang. Dadurch entstand eine Lage, die in ihrer Konfusion unerträglich für die Japaner wurde. Die Japaner sind ordnungsliebend, sie haben ihre verschiedenen Ebenen, sie vermischen ihre besten Seiten nicht mit ihren schlechtesten. Auf welcher Ebene sie zeitweilig auch stehen mögen, immer ist es eine bestimmte Ebene und keine andere. Infolgedessen wollten sie mit den Aufständen ihre Verwirrung kundgeben, aber sie hatten gegen niemanden Haßgefühle. In der Verwirrung können sie unter Umständen gewalttätig werden, nicht aus Haß, sondern um Klarheit zu schaffen.

Die Studenten spielten in meinem Leben immer eine beunruhigende und interessante Rolle. Ich denke dabei nicht an die relativ friedlichen Studenten in Nordamerika, deren heftigste Aktivität sich auf Collegestreiche zu beschränken scheint, sondern an die Studenten in Japan und Indien, Korea und China. Jede neue Zeit – wir haben ja in unglaublich raschem Wechsel neue Zeiten erlebt – wurde in China durch einen Studentenaufstand eingeleitet. Die Bevölkerung brachte diesen jungen Leuten Respekt entgegen, weil sie gebildet waren oder zumindest nach Bildung strebten und daher als privilegiert und besser unterrichtet galten als die Durchschnittsbürger, die weder lesen noch schreiben konnten. Die Asiaten betrachten Bücher als Schatzkammer der Weisheit, und da nur die Studierenden Zugang dazu hatten, nahmen sie – und nehmen sie noch heute – einen weit höheren Rang ein, als ihn das Alter oder eine Gesellschaftsklasse verleiht. Die Studenten nahmen ihre Stellung ernst und setzten bei jedem Aufstand ihr Leben aufs Spiel. Unter dem nationalistischen Regime wurden viele umgebracht, weil man sie kommunistischer Umtriebe verdächtigte. Zweifellos befanden sich auch Kommunisten darunter, aber die meisten waren einfach überzeugte Patrioten und wollten die Lebensbedingungen ihrer Landsleute verbessern. Sie gehören zu den ungezählten und ungenannten Märtyrern, doch man darf sie nicht übersehen.

Wenn man wissen will, was sich in einem asiatischen Land vorbereitet, braucht man nur auf die Studenten zu achten.

Was nun den Film betraf, während alle diese Dinge vor sich gingen, so brauchten wir eine Springflut. Alles übrige konnten wir suchen und finden, doch die Springflut ließ sich nicht nach Belieben aufbieten. Das Buch selbst begann mit einer Springflut. Als ich einmal ein Jahr auf der Insel Kyushu in Japan verbrachte, lernte ich ein hübsches kleines Fischerdorf am Südende der Küste kennen. Ungefähr ein Dutzend Steinhäuser drängten sich hinter einer steinernen Schutzmauer zusammen. Zum Meer hin hatten sie weder Tür noch Fenster. Nicht weil die Fischerleute das Meer nicht liebten. Sie liebten es sogar sehr; seit Generationen hatten sie am Meer und vom Meer gelebt. Doch Generationen haben auch die Wucht der riesigen Wogen erlebt, die durch Erdbeben auf dem Meeresgrund ausgelöst werden. Vulkan und Meer arbeiten gemeinsam am Verderben, und ich selbst sah es an einem schönen Septembertag ausbrechen.
Es kündete sich mit bestimmten Vorzeichen an. Im tiefen Ziehbrunnen sei das Wasser seit Tagen schlammig gewesen, sagten mir die Fischer. Dieser Brunnen lag dicht am Meer, am Fuß einer hohen Klippe, doch er enthielt Süßwasser. Den anderthalb Kilometer weiten Weg legten die Dorffrauen seit vielen hundert Jahren zurück, um alles Wasser für den Tagesbedarf zu holen. Als ich äußerte, daß dies doch sicher anstrengend sei, lächelten die Männer ungläubig. Die Frauen ebenfalls, muß ich sagen.
Zuerst kommt natürlich das Erdbeben; meistens hat es seinen Ausgangspunkt in Japan selbst oder in der Umgebung auf dem Meeresgrund. Erdbeben – sogar während ich hier auf sicherem Boden in Pennsylvanien schreibe, kann ich an das Wort nicht denken, ohne im ganzen Körper die abgründige Angst, die organische Beklemmung zu fühlen, die einen Menschen befällt, wenn die Erde unter seinen Füßen wankt. Es ist, als löste sich die Welt auf. Die eine Sicherheit, die wir Menschen haben, ist dieser Erdboden, der unsere Heimstätte ist, diese Weltkugel, an die wir uns klammern. Katastrophen mögen über uns hereinbrechen. Donner und Blitze im Himmel grollen und zucken, Windstöße aus dem Weltraum herunterfahren, Regengüsse aus den Wolken prasseln, sogar das Meer kann sich im Sturm aufbäumen, aber unter uns haben wir doch die Erde oder wenigstens die Vorstellung davon. Wenn uns die Erde im Stich läßt, wenn wir nicht auf den Füßen stehen können, wenn der Boden birst und Häuser und Menschen verschluckt, dann sind wir erst wirklich verloren . . . Bei einem heftigen Erdbeben in Japan sah ich einmal, wie sich ein Spalt auftat und ein rennendes Kind hineinfiel. Die Mutter lief ihm nach und sprang hinter ihm hinunter, und der Boden schloß sich wieder, und

nur ihre langen schwarzen Haare lagen noch wie Seetang auf der bebenden Oberfläche . . .

Am Tag nach meiner zweiten Ankunft in Tokio, als ich nach Mitternacht in meinem Hotelzimmer schrieb, spürte ich plötzlich wieder das Beben aus der Tiefe der Erde, und auch diesmal befiel mich die alte Angst. Es war nur eine schwache Erschütterung, aber einen Augenblick lang konnte ich keine Buchstaben formen, weil der Schreibtisch zitterte. Die meisten Leute schliefen weiter, doch die Morgenzeitung meldete ein starkes Zittern. Solche Erdstöße kommen in Japan häufig vor, hundert- oder tausendmal im Jahr, durchschnittlich viermal pro Tag, und jedesmal wird die tapfere Bevölkerung daran erinnert, daß sie auf gefährdeten Inseln lebt. Die psychologische Auswirkung dieses ständig gespannten Zustandes liegt auf der Hand. Die Japaner haben extreme Stimmungsschwankungen – eine überbordende Fröhlichkeit, eine tiefe und manchmal hemmungslose Melancholie. Die absichtlich gepflegte und disziplinierte Oberfläche – Lächeln und Gleichmut und Unbekümmertheit – verdeckt bei allen, wie man wohl ohne Übertreibung behaupten darf, eine dunkle Schwermut, die aus dem bei Kindern und Erwachsenen selbstverständlichen Wissen entspringt, daß trotz allen Schönheiten und Freuden Katastrophen lauern. Dieses Bewußtsein begünstigt in ihnen die Neigung zur Rücksicht, die sanfte Liebenswürdigkeit, als wollten sie damit ausdrücken: da die Welt jederzeit zugrunde gehen kann, wollen wir freundlich zueinander sein. Wird dann diese eingewurzelte Freundlichkeit abgelegt, wie im Krieg, wo den Menschen Brutalität beigebracht werden muß, so können sie unvorstellbar grausam werden . . . Aber ich wollte von Erdbeben und Flutwellen sprechen.

Wir brauchten also eine springende Flut. Das Erdbeben war eine Frage der Kameratechnik, doch die Springflut überstieg unsere Möglichkeiten. Hier kam uns das Glück zu Hilfe. Unsere japanischen Mitproduzenten besaßen das beste Atelier für Sonderverfahren im ganzen Land, ja es sollte sogar das beste auf der Welt sein, wie man mir sagte. Vorläufig konnte ich mir unter »Sonderverfahren« nichts vorstellen, doch dann erfuhr ich, daß in unserem Fall die Wiedergabe von Naturereignissen mit Hilfe von Miniaturbauten gemeint war. Die Japaner haben ein besonderes Talent für derartige Kunstfertigkeiten, und von allen Japanern ist Tsuburaya der allerbegabteste. Zufällig arbeitete er gerade für diese japanische Produktionsfirma, so daß wir ohne weiteres eine Besprechung mit ihm vereinbaren konnten.

Schon der erste Blick auf ihn verriet uns, daß wir einen Künstler vor uns hatten. Er trug Arbeitskleidung, ein loses Hemd, weite Hosen und eine japanische Jacke, und er begrüßte uns mit aller Ehrerbietung gewinnend

natürlich. Ja, sagte er, es sei ihm bekannt, daß wir eine Flutwelle brauchten, und er habe schon Entwürfe für uns bereit.
Es waren erstaunlich zutreffende Aquarelle, die den sich aufwölbenden Horizont darstellten, dann die heranbrausende Woge und den Aufprall des turmhohen Gebildes. Eine Flutwelle beginnt nicht als Welle. Zuerst hebt sich die Horizontlinie, das Meer steigt gegen den Himmel und nähert sich der Küste in Form einer Wasserwand, die einen halben Meter hoch sein kann oder auch siebzig Meter. Ein gewaltiger Sog zieht das Meer in die Welle zusammen, so daß man von einer Klippe aus den bloßgelegten Meeresgrund draußen vor der Küste sehen kann. Dann überschlägt sich die Riesenwelle und überflutet Land, Häuser und Menschen.
Ich beobachtete Tsuburayas Mienenspiel, als er den auf seinen Skizzen dargestellten Verlauf beschrieb. Ich möchte dieses schöne Gesicht malen können, wenigstens in Worten. Ich verwende den Ausdruck »schön« im vollen Bewußtsein seiner Bedeutung. Er war nicht im oberflächlichen Sinn hübsch, sondern von Gedanken und Konzentration zerfurcht. Die Sensitivität darin erinnerte an ein Kindergesicht, ein Kindergenie, aber ohne jeden Zug von Unreife. Es war weise und sanft und dabei frisch und kräftig und heiter, das geläuterte Gesicht eines Künstlers, der in seiner Kunst Zufriedenheit und Erfüllung findet.
Wir unterhielten uns gemächlich, vor allem hörte ich zu, während er seine Pläne darlegte. Er wollte mit dem Kamerateam in das Fischerdorf fahren und alles fotografieren lassen. Dann wollte er die Szenerie im Atelier nachbilden und sie später, wenn die Dreharbeiten begonnen hatten, dem Film genau anpassen. Vorläufig genoß ich die Freude des Schriftstellers, der sein Werk verstanden sieht und weiß, daß es wahrheitsgetreu in eine andere Ausdrucksform übersetzt wird.

Die Erfahrung hat mich gelehrt, daß die Theaterleute nicht nach dem Maßstab beurteilt werden können, der für uns gewöhnliche Sterbliche gilt. Sie sind von vornherein eine Gruppe für sich, ganz gleich, welcher Rasse, Nationalität oder Klasse sie angehören mögen. Chinesische Schauspieler sind wie amerikanische Schauspieler und wie die Schauspieler in anderen Ländern, weil sie eben in erster Linie Schauspieler sind. Auch Regisseure ähneln einander, trotz Unterschieden in bezug auf Alter, Hautfarbe, Religion, Nationalität, und auch alle Primadonnen – ohne Ausnahme. Ich erwähne diese Tatsache als Einleitung zu unserer ersten Schwierigkeit, die bei der Filmarbeit auftauchte. Alles war so angenehm, so reibungslos vor sich gegangen, daß ich eigentlich, heiter-pessimistisch wie ich bin, schon Sturmzeichen am Horizont erwartete – irgendeinen Knoten im Faden, eine Störung im Getriebe.

Es begann an einem heißen Sommermorgen, als die Klimaanalge versagte – wahrscheinlich versagte sie, damit für die richtige Temperatur vor Ausbruch des Gewitters gesorgt wäre. Der Produktionsleiter trat mit übertriebener Liebenswürdigkeit auf mich zu. Wie üblich saßen der amerikanische Regisseur und ich in seinem Büro, und der Produktionsleiter war zu herzlich, um mir ganz geheuer zu sein. Ich hätte gleich ahnen können, daß er etwas im Schilde führte. Er beauftragte einige hübsche Mädchen, uns Tee zu bringen, und als der Amerikaner sagte, daß er Kaffee vorziehe, weil man in ganz Tokio nur hier guten Kaffee bekäme, bestellte der Produktionsleiter bei ein paar anderen hübschen Mädchen Kaffee. Wir saßen also an dem niederen runden Tisch, und nachdem sich der Produktionsleiter den Schweiß von seinem wohlgenährten Gesicht und Hals gewischt hatte, sagte er nebenbei – zu sehr nebenbei –, daß seine Firma, da ja ihr Ruf bei unserem Film mit auf dem Spiel stehe, gern einen japanischen Regieassistenten neben dem Amerikaner einsetzen würde.
Ich weiß, daß im Grund nichts im Leben von nebensächlicher Bedeutung ist. Als ich daher eine plötzliche Wachsamkeit in den Augen des Amerikaners aufblitzen sah, antwortete ich meinerseits betont nebenbei. Selbstverständlich, sagte ich, wäre uns eine solche Hilfe willkommen. Der Film solle ja in jeder Einzelheit wirklichkeitsgetreu werden. Auch in Amerika erwarte man das. Der Produktionsleiter erwähnte noch betonter nebenbei den Namen eines Regisseurs. Ich kannte ihn. Es war der Name eines berühmten japanischen Filmregisseurs, der zwar offiziell im Ruhestand lebte, aber nichtsdestoweniger unermüdlich arbeitete.
»Ich würde ihn gern kennenlernen«, sagte der amerikanische Regisseur ebenfalls nebenbei.
Alles verlief anscheinend glatt und höflich, der Produktionsleiter seufzte befriedigt und bestand darauf, zum Tee und Kaffee auch noch Ingwerbier kommen zu lassen. Er war ein großer, schwerer Mann und galt als schwieriger Charakter. Am Tag vor unserer ersten Begegnung hatte man mich vertraulich davor gewarnt, daß er vielleicht mit dem amerikanischen Regisseur nicht gut auskommen werde, da ihre Charaktere nicht harmonierten. Auf meine Frage, was das bedeute, hatte man mir auf japanische Art erklärt, daß der Amerikaner energisch und zielbewußt sei und der Japaner ebenfalls. Der Amerikaner gebe nicht leicht in einem Punkt nach, in dem er sich im Recht glaube. Der Japaner desgleichen. Sagen wir unverblümt, daß beide nie nachgeben. Dieser Umstand hatte mir einige Sorgen bereitet, und nun hoffte ich leise, daß der japanische Regieassistent als Puffer wirken könnte.
Als ich jedoch diese Möglichkeit einige Stunden später dem Amerikaner gegenüber andeutete, erwiderte er kurz, daß er keines Puffers bedürfe.

Der japanische Produktionsleiter gefalle ihm, da er so offen sei wie ein Amerikaner, und so werde er mühelos mit ihm auskommen. Da die Stimme des amerikanischen Regisseurs etwas gereizt klang, verzichtete ich auf weitere Auseinandersetzungen. Ich sagte mir, daß die Zeit manche Dinge von selbst ordnet. Asien hatte mir diese Erkenntnis beigebracht.

Unterdessen befaßten wir uns unentwegt mit dem Besetzungsproblem, das in Tokio nicht anders ist als am Broadway. Wir saßen hinter dem langen Tisch im Büro, und die Schauspieler und Schauspielerinnen stellten sich einzeln vor. Während die Fragen an sie gerichtet wurden, prüften wir die vor uns liegenden Bilder eingehend auf ihre fotogene Qualität.

Viele gutaussehende junge Männer und zahllose hübsche Mädchen meldeten sich, ferner einige ältere Charakterdarsteller beiderlei Geschlechts. Die Fragen lauteten jedesmal:

»Ihr Name?«

»In wie vielen Filmen haben Sie schon gespielt?«

»Welche Ihrer Rollen halten Sie für die beste?«

Im Laufe des Verhörs, meist schon sehr bald, zeigte sich nur allzu deutlich, daß ihre Englischkenntnisse sehr schwach oder überhaupt nicht vorhanden waren. Der einzige fehlerlose englische Satz war: »Ich kann nicht Englisch.«

»Wo haben Sie Englisch gelernt?« fragten wir.

»In Schu-re, ja.«

»Wie viele Schuljahre?«

»Sechs.«

»Sechs Jahre?«

Ein Nicken. Wir bemühten uns, nicht zu lächeln, als immer wieder von diesen sechs Jahren die Rede war. Ein junger Mann, der am schlechtesten Englisch sprach, behauptete sogar: »Zehn Jahre.«

Wir machten den Versuch, englische Wörter und kurze Sätze wiederholen zu lassen. Ein gutes Ohr, dachten wir, würde vielleicht zum Lernen des englischen Dialogs genügen. Manchmal war das Ohr sehr gut, meistens jedoch nicht.

Wenn du nächstesmal ein Drehbuch schreibst, sagte ich mir im stillen, soll der Ort der Handlung in einem englischsprechenden Land sein.

Als schließlich ein Schauspieler erschien, der fließend Englisch sprach, hätten wir ihn am liebsten nur deshalb engagiert. Doch es waren noch andere Punkte zu berücksichtigen. So verbrachten wir über eine Woche, nicht gerade von Hoffnungen erfüllt, aber auch nicht ganz hoffnungslos.

Die Sache mit dem zweiten Regisseur kam inzwischen nicht zur Ruhe. Der Produktionschef teilte uns eines Morgens mit, daß er uns mit dem japanischen Regisseur bekannt machen werde. Sowohl die Tüchtigkeit als auch die chronische Verzweiflung dieses Produktionschefs beeindruckten mich von Tag zu Tag mehr. Jede Woche mußte er einen Film für die kinobesessenen Japaner herausbringen. Das war und ist ein kaum zu bewältigendes Arbeitsprogramm, doch er versicherte mir, daß er es nicht einschränken könne, bis das Fernsehen eine ernstliche Konkurrenz werde; dann erst, sagte er, würden die Produktionsfirmen bessere und daher nicht mehr so zahlreiche Filme herstellen müssen.

Vorläufig konnte er sich keine Pause gönnen. Unablässig hatte er Konferenzen mit Regisseuren, Aufnahmeleitern und allen möglichen Leuten, während er zugleich auch unser Vorhaben im Auge behielt und häufig in Hemdsärmeln auftauchte, trotz der Klimaanlage mit schweißglänzender Stirn. Er hatte ein sehr hübsches, japanisch-klassisches Gesicht, obwohl es zweifellos nicht ganz so hübsch war wie einst, als der Weingenuß und ähnliches noch keine Spuren hinterlassen hatten. Jetzt waren die Wangen etwas zu schwer, und unter den schönen Augen bildeten sich Säcke. Aber wenn er lachte – was wie Löwengebrüll klang –, strahlten seine Züge plötzlich. Er ließ so oft wie nur möglich alle Formalitäten beiseite und bat uns wiederholt um Offenheit. Doch ich kannte ihn noch nicht ganz. Das kam erst später.

Eines Nachmittags also wurden wir in ein anderes Büro geführt, wo wir auf die angekündigte Begegnung mit dem japanischen Regisseur warten sollten. Nach ungefähr fünf Minuten kam er, ein für sein Alter gutaussehender Mann – wie ein japanischer Stokowski, nur größer – mit weißem Haar und stolzem Profil. Er verbeugte sich gemessen, und ich sah, wie ein kühler Ausdruck das Gesicht des Amerikaners überzog.

Zwei junge Schauspieler waren eben im Begriff, eine Szene für uns darzustellen. Der japanische Regisseur setzte sich. Er verstand ebensogut Englisch wie der Produktionschef, aber genau wie dieser wollte er selbst nur japanisch sprechen.

Der Amerikaner erklärte, daß er eine Szene zwischen Toru und Yukio, den beiden Hauptfiguren dieses Films, spielen lassen wolle. Der japanische Regisseur griff zur Feder und begann zu notieren, wie die Szene seiner Ansicht nach zu sein hätte. Der Amerikaner suchte ihn durch unsere Dolmetscherin davon abzuhalten, mit der Begründung, daß die Szene nicht festgelegt werden dürfe, sondern sich frei entwickeln müsse. Der Japaner unterbrach die Dolmetscherin mit einer gebieterischen Handbewegung. Die Augen des Amerikaners blitzten stahlhart auf, und er wiederholte seine Wünsche.

»Bitte sagen Sie dem Herrn, daß ich die Szene nicht aufgeschrieben haben will. Ich möchte, daß die Darsteller improvisieren.«

Die Dolmetscherin nahm einen neuen Anlauf, offensichtlich einge-

schüchtert durch den großen Namen und das hoheitsvolle Gebaren des japanischen Regisseurs. Abermals ein gebieterisches Abwinken der königlichen Hand! Nun griff der Amerikaner selbst ein. Als sich der Japaner vorbeugte, um den Schauspielern seine Notizen zu überreichen, nahm der Amerikaner das Blatt und sagte energisch auf englisch: »Ich wünsche nicht, daß sie sich an schriftliche Anweisungen halten.«
Die Darsteller erstarrten in beklommenem Schweigen. Wem sollten sie gehorchen? Schließlich entschieden sie sich zugunsten des Amerikaners. Der Japaner lehnte sich mit finsterem Ausdruck zurück. Ich wußte, was bevorstand, doch ich wußte auch, daß die Auseinandersetzung erst erfolgen konnte, wenn wir in unser Hotel zurückgekehrt wären. Aber der Amerikaner bewahrte eine vollendete Haltung, und sofort nach Abschluß der Szene – die übrigens in Anbetracht der gespannten Atmosphäre recht gut gespielt wurde – standen wir auf und verabschiedeten uns vom japanischen Regisseur und den anderen Anwesenden. Da die Dolmetscherin mitfuhr, wurde im Auto nichts gesprochen. Am Hoteleingang jedoch sagte der Amerikaner zu mir: »Ich muß mit Ihnen sprechen, bevor alles in Stücke geht.«
Ich fügte mich in das Unabwendbare: »Gut, treffen wir uns bei mir oben. Ich erwarte Sie in einer Viertelstunde.«
Ich brauchte ein paar Minuten Sammlung, um mich auf die unangenehme Aussprache mit einer Primadonna vorzubereiten. Wie definiert man »Primadonna«? Was auch immer im Wörterbuch stehen mag, im wirklichen Leben ist es ein ichbetonter Mensch – nicht unbedingt ein egoistischer oder absolut egozentrischer, aber zweifellos einer, dessen Mittelpunkt das eigene Ich ist. Unter den Regisseuren findet man im großen und ganzen zwei Typen: den Schauspieler-Regisseur und den Nur-Regisseur. Ersterer ist bei den Darstellern sehr beliebt. Er umwirbt sie, bezaubert sie, gibt ihnen nach, spart nicht mit Schmeicheleien und bindet sie emotionell an sich, bis sie ihr Bestes für ihn tun. Das bezeichnet er als »ihre Talente entwickeln«. Früher oder später zerstört er sie auch, vor allem wenn sie ihn nicht aus der seelischen Bindung entlassen, die er geknüpft hat. Sobald die Dreharbeiten beendet sind oder die Theaterpremiere stattgefunden hat, erwartet er, freigegeben zu werden, denn die Gefühle haben dann ihren Zweck erfüllt, und er nimmt es übel, wenn er festgehalten wird. Manche Schauspielerinnen wollen die Bindung törichterweise fortsetzen, und wenn sie zerrissen wird, sind sie zumindest eine Zeitlang schwer verwundet. Doch sie alle bleiben in ihren Gefühlen so abhängig, daß sie ihn weiterhin begeistert »einen Schauspieler-Regisseur« nennen. Der Nur-Regisseur dagegen benützt keine Gefühle als Hilfsmittel, um Darsteller oder Darstellerinnen zu entwickeln. Er weiß, was er will, und

er kümmert sich nicht um »Entwicklung«. Mit Hilfe von Kunstbegriffen und Beispielen aus dem betreffenden Stück erklärt er genau, was zu geschehen hat, und die Darsteller müssen sich danach richten. Die japanischen Regisseure gehören meines Wissens ohne Ausnahme zur letzteren Gruppe.

Als ich bei diesem Punkt meiner Analyse angelangt war, klopfte es an der Tür, und der Amerikaner trat schweigend ein – man pflegt das »unheilverkündende Stille« zu nennen. Er setzte sich und begann wie üblich, mich auf gewisse kleine Fehler aufmerksam zu machen, die ich mir im Laufe des Tages hatte zuschulden kommen lassen – ob klein oder groß, spielte keine Rolle, denn alle Fehler waren jetzt schwerwiegend, und alle lagen bei mir.

»Warum«, fragte er mit furchterregender Betonung und durchbohrendem Blick, »mußten Sie diesen Japaner wie einen alten Freund begrüßen? Warum mußten Sie ihm danken und dazu versichern, daß uns seine Hilfe willkommen sei?«

Ich murmelte etwas von japanischen Höflichkeitsregeln und dergleichen, aber nichts vermochte das Unabwendbare aufzuhalten. Er ließ sich nicht beirren.

»Ich muß Ihnen eines klarmachen«, sagte er und ich bezweifelte nicht, daß er das mußte. »Wenn dieser japanische Regisseur nicht sofort ausgeschaltet wird, fahre ich nach New York zurück.«

Ich war sprachlos. Den japanischen Regisseur ausschalten, nachdem der Produktionsleiter ihn zugezogen hatte? Ebensogut hätte man mich auffordern können, den Berg Fuji aus der Landschaft zu entfernen!

Der Amerikaner fuhr in eisigem Ton fort: »Es kann nur einen Regisseur geben. Entweder bin ich der Regisseur – oder ich bin es nicht.«

Der Himmel stürzte ein. Ich war vernichtet. Die gefürchtete Krise war eingetreten. Ich hatte gehofft, daß sich die Zeit mildernd auswirken werde, hatte mich in törichtem Optimismus gewiegt, und nun befiel mich Verzweiflung. Ich bin ohnedies nicht zum Kämpfen geschaffen, und wenn mir eine Schlacht aufgezwungen wird, versuche ich immer das gute alte chinesische Sprichwort zu befolgen: »Von den sechsunddreißig Fluchtarten ist das Davonlaufen die beste.« Unglücklicherweise gab es in diesem Fall keinen Ort, wohin ich davonlaufen konnte.

Ich stand auf. Es war fast sechs Uhr abends, und ich hätte mir gern grünen japanischen Tee bestellt, mein Lieblingsgetränk, und dazu einen japanischen Roman gelesen, während ich auf das Essen wartete. Aber weder an Tee noch an einen Roman war jetzt zu denken. Ich stellte mir die schlimmste und abschreckendste Konsequenz vor und erwiderte:

»Also, dann fahren wir jetzt gleich zum Produktionsleiter und erklären es ihm.«
Im stillen hoffte ich, daß der Amerikaner meinen Mut bewundern werde. Mein Vorschlag war ebenso kühn, wie wenn ich gesagt hätte: Fahren wir in den Zoo, suchen wir den größten, wildesten Löwen und zwicken wir ihn in den Schwanz. Doch er verriet keinerlei Bewunderung. Er stand befriedigt auf, und wir machten uns auf den Weg. Die Dolmetscherin begleitete uns ängstlich, und als wir ihr unser Vorhaben darlegten, erbleichte sie.
»Japanischer Regisseur«, stieß sie hervor, »ist sehr großer Mann. Produktionsleiter auch.«
Ich begann diesen amerikanischen Regisseur vorübergehend zu verabscheuen. Warum hatte ich mich überhaupt darauf eingelassen, einen Film in Japan zu drehen? Aber nun gab es kein Zurück mehr. Schon hatten wir das Gebäude betreten. Wir fuhren im Lift hinauf. Wir meldeten uns im Empfangsbüro des Produktionsleiters. Ja, wir müßten ihn sprechen, bevor er fortgehe, sagten wir. Die hübsche Sekretärin entgegnete erstaunt, daß der Produktionsleiter sehr beschäftigt sei und so weiter, doch wir erwiderten, daß wir warten wollten. Wir wurden in sein Büro geführt und nahmen Platz. Der Produktionsleiter ignorierte uns, während er in mehrere Telefone zugleich brüllte. Ich stellte sinnlos fest, daß sämtliche Telefonapparate in dem grünen Zimmer türkisblau waren. Ich zählte die Knöpfe auf dem Rücken seiner hübschen Sekretärin, während sie an einem Apparat mit sanfter Stimme die Anweisungen des Chefs wiederholte. Man brachte uns grünen Tee, doch ich fürchtete, daß ich beim ersten Schluck ersticken würde. Nach endlosen fünf Minuten oder zehn Minuten – mein Zeitbegriff hatte mich verlassen – sank die massige Gestalt des Produktionsleiters auf einen Stuhl an unserem Tisch, und er richtete einige grunzende Laute an seine Dolmetscherin. Ich erriet nur zu deutlich, daß er auf seine Weise fragte, warum, zum Teufel, wir hier wären.
Ich stellte mir dieselbe Frage. Ich hätte viel darum gegeben, nicht dazusein, aber ein Seitenblick auf das steinerne Profil des Amerikaners genügte, um Frage und Antwort zu töten. Ich machte einen Tauchsprung, wohl wissend, daß es Selbstmord bedeutete. Als erstes versicherte ich dem Produktionsleiter, der jedes Wort verstand, obwohl er sich den Anschein gab, als könnte er kein Englisch, daß wir uns durch seine Hilfsbereitschaft geehrt fühlten, doch in Anbetracht der Umstände, da Regisseure nun einmal Regisseure seien, der eine jung, der andere alt – so monologisierte ich weiter und hoffte, den letzten Punkt umgehen zu können: den entscheidenden Augenblick, in dem ich unverblümt sagen mußte, daß wir den japanischen Regisseur nicht dabeihaben wollten – das heißt, der

amerikanische Regisseur wünsche es nicht –, das heißt, ich sei sicher, daß der Produktionsleiter verstehe, wie peinlich es für einen amerikanischen Regisseur wäre, bei seinem ersten Film in Japan einem älteren und hochangesehenen Regisseur zu erklären – und so weiter. Dem Amerikaner erscheine ein solches Verhalten unvorstellbar, ganz abgesehen von der dadurch entstehenden Verwirrung unter den Schauspielern, die dann nicht mehr wissen würden, wem sie – und so weiter –

Die Dolmetscherin mühte sich mit meinen zögernden Andeutungen ab. Schließlich unterbrach der Produktionsleiter alles Zögern und Übersetzen. Er klopfte sich mit seinen großen, gutgeformten Händen auf die dikken Knie und brüllte auf englisch: »Amerikanischer Regisseur muß stark sein! Amerikanischer Regisseur muß zu jedem sagen: ›Hören Sie auf mich!‹ «

Er schlug sich auf die gewölbte Brust, um anschaulich zu machen, wie sich der Amerikaner zu benehmen habe. Der Amerikaner blieb jedoch ungerührt. Er antwortete mit eisiger Ruhe: »In meinem eigenen Land verstehe ich mich sehr gut in dieser Weise durchzusetzen. In Japan ist das nicht am Platz. Ich muß darum ersuchen, daß der japanische Regisseur ausgeschaltet wird.«

Die beiden Männer starrten einander drohend an. Ich öffnete meine Handtasche und entnahm ihr den chinesischen Fächer, den ich für solche Notfälle mitführe. Obwohl der Raum angenehm kühl war, hielt ich es für nötig, mich zu fächeln. Ich versuchte an etwas Fernliegendes und Erfreuliches zu denken, zum Beispiel an die Berge von Vermont.

Ich hörte ein lautes Seufzen. Der Produktionsleiter hatte es ausgestoßen. Er stand auf, ging durch das Zimmer und rieb sich mit beiden Händen den Kopf. Dann knurrte er, noch immer auf englisch: »Ich wußte, daß so etwas passieren muß – o ja, verdammt!«

Er setzte sich wieder und versank in Brüten. Ich kenne meine Japaner, ich verstand, wie unglücklich er war. Jemand mußte das Gesicht verlieren, und es durfte nicht der betagte und berühmte japanische Regisseur sein. Aber auch wir konnten es nicht sein, da wir als Fremde nicht die nötigen Begriffe hatten, um das Gesicht zu verlieren. Er hob den Kopf und warf mir einen vorwurfsvollen Blick zu. Sie, sagte der Blick, Sie haben die Begriffe. Sie hätten mir das ersparen sollen.

»Es tut mir leid«, murmelte ich hinter meinem Fächer. »Es tut mir sehr, sehr leid. Aber was kann ich tun? Wenn ich es Ihnen nicht gesagt hätte, wenn wir mit den Dreharbeiten begonnen hätten, wären noch viel schlimmere Schwierigkeiten entstanden.«

»Ah«, seufzte er, »das ist wahr. Wir müssen es hinter uns bringen, das ist besser.«

Er war nicht mehr imstande, weiter englisch zu sprechen. »Erklären Sie ihnen«, sagte er auf japanisch zur Dolmetscherin, »daß ich die Sache in die Hand nehme. Morgen will ich das Weitere mit ihnen besprechen. Ich bin sehr beschäftigt, aber ich werde sie empfangen.« Er drehte uns so rasch als möglich den Rücken zu, und wir kehrten ins Hotel zurück.
»Wenigstens ist es erledigt«, sagte ich zu dem Amerikaner.
Er blieb finster. »Wir wissen noch nicht, wie es aussgeht«, erwiderte er.
Der nächste Tag schien seine Ahnungen zu bestätigen. Wir begaben uns ins Studio und setzten die Prüfung der Rollenanwärter fort. Alles verlief wie bisher, nur zeigte sich der Produktionsleiter nicht, von dem doch unsere Entscheidungen abhingen. Hübsche Schauspielerinnen stellten sich vor, versicherten, daß sie sechs Jahre Englisch gelernt hätten, erklärten, daß sie nicht Englisch sprechen könnten, und verschwanden wieder. Hübsche junge Männer kamen und sagten dasselbe. Wir faßten neuen Mut durch einen älteren Schauspieler, der sich für die Rolle von Torus Vater eignete und tadellos Englisch sprach. Doch der Produktionsleiter blieb unsichtbar. Als wir eine hübsche Büroangestellte nach ihm fragten, ging sie fort und meldete uns nach einer Weile, daß er uns um zwei Uhr in seinem Büro erwarte. Er sei sehr beschäftigt et cetera. Man brachte uns köstliche Sandwiches – gestern waren sie mit Rindfleisch belegt gewesen, heute war es gewürztes Schweinefleisch. In Japan, möchte ich hier einfügen, kommt das Rindfleisch von biertrinkenden Kobe-Kühen, die täglich von fachkundigen Cowboys massiert werden, und es ist zarter als alles Rindfleisch, das ich je gegessen habe.
Punkt zwei Uhr fanden wir uns im Büro ein. Kein Produktionsleiter erschien am Horizont, weder an diesem noch an einem der folgenden Tage. Der Amerikaner wurde verstimmt und ich resigniert. Die hübschen Sekretärinnen erkundigten sich für uns und kehrten mit der Nachricht zurück, daß der Produktionsleiter uns morgen um fünf Uhr empfangen werde oder übermorgen oder überübermorgen. Das bedeutete einen Aufschub der Rollenbesetzung, den wir uns nicht leisten konnten. Vom Hotel aus beschwerten wir uns telefonisch bei meiner Bekannten. Es war nicht an Essen oder Schlafen zu denken, wenn der Produktionsleiter uns im Stich ließ. Eine lange Wartezeit folgte. Dann rief sie uns wieder an. Diesmal übernahm der Amerikaner das Verhandeln. Er erklärte seinen Standpunkt eindeutig und unverrückbar. Während sie ihm antwortete, erhellte sich sein Gesicht zum erstenmal seit Tagen. Offenbar war die Sache geregelt. Der japanische Regisseur war zum Rücktritt aufgefordert worden. Alles werde in Ordnung kommen, sagte meine Freundin.
Doch als ich zu später Stunde allein beim Essen saß, hatte ich plötzlich keinen Appetit mehr, obwohl mir ein herrlicher Krabbensalat vorgesetzt

wurde. Eine schlimme Gewißheit regte sich in mir, ein Echo der Vergangenheit, meiner Vergangenheit in Asien. Es war nicht alles in Ordnung – nicht ganz, nicht ganz in Ordnung. Jeder Sieg kostet einen Preis. Worin dieser Preis bestehen werde, wußte ich nicht. Ich weiß es noch heute nicht. Eine Schuld blieb unbeglichen. Ich kann nur hoffen, daß der Produktionsleiter nicht – ja, was? Vielleicht werde ich es nie erfahren. Immerhin war der Zwischenfall vorläufig beigelegt.

Und an jedem Tagesende, Abend für Abend, kam die Heimkehr zu niemandem. Nach den Problemen, gelösten und ungelösten, nach dem Kommen und Gehen vieler Menschen, nach Zweifeln und Sorgen, aufregenden Entdeckungen, gemeinsamem Lachen, wachsendem Vertrauen in die Arbeit, hatte jeder Tag dasselbe Ende. Ich kehrte zu meinem Hotelzimmer zurück, schloß die Tür auf, ging hinein und schloß hinter mir ab. Frische Blumen standen da, das Zimmer war kühl, auf dem Schreibtisch lagen Stöße von Briefen – Briefe von niemandem. Die eine Schrift, nach der ich mich sehnte, konnte nie mehr darunter sein, weil er fort war. Die anderen Briefe öffnete ich nicht. Sie mochten warten, bis meine japanische Sekretärin kam und ich zum Arbeiten gezwungen war, damit sie beschäftigt blieb. An Einladungen fehlte es nicht, aber es machte mir keine Freude, sie anzunehmen. Einige konnte ich nicht ablehnen: solche, die mit den bekümmerten und ratlosen Eltern schwachsinniger Kinder zu tun hatten, und ein paar Einladungen von alten Freunden, auf die ich um der erwiesenen Freundlichkeit willen antworten mußte. Ich gewöhnte mir an, die Abendmahlzeit auf mein Zimmer bringen zu lassen und allein zu essen, um nicht fremde Menschen anlächeln zu müssen, die mir Fragen stellen oder ihre Anerkennung ausdrücken wollten. Wenn die Nacht kam, wurde das Leben plötzlich sinnlos.

Doch ich war nicht ungeduldig mit mir. Ich wußte aus Erfahrung, daß es Zeit braucht, bis man einen Kummer mit dem ganzen Wesen aufgenommen hat. Sobald diese Anpassung vollzogen ist, setzt wieder Wachstum ein, und neues Leben beginnt. Es war noch zu früh. Ich fand es unerträglich, einsam im Hotelzimmer zu sitzen. Mit ihm wäre der Abend der beste Teil des Tages geworden. Von jeher war es der beste Teil. Tagsüber mußten wir viele Stunden getrennt verbringen, weil wir beide einen Beruf, eine Arbeit hatten. Aber wie lebhaft freuten wir uns auf den Abend, und was taten wir nicht alles, um ihn gemeinsam verbringen zu können! Überallhin fuhren wir zusammen; entweder richtete ich mich nach ihm oder er sich nach mir, je nach dem Gewicht, das wir dem jeweiligen Fall gaben. In den fünfundzwanzig Jahren unserer Ehe waren wir keine Nacht getrennt, bis er ausschließlich zu Hause leben und arbeiten mußte. Und auch dann lehnte ich alle Einladungen ab, die mich gezwungen hätten, eine Nacht wegzubleiben – bis er nicht mehr wahrnahm, ob ich bei ihm war. Als ihn dieses Bewußtsein verließ, wurde alles anders, nur die Erinnerung nicht.

Jene Zeit, in der er nichts mehr wußte, habe ich beiseite geschoben. In meiner Vorstellung ist er so, wie ich ihn kannte, lebhaft, intensiv, von unendlicher Vielfalt in Gedanken und Worten, dominierend, in manchen Dingen unverbesserlich voreingenommen – jedenfalls pflegte ich das zu behaupten, wenn ich aufgebracht war, und er nahm den Vorwurf belustigt hin und dachte nicht im entferntesten daran, sich zu ändern. Er wußte genau, daß ich ihn nicht anders haben wollte. Wie immer er war, er war er selbst, und das gefiel mir. Zum Beispiel konnte er keinen Nagel einschlagen, ohne sich auf den Daumen zu hämmern, und deshalb wollte er vernünftigerweise überhaupt keine Nägel mehr einschlagen. Er kümmerte sich nie um den Haushalt, auch wenn ich selbst überbeschäftigt war. Er aß nichts, was ihm nicht schmeckte, ganz gleich, wie bekömmlich ein Gericht für ihn gewesen wäre. Andererseits aber hielt er sich bei dem, was er aß, streng an eine bestimmte Menge und Qualität. Wenn er sprach, wagte niemand von uns, ihn zu unterbrechen. Er war sowohl der Vater wie der Ehemann, und doch weigerte er sich, für die Disziplin in unserer großen Familie mitzusorgen. Auch ich bin in bezug auf Disziplin nicht begabt, denn Ungezogenheiten bringen mich zum Lachen, außer wenn ich zornig bin, und weder Lachlust noch Zorn fördern die Disziplin. Die Lehrer unserer neun Kinder brachten früher oder später immer dieselbe Klage vor – immer mir gegenüber, da er an Elternabenden nicht teilnehmen wollte –, und diese Klage lautete: »Ihre Kinder sind verwöhnt.« Ich mußte hilflos zustimmen. Wie hätte es anders sein können, wenn sie eine Mutter hatten, die zu bereitwillig lachte und in ihren seltenen Zornesausbrüchen so heftig wurde, daß die Kinder erstaunt dachten, sie könne es unmöglich ernst meinen? Er dagegen beschränkte seine Erziehungsmaßnahmen darauf, das schuldige Kind mit kühler Mißbilligung anzustarren und sich dann mit einer Bemerkung an mich zu wenden, deren unbeteiligter Ton mir unfehlbar die Sprache verschlug: »Findest du so ein Benehmen zulässig?« pflegte er zu sagen.

»Und du selber?« fragte ich lahm.

Darauf verstummten wir, und das Kind, das sich durch unser Schweigen isoliert fühlte, gab meistens nach einigen Minuten seine Unabhängigkeitsbestrebungen auf. Wenn ich mir diese selben Kinder heute betrachte, kann ich nur sagen, daß sie meines Wissens gut geraten sind. Das heißt, keines ist straffällig geworden oder hat im Gefängnis gesessen. Natürlich könnte das noch kommen, aber ich bezweifle es.

Werde ich ihm als Kämpfer für die Disziplin ganz gerecht? Vielleicht nicht, denn es gab ein Vergehen, das er bei keinem Kind duldete: irgendwelche Handlungen oder Worte, die er als mangelnden Respekt mir gegenüber auffaßte. Wenn sich ein Kind dergleichen erlaubte, donnerte er augenblicklich:
»Weißt du nicht, daß eure Mutter der beste Mensch auf der Welt ist?«
Diese unsinnige Behauptung stürzte mich in peinliche Verlegenheit, und die Kinder litten verständnisvoll mit mir, um so mehr, als sie nie eine Respektlosigkeit beabsichtigten. Freie Äußerungen und lebhafte Meinungsverschiedenheiten machten mir Freude, und sein Dazwischenfahren zerstörte den Kontakt. Wenn wir bei Tisch saßen, verging uns der Appetit, und wir blickten schweigend auf unsere Teller. Wie er diese Stille auslegte, weiß ich nicht, denn er duldete keinen Protest oder keine Diskussion über das Thema des mir gebührenden Respekts, nicht einmal von mir selbst!
Was mich betraf, so gehorchte ich ihm viel zu buchstäblich, und zwar aus zwei Gründen. Bis wir uns kennenlernten, hatte ich in China gelebt und war dazu erzogen worden, daß die Frau dem Manne nach Möglichkeit gehorchen müsse. Zweitens wußte ich in bezug auf meine Heimat beschämend wenig. Meine Eltern waren schon seit Jahrzehnten in China, als ich geboren wurde. Mein Vater hatte Amerika mit achtundzwanzig Jahren verlassen, meine Mutter mit einundzwanzig und beide waren Idealisten und Intellektuelle. Sie wuchsen in der chinesischen Kultur und Gesellschaft zur Reife heran, nicht in ihrem eigenen Land. Als ich dann nach Amerika kam und ihm begegnete und ihn heiratete, sagte er oft, es sei ein ganz besonderes Vergnügen, daß man mir dank meiner Unkenntnis die ältesten amerikanischen Witze als Neuigkeiten erzählen könne. Das war tatsächlich so, und in den fünfundzwanzig Jahren unserer Ehe kam er nie ans Ende seines Vorrates. Jeden Augenblick konnte er mir irgend etwas erzählen, das bei mir erquickendes Lachen auslöste.
Nur in einem Punkt hatte er unrecht, und ich weiß heute, daß ich ihm aus Vernunftgründen nicht hätte nachgeben sollen, obwohl seine Ansicht im Prinzip richtig war. Er hielt nichts von Hausaufgaben für Kinder. Er behauptete, daß alles in den Schulstunden selbst erreicht werden könne, wenn der Lehrplan sorgfältig ausgedacht und Zeitvergeudung und unnötige Zutaten vermieden würden. Das abendliche Familienleben, fand er, sollte nicht dadurch beeinträchtigt werden, daß die Kinder Aufgaben machen müssen, die in das Tagespensum der Schule gehören. Und was er mißbilligte, das pflegte er zu ignorieren. Da ich nicht nach dem amerikanischen Schulsystem erzogen worden war, hielt ich es für richtig, seiner Meinung zuzustimmen. Wir genossen also die Abende im Familienkreis,

machten Musik, spielten und lasen vor. Das Resultat trat leider in den Schulzeugnissen der Kinder zutage und auch in ihrer allgemeinen Einstellung, die Schule eher als Zeitvertreib zu betrachten, muß ich gestehen. Nein, ich hätte mich in diesem Punkt nicht fügen dürfen. Ich hätte die Kinder abends um den großen Tisch versammeln und dafür sorgen sollen, daß sie ihre Hausaufgaben machten, bis sie alt genug waren für eigenes Verantwortungsgefühl . . . Aber wie wäre es in diesem Fall für ihn geworden? Einsame Abende und keine glücklichen Erinnerungen – ich bin froh, daß wir unser Leben nicht so eingerichtet haben.

In diese halb lächelnden, halb wehmütigen Rückblicke versank ich nur allzu leicht, und ich sah die Notwendigkeit ein, mich in die Hand zu nehmen. Nach dem Essen, wenn die kleine japanische Dienerin den Tisch hinausgetragen hatte, schlenderte ich daher wieder durch die Straßen von Tokio. Oft war die Ginza mein Ziel, der Markt, Bazar und Rummelplatz, wo ich die vielerlei Menschen beobachtete, die sich an der bunten Szene erfreuten. Fahnen, Ballons, Papierblumen in allen Farben schwebten an den Dachtraufen; in den zur Straße hin offenen Läden boten Verkäufer die verschiedensten Waren an. Amerikanische Autos warteten am Randstein und wurden von den Chauffeuren eifrig poliert, während sich die wohlhabenden Besitzer Spielzeug oder Seidenstoffe oder Schmuck ansahen. Radfahrer flitzten tollkühn durch die wogende Menge, Frauen mit kleinen Kindern auf dem Rücken klapperten auf hölzernen Sandalen entlang.

Besonders auffallend waren für mich die jungen Männer, die mit ihren Mädchen selig entrückt Hand in Hand gingen. Diese Hand-in-Hand-Sitte ist etwas ganz Neues im modernen Japan. Früher trafen sich die Pärchen im geheimen und bestiegen Vulkane und stürzten sich in die glühenden Krater, um die Tiefe ihrer hoffnungslosen Liebe zu beweisen. Heute wandern sie Hand in Hand über die Ginza oder picknicken an den berühmten Orten, wo sie einst gemeinsam Selbstmord verübten. Haben sich die Eltern geändert, oder haben die Jungen gelernt, ihr Recht zu fordern? Zweifellos ist die Einstellung der Eltern nicht mehr ganz dieselbe. In der Vergangenheit waren die vier größten Katastrophen – sofern ein altes japanisches Sprichwort glaubwürdig ist – »Erdbeben, Feuersbrunst, Wasser und Väter«. Die drei ersteren noch immer gefürchtet; aber die Väter?

Gewiß sind die Väter in manchem anders geworden, doch die Hauptveränderung liegt bei den Müttern. Keine Mutter hätte früher ihrer Tochter erlaubt, irgendwo mit einem jungen Mann Hand in Hand zu gehen, und ebensowenig hätte eine Tochter auch nur im Traum an Ungehorsam ge-

dacht. Doch ich muß diese Veränderung der japanischen Frauen auf Umwegen schildern. Sie reicht sehr tief und ist überwältigend.
Was die Ginza betrifft, so fesselten mich vor allem die Menschen, obwohl die feilgebotenen Gegenstände sehenswert waren, geschmacklos, ausgefallen und gelegentlich auch schön. Überall sind die Menschen meine Zerstreuung, wo immer ich umherstreife. Durch sie entrinne ich mir selbst. Gegen Mitternacht, wenn die Menge sich verlief – denn die Japaner gehen zeitig nach Hause, mit Ausnahme der Männer in den Bars –, kehrte ich in mein Hotel zurück, schloß die Tür hinter mir ab und ging zu Bett.

Eines Tages besuchte ich das Kabuki-Theater, wozu mich der Hauptdarsteller eingeladen hatte. In New York war ich dem erfolgreichen Gastspiel dieser Truppe ferngeblieben; Kabuki schien mir nicht in diese modernste aller Städte zu passen, und außerdem dachte ich, daß ich vielleicht irgendwann wieder nach Tokio kommen würde. Nun führten sie hier dasselbe Sück auf wie in New York, »Die weiße Schlange«. Die Handlung war mir wohlbekannt, da sie einer alten chinesischen Erzählung entstammt: die weiße Schlange ist eine Frau, die sich in eine Schlange verwandelt, um ihre Absichten ausführen zu können.
Es war eine schöne Sommernacht, und die Straßen von Tokio waren dichter bevölkert denn je. Ich fuhr im Taxi zum Theatereingang, einer großen Halle voller Gemälde und Kunstgegenstände, vor denen sich die Besucher drängten. Ein Angestellter erwartete mich. Der Star hatte erklärt, daß die Aufführung nicht beginnen werde, bevor er mich gesehen habe und mit mir fotografiert worden sei. Ich wurde hinter die Bühne geführt, und dort stand er in Frauenkleidung, als weiße Schlange – unheimlich und graziös. Er trug einen enganliegenden weißen Kimono, ohne jede andere Farbe und einen weißen Kopfschmuck. Hals, Hände und Gesicht waren schneeweiß geschminkt, sogar die Lippen, bis auf einen blutroten Strich. Die Augen glichen Schlangenaugen, schwarz und glitzernd, und ihr Blick schoß pfeilschnell hin und her. Als er mich sah, streckte er mir die Hand hin, und ich fühlte sie kalt und glatt in der meinen liegen. Am liebsten hätte ich sie rasch wieder losgelassen, da sie wie eine kalte Schlangenhaut war, aber sie hielt mich fest, und so wurden wir Hand in Hand fotografiert. Ein paar Minuten lang sprach er mit mir, wobei er die steifen weißen Lippen kaum bewegte, dann ertönte das Gongzeichen zum Auftritt. Ich suchte meinen Platz im Zuschauerraum auf und verbrachte dort einige Stunden des reinsten Vergnügens. Die Bühne war riesig, größer als alle, die ich je gesehen hatte, und das Schauspiel wundervoll. In einer Fülle von Farben und Pracht bewegte sich die weiße Schlange mit geschmei-

diger Überlegenheit, zugleich furchterregend und symbolisch, und ich hätte mir keine eindrucksvollere und schönere Aufführung vorstellen können. In meinen Augen kann keine Kunst in der Welt das Kabuki-Theater an Wirkungskraft übertreffen. Vielleicht beruht das allerdings zum Teil darauf, daß diese Erzählungen zu meiner Kindheit gehörten und ich mich in ihnen wiedererlebe. Immerhin folgte auch das japanische Publikum so gebannt, wie es nur in diesem Theater möglich ist. Als das Stück zu Ende war, verließen wir den Saal in entrücktem Schweigen.

Die Ausmaße der Bühne, die große Zahl von Darstellern, die prachtvollen Kostüme und die zauberhafte Beleuchtung brachten mir wieder die verkrampfte Enge der Broadway-Theater zum Bewußtsein. Jahr um Jahr werden die Möglichkeiten dort begrenzter, weil die Kosten zu hoch sind. Eine große Kunst wird durch die Gewerkschaften der Bühnentechniker und Handwerker erdrosselt. Autoren, Regisseure und Schauspieler sind bereit, ihre Honoraransprüche herabzusetzen, aber bei den Gewerkschaften findet sich kein solches Entgegenkommen. Nach der Aufführung im Kabuki-Theater sprach ich mit japanischen Freunden bei einer Schale Tee über dieses Problem. Sie kannten die New Yorker Verhältnisse und waren überzeugt, daß dem japanischen Theater keine Katastrophe dieser Art drohe. »Wir lieben die Kunst zu sehr«, sagten sie. »Die geistigen und seelischen Werte der Kunst sind uns bewußt. Auch unsere Bühnenarbeiter wissen das; sie würden niemals aus persönlicher Habgier einen so wichtigen Teil unseres Lebens zerstören.«

Hoffentlich haben sie recht.

Mitternacht war längst vorüber, als ich wieder ins Hotel kam. Bevor ich zu Bett ging, trat ich ans Fenster, so wie ich überall auf der Welt den Tag zu beschließen pflegte, und blickte über die schlafende Stadt. Der abnehmende Mond hing gekrümmt im Himmel, sein blasses Licht glänzte auf den Dächern. In diesem Augenblick spürte ich wieder das erste Zittern eines Erdbebens. Es begann leise und steigerte sich dann zu einer rollenden Bewegung. Ein Bild fiel von der Wand, Bücher rutschten vom Schreibtisch, eine Schale mit Blumen zerbrach auf dem Boden. Ich klammerte mich an das Fensterbrett und fühlte mein Herz gegen die Rippen hämmern. Drohte diesmal Gefahr? . . . Nein! . . . Die Erde beruhigte sich wieder. Der Mond hing unverändert und still dort oben. Ich wartete ein paar Minuten, dann legte ich die Bücher an ihren Platz und stellte die Blumen in eine andere Vase.

Es dauerte lange, bis ich einschlafen konnte. Das Erdbeben hatte mich irgendwie in den Grundfesten erschüttert. Es wurde mir klar, wie groß mein Bedürfnis nach Wurzeln war. Vermutlich ist das die Nachwirkung meiner Kindheit in China. So sehr ich China liebte und immer lieben werde, so bewußt war mir zugleich der trügerische Boden, auf dem wir lebten, die ständige Möglichkeit, daß der seit Jahrhunderten schwelende Groll gegen die Weißen zu Ausbrüchen führen könnte, die uns, obwohl wir als Individuen unschuldig waren, vielleicht das Leben kosten würden, so wie es schon mehrmals beinahe geschehen war. Diese Erinnerung an dauernde Unsicherheit, gegen die ich so machtlos war wie ein Blatt im Sturm, hat mich wahrscheinlich immer verfolgt – bis ich ihn fand. Und da ich ihn nun verloren hatte, befiel mich wieder die alte unterirdische Furcht.

Für ihn gab es keine dunklen Schatten dieser Art. Mit seiner angeborenen und willentlichen Heiterkeit setzte er nie Katastrophen voraus. Wenn er aber der Tatsache gegenüberstand, hatte er eine eigenartige Methode, den Zeitpunkt der Entscheidung zu bestimmen. Die Methode war einfach, aber unfehlbar. Er stellte sich alle schlimmsten Möglichkeiten vor und schrieb sie mit seiner klaren, festen Schrift auf. Dann nahm er die große goldene Uhr seines Vaters und legte den Tag und die Stunde fest, in der er den gesamten Problemen zu Leibe rücken wollte. Bis zu dieser letztmöglichen Stunde blieb er guter Dinge. Er fand immer eine Lösung oder wenigstens einen Ausweg, und in letzterem Fall war es keine der chinesischen sechsunddreißig Fluchtarten. Er lief nie davon.

Allmählich stützte ich mich mehr und mehr auf seine Gabe, sich mit dem Unwahrscheinlichen auseinanderzusetzen, das Unlösbare zu lösen und das Unmögliche zu erreichen – und immer gelang ihm dies ohne fremde Hilfe. Er hatte zahllose Freunde jeder Art, einige gehörten zu den reichsten Männern der Welt, andere waren arm. Die Reichen halfen ihm nicht in den beiden finanziellen Krisen, die er erlebte. Er machte sie allein durch und meisterte sie. Die Armen borgten hemmungslos Geld von ihm. Zu meiner Empörung bewahrte er sowohl Armen wie Reichen gegenüber lächelnden Gleichmut.

»Sie meinen ja nichts Böses«, sagte er.

Das Erdbeben hatte mich verstört. Es rief alte Ängste wach, und die alten Ängste erinnerten mich daran, daß seine unerschütterliche Zuversicht, sein heiterer Pessimismus, seine Anwandlungen von Ungeduld, seine liebevoll skeptische Einstellung zu den Menschen und vor allem sein wohlgemutes Hinnehmen des Lebens verschwunden waren. Ich fühlte wieder die alte Unsicherheit und mußte mich für immer damit abfinden.

Die im Vergleich zum Kabuki-Theater modernste Darbietung war sogar für mich ein kaum erträglicher Schock. Zu diesem Erlebnis kam es auf folgende Weise. Eines Tages begaben wir uns mit einer provisorischen Darstellerliste zum Produktionsleiter. Wir folgten einer hübschen Sekretärin in sein Büro und bemerkten sofort, daß er sich auffallend sachlich und würdevoll gab. Vom jovialen Geschäftsmann war keine Spur mehr vorhanden. Er ließ uns eine Weile warten, um uns zu demonstrieren, wie beschäftigt und wichtig er sei, und wir erfaßten durchaus, daß er beides war, und saßen geduldig da. Es wurde Tee gebracht, doch der Produktionsleiter blieb unabkömmlich. Zu guter Letzt gesellte er sich zu uns, worauf wir ihm die Liste überreichten. Er deutete sofort auf zwei fragliche Namen; anscheinend konnte er an jenem Tag kein einziges englisches Wort sprechen. Mit Hilfe der hübschen Dolmetscherin erklärte er, daß er lediglich Vorschläge mache, nicht Anweisungen gebe – dies mit einem bitteren Seitenblick auf den Amerikaner –, aber seines Erachtens sollten wir eine bessere Wahl in bezug auf die beiden Hauptdarsteller treffen. Wir stimmten eifrig zu, erinnerten jedoch daran, daß der Schauspieler, den wir eigentlich haben wollten, uns von seiner Gesellschaft nicht überlassen worden sei. Auf diese Antwort hin stand er auf, ging hin und her, rieb sich den Kopf, stöhnte mehrmals und sprach dann in drei Telefonhörer zugleich. Aus drei Richtungen hörten wir nichts als nein – nein – nein. Er beorderte ein hübsches Mädchen an den vierten Apparat, setzte sich hinter den Schreibtisch, wühlte mit beiden Händen in seinen Haaren und ächzte. Schließlich schlug er sich mit den Fäusten an den Kopf und sah uns strahlend an. Er hatte eine Idee. Gerade jetzt, ließ er uns mitteilen, träten japanische Rock-and-Roll-Musiker zum letztenmal in seinem eigenen Rock-and-Roll-Theater auf. Er werde mit uns hingehen, wir könnten dort die besten jungen Sänger sehen und unsere Wahl treffen. Er könne jeden Beliebigen als Schauspieler für unseren Film abkommandieren. »Ich bin großer Produzent«, fügte er selbst mit lauter Stimme und diesmal auf englisch hinzu.

Wir willigten begeistert ein, er eilte voraus, ein liebenswürdig gestimmtes Ungeheuer, und bald fuhren wir am Theater vor. Es war ein riesiger, bis auf den letzten Platz besetzter Saal, und als ich in eine Loge geführt wurde – die natürlich für den Produktionsleiter reserviert war –, bot sich mir ein erstaunlicher Anblick. Sämtliche Halbwüchsigen von Japan schienen sich versammelt zu haben, jedenfalls waren es Tausende.

Mit ungläubigen Augen starrte ich auf die Bühne und das Publikum. Diese Seite von Japan war mir völlig neu: Rock-and-Roll, Rock-and-Roll, tanzende Mädchen und singende Burschen, amerikanische Schlager, englisch gesungene europäische Schlager, dazwischen vereinzelte japanische Lieder. Die Mädchen kreischten genau wie in Amerika und wirkten genauso töricht. Was ist in die Jugend gefahren, worauf beruht diese Sucht, die sich von Land zu Land ausbreitet? Tausende und aber Tausende drängten sich da, von den Auftretenden war keiner über zwanzig, und blutjunge Mädchen stürzten sich auf die Bühne, um ihre männlichen Lieblinge mit Kränzen aus Papierblumen zu behängen. Nur eine einzige Sängerin produzierte sich, ein hübsches achtzehnjähriges Mädchen mit ungewöhnlich schöner Stimme.

»Was sagen denn die Eltern dazu?« fragte ich den Produktionsleiter.

»Sie finden es abscheulich«, erwiderte er, »aber was können sie dagegen tun?«

Ja, was können sie dagegen tun, hier und irgendwo!

Doch wir hatten uns nur um passende Darsteller zu kümmern. Nach dem großen Finale sprachen wir in einem kleinen, heißen Raum mit drei oder vier jungen Männern, die uns auf der Bühne, durch das Opernglas betrachtet, den Eindruck gemacht hatten, eventuell geeignet zu sein. Da sie englisch sangen, und zwar sehr gut, wagten wir zu hoffen, daß sie sich in dieser Sprache auch ausdrücken könnten. Diese Voraussetzung erwies sich als irrig. Der einzige Satz, den sie fehlerlos hervorbrachten, war das altvertraute »Ich kann nicht Englisch«, und alle hatten in der Schule sechs Jahre Englisch gelernt. Dann entdeckten wir eine Ausnahme, einen Jüngling mit sanftem Gesicht, der uns als japanischer Eddie Fisher bezeichnet wurde. Er sprach geradezu schönes Englisch und erklärte, daß seine Mutter englischer Abstammung sei und ihn zu Hause unterrichtet habe. Wir forderten ihn auf, am nächsten Vormittag zur Prüfung zu kommen.

Während dieser Interviews entdeckte ich eine Wandlung im Ausdruck des Produktionsleiters. Er wurde milder. Er begriff unsere Schwierigkeiten mit dem sechsjährigen Englischunterricht und verriet Teilnahme. Er lud uns zum Essen ein und fragte, ob wir ihn dorthin begleiten wollten, wo er zu essen pflegte, oder ob wir ein besseres Restaurant vorziehen würden. Wir versicherten dankbar erstaunt, daß uns alles recht wäre, was er gewohnt sei. Durch ein Meer von jungen Leuten, die den Bühnenausgang belagerten, bahnten wir uns einen Weg zum Wagen und hielten nach kurzer Fahrt vor einem Restaurant, das keinem der mir bekannten Orte glich. Offensichtlich war es nicht für Touristen bestimmt und vielleicht auch nicht für weibliche Gäste. Ich ließ mich dadurch nicht abschrecken, und der Produktionsleiter trat auch hier, wie überall, als Herrscher auf. Ich fand die Abwechslung interessant; das Lokal war klein und von so makelloser Sauberkeit, wie man sie nur bei Japanern sieht, mit rohen, schneeweiß geschrubbten Holztischen. Der Produktionsleiter erteilte Befehle in der Art eines Menschen, der Gehorsam voraussetzt, und tatsächlich wurden sofort zwei Tische aneinandergeschoben, an denen er uns Plätze zuwies. Ich saß ihm gegenüber und hatte daher die beste Gelegenheit, diesen seltsamen Mann zu beobachten.

Eine ganz neue Seite seines Wesens kam zum Vorschein. Er selbst betonte, daß er hier nicht derselbe sei, den wir bisher gekannt hätten, und dann begann er von sich und seinem Leben zu erzählen. Er sei unverheiratet und wohl der einsamste Mensch in Tokio, sagte er. Er wohne bei seiner Mutter, einer wunderbaren Frau, die er sehr verehre, aber er sei schon fünfzigjährig. Dieses Alter hatte ich ihm nicht gegeben. Er sah wie ein etwas abgelebter knapp Vierzigjähriger aus. Indessen fuhr er fort, sein elendes Leben zu schildern. Den ganzen Tag hetze er von einer Konferenz zur nächsten, um jede Woche einen Film herauszubringen, wozu er vertraglich gezwungen sei. Obwohl es abends sehr spät werde, wache er morgens früh auf und lese im kalten Morgengrauen.

»Was lesen Sie?« fragte ich interessiert. Vielleicht las er Gedichte oder Zen-Buddhismus. Er antwortete zusammengebissenen Zähnen:

»Nur Filmmanuskripte – hundert – hundert – hundert – jeden Tag neuer Haufen . . . Danach bin ich immer deprimiert. Also jeden Abend bin ich hier und trinke.«

Je mehr er trank, um so besser wurde sein Englisch. Vollkommen war es zwar nicht, aber ausdrucksvoll – und explosiv. Aber gleichzeitig sprach er auch weiter japanisch. Er führte einen überwältigenden zweisprachigen Monolog vor den umsitzenden Japanern. Als er sah, daß ich keinen Sake trank, bestellte er Wasser in einem Weinkrug, verkündete dann laut, daß ich unglaublich viel vertrüge, und lachte bellend über seinen witzigen Einfall. Plötzlich überschüttete er den amerikanischen Regisseur mit guten Ratschlägen. Ein Regisseur, erklärte er, könne kein reiner Künstler sein – nicht rein, nicht rein! Er müsse Böses in sich haben – äußerlich nett, innerlich böse, böse, sonst fürchteten ihn die Leute nicht. Der Amerikaner hörte schweigend zu und lächelte. Ganz unvermittelt schlug sich der Japaner mit der Faust auf den Kopf. Er hatte wieder eine Idee, eine großartige Idee!

»Wenn ich trinke, bin ich Springbrunnen von Idee«, erklärte er voller Begeisterung über sich selbst.

Seine Idee betraf den Schwiegersohn meiner Freundin, einen vielversprechenden jungen Schauspieler. Seine Frau spreche perfekt Englisch und könne jedermann von Nutzen sein. Wenn er die beiden auf unsere Darstellerliste setze, sagte er, würden alle Gefühle geschont werden und alle Herzen sich erwärmen. Er versicherte uns, es sei ihm sehr schmerzlich gewesen, als er dem großen japanischen Regisseur habe mitteilen müssen, daß seine Mitarbeit nicht mehr erwünscht werde. Für diesen bedauerlichen Fehler habe er die volle Verantwortung übernehmen und sich demütigen müssen, und das tue weh. Aber er könne uns vergeben, wenn –

Wir erwiderten, daß wir das junge Paar selbstverständlich sehr gern ken-

nenlernen würden, doch der Film sei wichtiger als Gefühle. Der Produktionsleiter eilte indessen schon zum Telefon, und nach einem japanischen Wortschwall kehrte er heiter und befriedigt an unseren Tisch zurück.
»So!« rief er. »Wir müssen glücklich sein. Bar oder Geisha-Haus?«
Wir überließen ihm die Entscheidung. »Natürlich Bar«, beschloß er. »Geisha ist zu altmodisch. Entspannung in Bar. Feinste Klasse Bar. Ich gehe jeden Abend hin.«
Abermals fuhren wir durch wimmelnde Straßen. Das Lokal, das wir dann betraten, bestand aus mehreren kleinen Räumen, die sich um eine Bar gruppierten. Der Produktionsleiter begann sich augenblicklich zu entspannen, indem er seinen Gürtel lockerte und die Krawatte auszog. An der Bar saßen Geschäftsmänner und hübsche Mädchen in Mengen. Ich wurde mit einer schlanken, gutaussehenden, ungefähr vierzigjährigen Frau bekannt gemacht, die der Produktionsleiter als »beste Madame« von Tokio bezeichnete. Sie wirkte bescheiden und tüchtig, und als sie meinen Namen hörte, geriet sie in freudige Aufregung und sagte, daß sie alle meine Bücher gelesen habe. Ich sei ihr Idol und so weiter. Ihre Bewunderung rührte mich, stürzte mich aber auch in leise Verlegenheit. Nachdem wir Platz genommen hatten, stellte sie mir ihre Mädchen vor, die sich der Reihe nach neben mir auf eine Rundbank an der Bar setzten, und da eines dieser Mädchen Englisch sprach, konnte ich einige Auskünfte erfragen. Die meisten von ihnen waren verheiratet und hatten Kinder. Nein, ihre Tätigkeit in der Bar mache ihnen keine Freude, sagten sie, aber ihre Gatten hätten schlecht bezahlte Stellen oder gar keine, und die Arbeit hier sei wenigstens leicht. Ich glaubte eine gewisse geduldige Traurigkeit in ihren Augen zu bemerken, die mich an einen Besuch in den Folies Bergère in Paris erinnerte. Auch damals, vor vielen Jahren, war ich menschlich wißbegierig, und nach der Aufführung ging ich ohne meinen Begleiter hinter die Bühne, um die Tänzerinnen kennenzulernen. Die Mehrzahl von ihnen war ebenfalls verheiratet und nicht mehr jung; sie erzählten mir von häuslichen Problemen, treulosen Ehemännern, invaliden Ehemännern, Armut, Krankheit.
»Warum üben Sie diesen Beruf aus?« fragte ich damals.
»Weil die Kinder abends schlafen und gut aufgehoben sind.«
»Es ist besser, als sie den ganzen Tag allein zu lassen«, antwortete eine andere. Genau dasselbe in Paris und Tokio.
Unser Gespräch wurde durch den Produktionsleiter unterbrochen. »Meine beste Freundin«, sagte er und schob ein kleines zierliches Mädchen zu mir hin.
Ihr Gesicht glich einer Kamee mit tieftraurigen Zügen. Es war mir schon vor einer Weile aufgefallen. Sie hatte neben einem läppischen Geschäfts-

mann gesessen und ihn mit Likör und kleinen Zutaten bedient. Einmal entdeckte mein unseliges Schriftstellerauge, wie er seinen Arm zu eng um sie legte und wie sie mit einem Blick, den ich nicht beschreiben möchte, vor ihm zurückwich. Nun saß sie stumm neben mir und sah mich nur an, mit so stillem, tiefem Ausdruck, daß ich eine Verbindung zwischen uns fühlte. Ich erzähle nichts weiter davon.

Die Zeit verging. Ich stand auf, um mich zu verabschieden. Die Frau, die von den Mädchen »Mama« genannt wurde, bedeutete ihnen, ein Spalier zu bilden und sich zu verneigen. Sie selbst geleitete mich hinaus und plauderte noch durch das Wagenfenster mit mir. Offensichtlich war sie gebildet und keineswegs oberflächlich oder dumm. Sie sah mich voller Herzlichkeit an, drückte meine Hände, überreichte mir einen großen Blumenstrauß und ließ mich nur widerstrebend gehen.

Auf der Heimfahrt sann ich über dieses Phänomen nach, das Nachtleben der Männer. Es wirkt sich für das Familienleben schädlich aus – ein Überrest des Feudalismus. Der modernen Japanerin sind die Bars und Geisha-Häuser verhaßt, da sie die Männer von zu Hause wegziehen. Die einstigen Japanerinnen nahmen dergleichen hin, so wie sie alles hinnahmen, was die Männer taten, aber heute sehnen sich die Frauen auch in Japan nach wirklicher Gemeinsamkeit mit dem Mann ihres Herzens. Und doch vergnügen sich die Männer weiterhin außerhalb der Familie. »Ich habe gelernt«, sagte meine kleine japanische Sekretärin mit kühler Gelassenheit, »daß ich nicht an ihm herumnörgeln darf. Ich kann ihn jetzt sogar mit heiterem Lächeln begrüßen, wenn er um zwei Uhr morgens heimkommt.«

Ja, sie brachte das fertig. Die japanische Frau war von jeher stärker als der Mann, denn sie genoß keine Begünstigungen, ebensowenig wie die Chinesinnen. Sie hat nie von Rücksichten oder Rittern in goldener Rüstung gehört. Sie wurde als weibliches Wesen geboren – das heißt als untergeordneter Mensch, als Lastträgerin, als gehorsame Sklavin. Durch dieses Dasein, während sie sich zu Ergebung und Pflichterfüllung zwang, sammelte sie im Laufe der Jahrhunderte eine innere Kraft, der nichts gleichkommt. Sie brachte den Mann zur Welt, zog ihn groß und sorgte für ihn, beschützte und verteidigte ihn, ohne Fragen zu stellen. Warum hätte sie Fragen stellen sollen, wenn doch niemand willens gewesen wäre, darauf zu antworten? Nur durch die eine Menschensorte wurde sie betrogen, durch eine andere Art von Frau, durch die Frau, die nicht heiratet, die Frau, die weder mit Haushaltssorgen noch mit Kindern belastet war, die Frau, deren ganze Erziehung das Vergnügen der Männer zum Ziel hatte. Sie wurde durch die Geisha betrogen. Alles, was ein Mann bei seiner ungebildeten, abgearbeiteten Frau nicht finden konnte – obwohl sie ihm zur häuslichen Bequemlichkeit unentbehrlich war –, suchte und fand er bei der Geisha. Ihre einzige Pflicht bestand darin, ihm zu gefallen, seinen Schönheitssinn zu befriedigen, ihn mit Musik zu bezaubern und ihn geistig zu gewinnen. Die echte Geisha ist eine begabte und intelligente Frau. Ihr Gegenstück ist die griechische Hetäre, über die sich auch die griechischen Gattinnen einst in Klagen ergingen.

Einmal fragte ich eine schöne Geisha: »Empfinden Sie kein Mitgefühl für die Frau dieses Mannes, den Sie an sich ketten?«

Sie erwiderte achselzuckend: »Die Nachfrage geht von den Männern selbst aus. Wir sind nur die Ware.«

Eine zynische Antwort, doch eine geschulte Geisha konnte auf ihre Art ein sehr bemerkenswertes und anmutiges Wesen sein. Ihr modernes Zerrbild, das Barmädchen, ist ihr in jeder Hinsicht unterlegen. Fast jede beliebige Frau kann eigentlich Barmädchen werden. Falls ihr Gesicht halbwegs hübsch ist, bedeutet das nämlich einen Vorteil, aber nötig ist es nicht, denn sie hat anderes zu verkaufen. Ihr Einfluß auf die Männer ist noch ungünstiger als derjenige der Geisha. Oft stammt sie aus der Unterwelt, und fast immer ist sie eine Prostituierte. Geishas können zwar auch zu den Prostituierten gehören, sind aber nicht dazu gezwungen. Wenn sie wollen, haben sie die Möglichkeit, einen Mann auf andere Weise zu fesseln. Das Barmädchen besitzt wenig außer ihrer sexuellen Anziehungskraft, und in Japan tritt dieses Gebiet heutzutage viel unverblümter hervor als früher. Naturalismus gab es dort von jeher, aber das Sexuelle an sich wird heute von den Frauen als Lockung und Waffe benützt und von den Männern als Flucht, ähnlich wie der Alkoholismus. Flucht wovor? Vermutlich vor der Verzweiflung und vor persönlichem Minderwertigkeitsgefühl. Wovor sollte ein Mann sonst fliehen wollen?

Doch auch mit den jungen Japanerinnen selbst, ganz abgesehen von Geishas und Barmädchen, ist irgend etwas geschehen, und ich glaube fast, daß die Ursache bei den Amerikanern zu suchen ist. Viele Japanerinnen fanden amerikanische Verehrer, und die beiden, Mann und Frau, entdeckten verwundert, was sie sich seit langem gewünscht hatten: die Frau einen Mann, der Sanftmut und Nachgiebigkeit und eine natürliche Einstellung zum Sexuellen zu schätzen weiß, der Mann eine Frau, die dazu erzogen wurde, sich ihm unterzuordnen, ihm zu dienen und des Glaubens zu sein, daß sein sexuelles Interesse für sie alle Liebe darstelle, die sie von irgendeinem Mann erwarten könne. Allerdings weiß ich auch von einem jungen Amerikaner, der darüber klagte, daß eine Japanerin eine wunderbare Frau für ihn gewesen sei, als sie mit ihm nach Amerika kam, aber nach zwei Jahren habe sie sich in nichts von den Amerikanerinnen unterschieden, deren Auffassungen sie angenommen habe!

Wie immer das sein mag, jedenfalls haben die jungen Frauen in Japan noch keine amerikanischen Auffassungen angenommen. Sie sind lediglich frei geworden, mehr nicht. Sie bewegen sich überall mit gewinnender, unbefangener Haltung, selbstsicher und weiblich, kühn und scheu zugleich; ihre scheinbare Unschuld und tatsächliche Lebensklugheit ergeben eine entzückende Mischung, die vielleicht nicht von Dauer, aber zweifellos sehr anziehend ist. Falls eine Japanerin nach Amerika übersiedelt, erkennt sie unter Umständen, daß ihr Mann immer ein charmanter Junge bleibt, und was ihr anfänglich an ihm gefiel, verliert seinen Reiz, wenn der Junge nie erwachsen wird. Ich kenne folgenden Fall: Ein Amerikaner heiratete eine bildschöne Japanerin und brachte sie voller Begeisterung in sein Elternhaus. Ein Jahr später wollte sich dieselbe junge Frau scheiden lassen, weil sie sich in einen anderen Mann verliebt hatte. Dieser Mann war ihr Schwiegervater, der sie seinerseits liebte; er wünschte sich eine Gattin, die zu ihm aufblickte, wie es die Japanerin ihrer Erziehung gemäß tat, und die junge Frau sehnte sich, wie sie sagte, nach einem »weiseren Mann«.
Vielleicht gibt es keine Regeln in diesem ewigen Spiel zwischen Mann und Frau. Der Japaner hat sich nicht wesentlich verändert, soweit ich dies feststellen konnte. Ich fragte mich, ob ihm die Veränderung seiner Frau gefällt, wenn er sie eines Tages erfaßt. Vorläufig weiß er noch nichts davon.

Als ich von diesen Gedanken erfüllt spät nachts in mein Hotel zurückkam, goß es in Strömen. Die Straßen waren überschwemmt, und der niederprasselnde Regen schloß mich in ein Gefängnis von Geräuschen ein. Ich entrann der beklemmenden Haft, indem ich durch die stillen Korridore des großen neuen Flügels, wo ich wohnte, in das alte Hauptgebäude hinüberging. Frank Lloyd Wright entwarf diesen Teil zu Beginn seiner Laufbahn, und er unterscheidet sich stark von seinen späteren Bauten, dem Guggenheim-Museum in New York oder dem Little Theater in Dallas. Er ist eine seltsame Anhäufung von verschnörkelten Kanten und Winkeln und überreichem Zierat. Sein größter Vorzug ist, daß er sämtliche Erdbeben überdauert hat, und zwar deshalb, weil der Architekt feststellte, daß ganz Tokio auf einem schwankenden Schlammboden steht. In diesem Morast versenkte er Tausende von Tannenstämmen aus Oregon und errichtete darauf seine ungeheuerliche Schöpfung. Das Hotel schwimmt eigentlich im Schlamm und kann sich deshalb allem anpassen. Führt Schwimmen zur Anpassungsfähigkeit? Ich dachte über diese Frage nach, während ich mir eine der vielen Ecken in der dunklen alten Halle aussuchte. Wenn ja, dann mußte ich im Begriff sein, mich anzupassen.

Ich hatte das Gefühl, daß ich nicht lebte, nicht einmal existierte, sondern auf der Oberfläche der Zeit dahinschwamm. Morgens aufzustehen und zu arbeiten, nachts allein durch die Straßen zu gehen, kurz zu schlafen und im Morgengrauen von neuem zu beginnen, ohne mir Gedanken an Vergangenheit oder Zukunft zu erlauben, immer nur auf diesen einen Tag gerichtet, auf diesen einen Abend, und dabei über die Menschen nachzusinnen – das alles ließ mir bewußt werden, welchen Seltenheitswert meine Ehe gehabt hatte. Ich bin keine von vornherein zum Heiraten geschaffene Frau, soviel ich weiß. Bis in den Grund meines Wesens besteht eine Spaltung, ein Teil meiner selbst ist weiblich, der andere Teil ist künstlich und hat nichts mit weiblichen Eigenschaften zu tun. Als Künstler bin ich auch der Grausamkeit fähig, denn Künstler sind erbarmungslos und müssen es sein.

»Kannst du es ertragen«, fragte ich ihn einmal, »wenn du dir in einem Roman begegnest? Nicht ganz so, wie du bist, natürlich nicht – ich erfinde ja meine Figuren, aber ich stehle mir alles, was ich brauche: zum Beispiel die Art und Weise, wie du mich gefragt hast, ob ich dich heiraten wolle, denn sicher war das ganz einzigartig. Und vielleicht werde ich gelegentlich auch noch andere Gestalten, Männer und Frauen, mit anderen Zügen von dir ausschmücken.«

Er lächelte. Er hatte ein wunderschönes Lächeln, das in seinen tiefblauen Augen begann – Augen, die eigentlich an einem Mann vergeudet waren, reines Veilchenblau mit langen dunklen Wimpern, aber mir gefielen sie, und so waren sie vielleicht doch nicht vergeudet. »Bediene dich nur«, sagte er. »Es gehört ohnedies alles dir. Nimm dir alles, was ich zu geben habe –«

Eine besondere Eigenschaft an ihm war sein Verständnis für eine Künstlernatur. Ich glaube kaum, daß er Frauen verstand oder sie zu verstehen suchte. Er hatte keine hohe Meinung von den Frauen im allgemeinen. Sie waren ihm nicht unsympathisch, aber er begegnete ihnen unpersönlich und etwas herablassend. Wenn ich ihm Ungerechtigkeit vorwarf, erwiderte er ruhig:

»Ich sehe absolut nicht auf die Frauen herab. Im Gegenteil, ich bin der Ansicht, daß sie viel mehr sein könnten, als was sie sind. Sie schätzen sich selbst zu gering ein, wenn sie sich damit zufriedengeben, Köchinnen, Putzfrauen und Kinderpflegerinnen zu sein, während sie alles sein und tun könnten, was sie nur wollen. Niemand außer ihnen selbst hindert sie daran.«

Da er seinerseits die Einstellung eines englischen Gentlemans zur Hausarbeit hatte – seine beiden Eltern waren englischer Abstammung, seine Mutter in England geboren –, fühlte ich eine verborgene Ungerechtigkeit in diesen Bemerkungen; aber ich neige nicht zum Argumentieren, und jedenfalls war er in bezug auf Frauen kein Puritaner. Er hatte das Leben sehr früh kennengelernt, schon als Zwanzigjähriger hatte er die Universität Harvard mit Auszeichnung verlassen und unmittelbar darauf geheiratet. Mit seinen blauen Augen, den schwarzen Haaren und der gebräunten Haut gefiel er den Frauen und wußte das auch. Seine Manieren waren äußerst gewinnend, manchmal irreführend, wenn er mit einer Frau sprach. Doch er folgte seinem ganz bestimmten, unbeirrbaren Kodex. Zum Beispiel hätte er eine Angestellte nie beim Vornamen genannt oder sie zum Lunch eingeladen oder ein Rendezvous außerhalb der Bürozeit mit ihr abgemacht. Er fand, daß der Arbeitgeber mit allen Ansprüchen persönlicher Art seine Stellung ungebührlich ausnützen würde. Einmal, erinnere ich mich, hatte er eine ausnehmend hübsche junge Sekretärin. Wenn irgendwelche Geschäftsfreunde im Scherz neiderfüllte Bemerkungen machten, reagierte er so kühl, wie es nur ein Engländer fertigbringt.

»Miss Kirke ist eine tüchtige Sekretärin, sonst wäre sie nicht bei mir angestellt«, lautete jedesmal seine Antwort.

Das Resultat dieser Haltung bestand natürlich in größter Ergebenheit seiner Sekretärinnen. Miss Kirke, die inzwischen längst verheiratet ist und erwachsene Kinder hat, pflegt noch heute in liebevoller Erinnerung zu mir zu sagen – so wie auch ihre Kolleginnen:

»Es war eine Freude, für ihn zu arbeiten, und man konnte ihm vertrauen. Er hielt immer die korrekte Distanz ein. Man konnte ganz unbefangen sein.«

Ein bescheidenes Lob, aber wie bezeichnend! Und doch konnte er mich zuweilen auch in Zorn bringen. Er äußerte zum Beispiel mit Vorliebe, daß ich ganz anders sei als alle anderen Frauen, die er kenne, weil ich das Gehirn eines Mannes im Körper einer Frau hätte. Daraufhin explodierte ich unweigerlich. Warum, entgegnete ich, sollte man von einer Frau sagen, daß sie ein männliches Gehirn habe, nur weil sie klar denken kann? Hat die Natur denn diese Fähigkeiten nur den Männern verliehen? Gibt es vielleicht ein Vererbungsgesetz, wonach Frauen kein Hirn haben könnten?

Er lachte, gab vor, Deckung zu suchen, und versicherte dann todernst, daß ich recht hätte. »Ich bitte um Entschuldigung«, sagte er mit einem belustigten Blinken in den Augen, aber natürlich entschuldigte er sich niemals wegen seiner Überzeugungen.

Kostbarer als Juwelen war für mich die feststehende Tatsache, daß ihm meine Denkfähigkeit Freude machte. Er genoß tiefgründige Gespräche über abstruse Themen. Er hörte sich gern Einwände an. Und noch weit mehr bedeutete mir sein Verständnis dafür, daß ich allein sein mußte, wenn ich schrieb. Er fragte nie, woran ich arbeitete oder wovon ein Buch handelte. War ein Roman beendet und ins reine geschrieben und für den Verleger bereit, so trug ich das Manuskript in sein Zimmer und überreichte es ihm nach chinesischer Sitte mit beiden Händen. Sein Arbeitszimmer war durch zwei Türen von dem meinen getrennt. Der dazwischen befindliche kleine Raum diente einst als Räucherkammer, hundert Jahre lang hatten die Farmer Schinken und Speck darin aufgehängt. Die beiden Türen blieben immer geschlossen, solange ich schrieb; er öffnete sie nie, aber er stand auf, wenn ich mit dem fertigen Buch eintrat, und nahm es feierlich in Empfang.

»Ein großer Tag«, sagte er.

Jedesmal war es ein großer Tag, und er legte alles andere beiseite und machte sich an die Arbeit, die ihm, wie er mir immer sagte, von allen die liebste war: meine Arbeit zu lesen. Er korrigierte sorgfältig, aber sehr zurückhaltend. Ich erinnere mich nicht, daß er jemals mehr geändert hätte als eine unrichtige Präposition oder einen Fehler im zeitlichen Ablauf. Im Chinesischen gibt es nur wenige Präpositionen, und vielleicht kommt es daher, daß mir diese widerspenstigen Wörtchen im Englischen nie ganz vertraut geworden sind. Mit den Zeitangaben stehe ich von jeher auf Kriegsfuß. Ich habe kein Zeitgefühl. Unpünktlich bin ich nicht, im Gegenteil, ich habe mir schon sehr früh übertriebene Pünktlichkeit angewöhnt – übertrieben insofern, als ich infolgedessen oft auf andere Leute warten muß. Meine Eltern hielten unabhängig voneinander ein genaues Tagesprogramm ein, dem ich mich als Kind anpassen mußte. Auch mein eigenes Leben folgte später immer einer bestimmten Einteilung, und für ihn gilt dasselbe. Mit Unpünktlichkeit hat also mein mangelnder Zeitbegriff nichts zu tun, sondern nur damit, daß mir das Jahr, der Monat, der Tag nicht als Datum bewußt ist. Ich kann mir weder Geburtstage noch Jahrestage noch irgendwelche wichtigen Daten merken, an die sich eine Frau erinnern sollte. Er dagegen hatte ein geradezu erstaunliches Chronistengedächtnis. Beim Frühstück oder irgendwann am Tag konnte er mit einem Blick auf seine Uhr fragen:

»Weißt du noch, was wir vor zehn – zwanzig (etc.) Jahren in diesem Augenblick getan haben?«

Im Anfang wollte ich vollkommen sein und suchte mich vergeblich zu erinnern. Später fand ich mich mit meinem Unvermögen ab und antwortete kurzerhand, daß ich keine Ahnung hätte. Dann erklärte er:

»Damals habe ich dich zum erstenmal geküßt«, oder » – dir einen Heiratsantrag gemacht, und du wolltest nichts von mir wissen«, oder » – dich in Yokohama überrascht« usw. usw.

Tatsächlich war es eine lange Jagd gewesen. Wir hatten die erste Jugend hinter uns, als wir einander begegneten, und wir beide glaubten uns mit unseren unbefriedigenden Ehen abgefunden zu haben und waren beruflich erfolgreich, jeder auf seinem Gebiet. In New York, Stockholm, London, Paris und Venedig hatte ich seine Anträge mit aller Entschiedenheit abgelehnt und war dann über Indien nach meinem Wohnsitz in Nanking zurückgekehrt.

Sechs Monate später telegrafierte er, daß er mich in Shanghai treffen möchte, um noch einmal, diesmal endgültig, mein Nein zu hören. Danach fuhr ich allein nach Peking, um dort einige Monate lang Studien zu betreiben, die für meine Übersetzung des Buches »Shui Hu Chuan« (Alle Menschen sind Brüder) nötig waren. Nach kaum einer Woche tauchte er unerwartet auf – mitten in einem heftigen Sandsturm kam er aus der Wüste Gobi. Wir trennten uns für immer, er reiste in die Mandschurei weiter, und ich begab mich wieder nach Nanking, von wo ich eine Sommerreise nach den Vereinigten Staaten antrat, um mich zu vergewissern, daß mein schwachsinniges Kind gut aufgehoben sei. Meine zweitälteste Tochter und meine Sekretärin begleiteten mich, und bei der Abreise hatte ich mit allem abgeschlossen, was ihn betraf. Meiner Ansicht nach war dieser Entschluß der einzig richtige. Ich wollte mein Leben von Gefühlsverstrickungen frei halten.

Ich sehe noch deutlich den schönen Julimorgen vor mir, an dem wir Yokohama anliefen. Da ich schon oft in Yokohama gewesen war, wollte ich nicht an Land gehen, sondern meine Übersetzung vornehmen, während sich die Sekretärin mit meinem Töchterchen den Park ansah. Kaum hatte ich mich an meine einsame Arbeit gemacht, als ich die Stimme hörte, die mir die vertrauteste auf der Welt geworden war.

»Da bin ich wieder – ich werde immer wieder auftauchen, überall, wo du bist. Du kannst mir nicht entrinnen.«

Hager und braun und schmuck stand er vor mir und rauchte seine alte Pfeife . . . Trotz allem sagte ich jeden Tag an Bord »Nein«, und ebenso in Vancouver und den ganzen Winter über in New York. Aber der Frühling in dieser Zauberstadt brach meinen Widerstand, und wir heirateten am 11. Juni und lebten von da an in Glück und Seligkeit, zu zweit als Mann und Frau, einzeln in beruflicher Hinsicht.

Er war ein hervorragender Herausgeber – ich habe erlebt, wie er ein chaotisches Manuskript vornahm und ein harmonisches Ganzes daraus machte, aber er wäre auch ein idealer Kritiker gewesen. Er hätte ein Buch danach beurteilt, bis zu welchem Grad der Autor das ihm vorschwebende Ziel erreichte, und hätte den Zeitungsleser nicht durch unwesentliche eigene Betrachtungen verwirrt. Zudem besaß er eine geniale Gabe ganz besonderer Art, denn er konnte Bücher aus Schriftstellern herauslocken, de-

nen ihr Talent noch gar nicht bewußt war. Ein denkwürdiges Beispiel hierfür war ein kurzes Manuskript von einer in Siam lebenden Amerikanerin. Er gab damals die Zeitschrift »Asia« heraus, deren Besitzer er auch war. Die Studie trug den Titel »Des Königs Englisch«, und der König war in diesem Fall der König von Siam. Die Autorin hatte sich eingehend mit der ebenso entsetzlichen wie reizvollen Ausdrucksweise des Königs befaßt. Er aber entdeckte viel mehr darin als einen leichten kleinen Essay. Er sah den Charakter, den Menschen, und forderte die Amerikanerin auf, mehr über diesen König zu schreiben. Es folgten einige weitere Artikel, und schließlich, auf sein anspornendes Zureden hin, kam ein Manuskript von gut zweihundert Seiten. Er begann sofort, aus dem vorhandenen Material ein Buch zu formen und das, was noch fehlte, zu verlangen. Zu guter Letzt entstand ein Werk, dem er den Titel »Anna und der König von Siam« gab, und daraus wieder wurde später das berühmte Musical am Broadway »Der König und Ich« von Rogers und Hammerstein.
Die gesamte Liste ist beachtenswert. Er war es, der Nehrus Bücher nach Amerika brachte und sie durch seine Verlagsgesellschaft in der ganzen Welt verbreitete. Er entdeckte im jungen Sukarno von Indonesien die Fähigkeiten, eine wichtige Rolle in der Zukunft Asiens zu spielen, und regte ihn zu seinem ersten Buch an, das ihn im Westen bekannt machte. Er veröffentlichte in Amerika die erste warnende Schrift gegen den Nationalsozialismus, eine Prophezeiung, die der Zeit – wenn auch nicht der Realität – so weit voraus war, daß sich nur wenige Leser fanden. Und er war es auch, der die besten Bücher Lin Yutangs herausgab und damit den Ruf dieses Schriftstellers begründete. Er besaß umfassendes Verständnis, einen elektrischen Geist, ein schöpferisch aufbauendes Urteil, und hinter all dem stand sein Glaube an das Talent, wo immer es ihm entgegentrat. Er war stolz auf seine Verlegertätigkeit und betrachtete sie als hohe Aufgabe. Finanzieller Gewinn beschäftigte ihn nicht. Wenn ein Buch verlegt zu werden verdiente, übernahm er es begeistert, ganz gleich, ob er dem Inhalt persönlich zustimmte. Seine eigenen Ansichten entsprachen immer denjenigen eines intelligenten Liberalen. In seiner Republikaner-Familie stimmte er für die Demokraten und gelegentlich aus Protest auch für die Sozialisten. Trotzdem setzte er sich für Autoren ein, die konservativ dachten, manchmal sogar im engsten Sinn konservativ. Er fand, daß auch sie das Recht hätten, gehört zu werden, und wenn sie ihre Überzeugungen gut vorzubringen wußten, widmete er ihren Büchern genau dieselbe verlegerische Sorgfalt wie allen andern.
Ein Verleger hatte in seinen Augen das Privileg, Talente zu entdecken, und die Pflicht, den besten Früchten zum Reifen zu verhelfen und sie dann der Welt darzubieten. Er war ein Impresario für Autoren und Bü-

cher, doch zugleich von so feinfühligem Verständnis für die Bedürfnisse, die Verwundbarkeit und die Scheu talentierter Menschen, daß er sie lenkte, ohne die Absicht zu verraten; er entlockte ihnen die Ideen durch geschickte Fragen und ehrliche Anerkennung. Unter den Briefen, die ich nach seinem Tod erhielt, waren viele von Schriftstellern, die mir versicherten, daß ihnen das Schreiben erst möglich geworden sei, nachdem er ihnen dazu verholfen habe, sich selbst zu verstehen.

Und was soll ich über mich sagen? Er war es, der meinem ersten kleinen Buch einen Wert zuschrieb; es stellte nur einen tastenden Versuch dar, und alle Verleger hatten es abgelehnt, bis er die Möglichkeit darin sah, daß die Verfasserin eines Tages etwas Besseres schreiben könnte. Bei seinen Mitarbeitern herrschte Stimmengleichheit für und gegen das Buch, und er als Präsident der Gesellschaft entschied mit seiner Stimme die Wahl; mit dieser knappen Mehrheit begann meine Laufbahn.

Ach, zu langes Träumen tut nicht gut. Die Halle im alten Hotel Imperial in Tokio war leer bis auf einen schläfrigen Portier. Der Regen hatte aufgehört, der zunehmende Mond schwebte über den Wolken, als ich ins Freie trat, um die abgekühlte Nachtluft einzuatmen. Zunehmender Mond? Seit drei Wochen war ich in Tokio. Seit zwei Monaten war ich allein.

Musik war von jeher ein wesentlicher Teil meines Lebens, Hintergrund und Medium vieler Gedanken und Gefühle. Für unseren Film wünschte ich mir japanische Musik, nicht den synthetischen Unsinn, der bei Amerikanern als orientalisch gilt, sondern das Werk eines echten Japaners. Außerdem sollte sie modern sein, denn die überall wahrnehmbare Veränderung ist in Japan nirgends deutlicher als auf musikalischem Gebiet. Die Musik ist das Barometer – und auch Thermometer – einer Kultur; sie verrät wie keine andere Kunst die Stimmung eines Volkes.

Ich freute mich sehr, als ich erfuhr, daß Toshiro Miyazumi bereit sei, die Filmmusik zu schreiben. Seine Kompositionen waren mir bekannt, aber ich hatte ihn noch nie gesehen und war daher besonders gespannt, als er mich eines Morgens in meinem Wohnzimmer erwartete. Er stellte sich vor und überreichte mir zugleich ein Geschenk, die Schallplatte seiner Symphonie »Nirwana«.

»Ich bin Ihr Komponist«, sagte er bescheiden.

Wir setzten uns, und ich betrachtete ihn mir näher. Sein Gesicht war sympathisch, kräftig und zart, ruhig und poetisch und arglos. Ein unschuldiges Gesicht, hätte man sagen können, nur daß es nicht kindlich wirkte, trotz der Offenheit darin. Ich registrierte diesen Zug, der mir immer nur bei hochbegabten Menschen begegnet ist – klug wie die Schlange und ohne Falsch wie eine Taube.

»Ich schätze mich glücklich«, erwiderte ich. »Bitte erzählen Sie von sich.«
Anscheinend gab es nichts zu erzählen. Er biß sich auf die Lippen, suchte in seinem Gedächtnis.
»Sie wurden 1929 geboren«, erinnerte ich ihn.
Sein anziehendes ruhiges Gesicht leuchtete dankbar auf. »Ah, ja, ich kam auf die Welt, aber mein Leben fing mit sechs Jahren an, als ich komponierte und Klavier spielte.«
»Und dann?«
Er dachte nach und antwortete schließlich: »Ich studierte an der Universität von Tokio.«
Ich war im Begriff zu fragen, ob nichts dazwischen gewesen sei, beschloß aber dann zu schweigen. Ich wollte abwarten, wie er sein Leben von sich aus schildern würde. Es lag also nichts zwischen seinem sechsten Lebensjahr und der Universität.
Er fuhr nach längerem Überlegen fort.
»Als ich einundzwanzig war, bekam ich ein Stipendium für ein Jahr in Paris, am Conservatoire. Dort war ein Mann, Tony Oben, mein Lehrer. Sehr konservativ, nicht interessiert für die neue Kompositionsmethode . . . So wurde ich ein schlechter Schüler. Weil die Technik dort formal war, die Rhythmen ziemlich altmodisch und die Harmonie traditionell . . . Das Schöpferische ist anders. Die Energie ist Emotion. Ich kann nicht auf diese Weise, weil ich die Zwölftonmethode verwende. Ich suchte also und ging zu österreichischen Komponisten, Arnold Schönberg, Anton Webern, die mit neuer Methode zeitgemäße Komposition ausdrücken.«
»Aber Sie nehmen doch auch klassische Themen.«
Er nahm dies mit einem Lächeln entgegen. »Ich kam zurück nach Japan und komponierte einige Jahre vielerlei Musik, Orchesterwerke, Kammermusik und so weiter, ebenso wie Filmmusik. Wahrscheinlich wäre das Komponieren für Television und Radio das Richtige für mich, aber ich möchte immer Künstler sein . . .«
Es folgte eine lange Pause, die Jahre umschloß. »Darum ging ich nach fünf Jahren wieder nach Europa und besuchte Festspiele in Schweden und Deutschland und an anderen Orten, wo Musik gemacht wurde.«
»Was für ein Gefühl haben Sie, wenn Sie Ihre Musik überall in der Welt gespielt hören?« fragte ich.
Er sah mich an, war aber zu bescheiden für Worte. »Ich kam wieder nach Japan und bekam einige Preise für moderne Musik. Das ist alles.«
Alles war es wohl kaum, doch offenbar hatte dieser junge Mann von einunddreißig Jahren damit seine Geschichte erzählt. Er saß entspannt da und wartete.

»Und diese Symphonie?« fragte ich mit einem Blick auf die Schallplatte.
»Die Uraufführung war in Tokio, am 2. April 1958, nach ungefähr einem Jahr Arbeit.«
»Interessieren Sie sich für Religion? Der Titel läßt auf Buddhismus schließen.«
»Die Glocke des buddhistischen Tempels«, sagte er. »Ein typisches Gemisch von Tönen. Die Stimmen der singenden Priester ziehen mich an – keine Melodie, natürlich, sondern der Klang und Rhythmus, und wenn es mehrere Priester sind, entsteht eine Art musikalisches Geräusch, weil sich die verschiedenen Stimmlagen vermischen. Ich verwendete außer dem vollen Orchester Holzbläser und Baßtuben in verschiedenen Saalekken, um durch das Kreuzfeuer von Tönen über den Köpfen der Zuhörer ein Raumgefühl hervorzurufen . . .«
In schöpferischem Gedankenstrom sprudelten ihm jetzt die Worte über die Lippen. Das stille Gesicht war plötzlich belebt und schön.
»Nirwana, der ideale Zustand für den Buddhisten, wird durch das Läuten der Glocke symbolisiert. Vielleicht bin ich also religiös. Ich komponierte diese Symphonie mit der Vorstellung, mir mein eigenes musikalisches Nirwana zu schaffen. Es ist wohl nicht religiöse Musik im eigentlichen Sinn. Eher eine Art von buddhistischer Kantate. Hoffentlich gefällt sie Ihnen.« Er lächelte unvermittelt. »Ich rede zuviel.«
Ich überbrückte das nächste Schweigen. »Was haben Sie nach unserem Film vor?«
»Ich werde in New York etwas für das New York City Ballet komponieren. Es wird nächstes Jahr aufgeführt. Aber vorher schreibe ich die Musik für ›Die springende Flut‹. Dieser Film ist auch ungewöhnlich, in ganz anderer Art. Ich habe schon eine deutliche Idee für die Musik – wirklich romantisch, stark und gleichzeitig zart, mit zeitgenössischer östlicher Philosophie. Wie kommt es, daß Sie so etwas schreiben? Die Stimmung ist östlich?«
Diesmal war es an mir, um eine Antwort verlegen zu sein. Wie kann ein Schriftsteller erklären, was beim Schreiben in ihm vorgeht? Doch Miyazumi hatte seine Frage schon vergessen.
»Ich brauche ein Lied darin«, sagte er. »Ich möchte ein Lied, das wie der Sonnenaufgang ist, jung und frisch und voller Hoffnung. Ihre jungen Menschen beginnen das Leben von neuem in ihrer eigenen Zeit, in diesem Augenblick, ihr Leben, das noch nie gelebt wurde – so ein Lied muß ich komponieren.«
Er beugte sich zu mir vor, eindringliches Bitten im Blick. »Wenn ich die Musik schreibe, wollen Sie dann die Worte dazu schreiben?«
»Das kann ich nicht«, antwortete ich.

Mehr gab es nicht zu sagen. Wir gaben uns die Hand, und er verließ mich. Und das Lied schrieb ein anderer.

Am nächsten Mittag kam er zu uns ins Büro. Hunderte von Kostümen lagen auf dem Fußboden, und mehrere Hilfskräfte – Männer, Jünglinge und ein paar Mädchen – wühlten emsig schwätzend darin. Sie suchten Kleidungsstücke, die das Modell für verschiedene Filmrollen haben mußte. Dieses Modell war ein zwergenhafter Mann von unbestimmbarem Alter, aber zweifellos nicht mehr jung. Er maß weniger als anderthalb Meter und wog meiner Schätzung nach kaum vierzig Kilo. Er schien nur aus Haut und Knochen zu bestehen, doch zu seinem Kinderskelett gehörte ein faszinierendes Gesicht: zerfurcht, lebhaft, schelmisch und voller Unfug, so wie man sich einen alten Faun vorstellt. Oben war sein Schädel kahl, und rings um die Glatze stand ein Haarkranz in die Höhe, als würde der alte Faun elektrisiert. Tatsächlich schien er von Elektrizität zu sprühen, denn er gab pausenlos Befehle, während er ein Fischerkostüm anprobierte, das für einen viermal so großen Mann bemessen war. Aber er verstand seine Sache. Er zog sich die Hosen um die Taille fest, gab dem Gürtel einen Ruck, schob die japanische Jacke zurecht und wurde im Handumdrehen ein Fischer. Alle lachten, und ich sah von meinem Stuhl aus zu.

Anscheinend war er über sämtliche Figuren im Bilde; er modellierte sie alle. Wenn er einen Mann darstellte, wandte er sich zu uns. Wenn es eine Frau sein sollte, drehte er uns den Rücken zu. Ich erkannte jeden Charakter, selbst das Mädchen Setsu. Wie ein alter Mann so posieren konnte, daß er sogar von hinten ein fröhliches junges Mädchen zu sein schien, ist mir unerklärlich. Ich bedauerte zum millionstenmal, daß ich nicht japanisch verstand, denn bei jeder Äußerung des alten Fauns verfielen die Zuschauer in Lachkrämpfe. Ab und zu war er unzufrieden, riß sich ein Kostüm vom Leib oder schleuderte ein ihm gereichtes Kleidungsstück fort und grub dann in dem wirren Haufen, besessen eifrig wie ein nach Flöhen suchender Affe.

Plötzlich hatte jemand eine Erleuchtung. »Er ist genau das, was uns noch fehlt – ein idealer Diener für den Alten Herrn. Kann er Englisch?«

Der alte Faun bleckte grinsend die Zähne, die alle sehr schadhaft waren, und verneinte die letzte Frage mit einem Kopfschütteln. Im übrigen, sagte er, wolle er es sich überlegen und uns morgen Bescheid geben.

Am folgenden Tag modellierte er weitere Kostüme, und als ich eintrat, während er auf seinen spindeldürren Beinen herumhüpfte, lachte er mich an. Ein japanischer Wortschwall entströmte ihm, des Inhalts, wie man mir übersetzte, daß er als Darsteller mitwirken würde, falls wir versprächen, ihm die Haare nicht schneiden zu lassen. Er bestehe auf dieser Bedingung.

Ich betrachtete den Kranz aus elektrisierten schwarzen Drahthaaren, der seine knochige Schädeldecke umrahmte. »Bitte sagen Sie ihm«, erwiderte ich, »daß es mir niemals einfallen würde, diese Haare abzuschneiden.« Wir starrten ehrfürchtig auf das kostbare Haar.
»Hai«, rief der lustige Faun. Plötzlich erlosch sein weithin strahlendes Lächeln. Japanisches Geschnatter ergoß sich über uns.
Die geduldige Dolmetscherin erklärte: »Er fragt, ob er englisch sprechen müsse. Wenn ja, dann könne er es nicht.«
»Er hat nur zwei Sätze zu sagen, und wir werden sie ihm beibringen«, versicherten wir.
Neuerliches japanisches Geschnatter, worauf die Dolmetscherin erklärte: »Er müsse guten Unterricht haben, er müsse perfektes Englisch sprechen.«
»Er bekommt guten Unterricht«, versprachen wir.
Später stellte sich heraus, daß kein noch so intensiver Unterricht seinen japanischen Akzent beseitigen konnte. Wir reduzierten seine Sätze auf zwei wichtige Worte, »Ja« und »Nein«. Diese Worte spricht er im Film höchst eindrucksvoll und mit sichtlichem Stolz. Er habe sein Leben lang darauf gewartet, Schauspieler zu werden, sagte er, aber weiter als bis zur Arbeit an den Kostümen sei er nie gekommen.
Ich sehe noch sein verklärtes Gesicht, als man ihm eröffnete, daß ihm die Rolle zugeteilt werde. Seiner Ansicht nach war er nun ein Star. Er grinste uns breit an, und schon wurde aus dem Faun wieder ein Affe, der die Kleiderhaufen durchwühlte – doch jetzt suchte er fieberhaft nach einem Kostüm für sich selbst.

Zum erstenmal seit seinem Tod fühlte ich an diesem Abend eine wenn auch nur geringe Befreiung von dem dumpfen Druck, der durch die Erschütterung, die Trauer, die Einsamkeit auf mir lastete. Ich hatte ihm zu entrinnen gesucht, indem ich täglich die Straßen durchwanderte. Statt dessen entschloß ich mich jetzt zu einer japanischen Massage, schrieb nach dem Essen einen langen Brief an meine Kinder und las ein Buch. An dem Programm war an sich nichts Bemerkenswertes, aber noch nie war mir seine Durchführung geglückt. Durch den lachend verbrachten Nachmittag fühlte ich mich nun dazu imstande. Ich lachte leicht, da die Welt voll von komischen Leuten und Begebenheiten ist, aber in den vergangenen Monaten hatte ich nicht oft gelacht und nie mit der Spontaneität, die der kleine Faun bei mir hervorgerufen hatte. Zur Eigenart des Künstlers gehört die Fähigkeit, sich in das Wesen anderer Menschen zu versetzen, und in besonderem Maß trifft dies auf den Romanschriftsteller zu. Wir hatten oft darüber gesprochen, er und ich, und er verzieh es mir immer,

wenn mich zeitweilig ein heftiges Interesse für irgend jemanden beschäftigte. Dieses Absorbiertsein ist ein seltsamer Zustand; ich kann es höchstens so beschreiben, daß ich es mit dem totalen, ausschließlichen Interesse eines Wissenschaftlers vergleiche, der eine Theorie verfolgt. Auch ein solcher Wissenschaftler ist im Grunde Künstler, und wir alle können unsere Naturen nicht ändern.
Seit seinem Tod war es mir jedoch unmöglich gewesen, in der Teilnahme für jemanden aufzugehen. Erst an diesem Nachmittag regte sich die alte Gewohnheit wieder und ließ mich neue Hoffnung empfinden. Wenigstens vergaß ich für eine kurze Stunde die lähmende Traurigkeit, in der ich seit vielen Wochen gelebt hatte. Ich lachte von ganzem Herzen und war vorübergehend genesen. Ich führte mein Abendprogramm durch und ging sogar zum erstenmal nicht unvernünftig spät zu Bett. Diese Tatsache war immerhin ein Anfang.

Während meine Erzählung von einer Ausdrucksform in eine andere übertragen wurde – von der Buchsprache in die Filmsprache –, erlebte ich mit einer Befriedigung ganz eigener Art, wie sich die Charaktere in lebende Wesen aus Fleisch und Blut verwandelten. Eines Tages fanden wir Setsu, und nie werde ich den Augenblick reinster Freude vergessen, als ich mein Geschöpf in dieser jungen Frau erkannte. Der Produktionsleiter betonte uns, daß sie ein aufsteigender Star seiner Filmgesellschaft sei. Wichtiger war mir ihr liebliches Gesichtchen mit großen, sanft glänzenden braunen Augen. Auch ihr kleiner Wuchs, keine anderthalb Meter hoch, entsprach meiner Vorstellung. Es war genauso, wie es sein sollte, als sie im Film neben unserem erwachsenen, ein Meter achtzig großen Toru stand und er lachend zu ihr hinunterblickte und sagte: »Du gefällst mir, weil du so klein und komisch bist.«
Endlich waren sämtliche Rollen verteilt. Alle Darsteller sprachen Englisch oder konnten die kurzen Texte lernen – außer Torus Mutter. Ihre Schüchternheit hinderte sie daran, ein englisches Wort hervorzubringen. Doch sie hatte ein so süßes Gesicht und war als Schauspielerin so beliebt, daß wir um dieser Vorzüge willen Streichungen vornahmen und sie stumm spielen ließen.
Nach dreiwöchigen Vorarbeiten waren alle Verträge unterschrieben. Die Besetzung konnte sich sehen lassen: Sessue Hayakawa war auch im Westen bekannt, alle übrigen galten wenigstens in Japan als Stars, bis auf Haruko, ein neues Talent, das wir für die Rolle der heißblütigen Muscheltaucherin ausgesucht hatten.
Als wir bereit waren, Tokio mit allen Beteiligten samt Aufnahmestab zu verlassen, lud uns der Alte Herr in ein Geisha-Haus ein und holte uns

feierlich mit seinem Privatwagen ab. Ich hatte inzwischen manchen Abend mit japanischen Freunden in gemütlichen Gasthäusern verbracht. Ein gutes Gasthaus liegt in Japan nie direkt an der Hauptstraße und ist daher nicht mit dem Auto oder Omnibus zu erreichen. Man muß mindestens noch hundert Meter oder mehr auf moosigen Fußpfaden gehen, bis man zu der verborgenen Stelle kommt, wo sich – meist unter Bäumen – niedere Dächer über die zum Garten hin offenen Räume breiten. An solchen Orten hatten mich meine Freunde bewirtet, sooft ich dazu in der Stimmung war: Universitätsprofessoren, Schriftsteller, Literaten und Künstler, Gruppen talentierter Frauen.
Einladungen dieser Art vergingen mit friedlichen Gesprächen über Landessitten, Kriegszeiten, Friedenszeiten. Die neue Freiheit, mit der wir uns unterhalten konnten, bedeutete mir einen größeren Genuß, als ich ausdrücken kann. In den Jahren seit meinem letzten Aufenthalt in Japan schien eine Schranke verschwunden zu sein, nicht von mir aus, sondern von ihnen aus. Ich führe diese Tatsache wenigstens zum Teil darauf zurück, daß sie sich während und nach der Besetzung an den Umgang mit Amerikanern gewöhnt hatten. An gegenseitigem Mißverstehen hatte es nicht gefehlt, aber auch das Verständnis war gewachsen.
Der Abend im Geisha-Haus unterschied sich beträchtlich von dem geruhsamen Zusammensein mit gleichgesinnten Freunden. Wir hielten vor einem eleganten Restaurant und betraten dann einen großen Raum, wo an einem niedrigen Tisch von erstaunlicher Länge schon zahlreiche Gäste saßen – wie uns der Besitzer versicherte, gehörten alle zu den Obersten ihrer Klasse. Wir wurden einem betagten Prinzen vorgestellt, der von Geishas umringt war, dann einem amtierenden Minister, dann einem jungen Hünen von zwei Meter Länge und einem Meter Taillenumfang, dem japanischen Ringerchampion, und anderen Prominenten. Jeden Mann betreuten mehrere Geishas, und sogar mir wurden zwei zugeteilt, eine links, eine rechts.
Zwischen den Gerichten sorgten geschulte Geishas in der üblichen Weise mit Tanz und Gesang für unsere Unterhaltung. Etwas Neues waren jedoch zwei junge Mädchen, die Zauberkunststücke vorführten. Ihre Leistungen übertrafen alles, was ich bisher gesehen hatte, und das will etwas heißen, da ich mir überall, wo sich Gelegenheit bietet, Zauberer anzusehen pflege. Diese Mädchen trugen im Gegensatz zu den Geishas westliche Kleidung, und ihre Arme waren bis zu den Schultern nackt. Sie hatten also keine Möglichkeit, Kaninchen und Tauben und dergleichen im Ärmel zu verstecken. Sie legten eine wunderbare Geschicklichkeit an den Tag, und ich habe keine Ahnung, wie sie dabei vorgingen.
Nach ungefähr vier angenehm verbrachten Stunden saß ich wieder im

Dunkeln an meinem Fenster und blickte vor dem Zubettgehen über die erleuchtete Stadt, in deren Mitte die hohe alte Mauer des kaiserlichen Palastes steht – durch einen Wassergraben von den modernen Gebäuden getrennt. Die Trennungslinie zwischen Altem und Neuem, die für das heutige Japan charakteristisch ist, erinnerte mich wieder an einen Höflichkeitsbesuch, den ich vormittags dem Präsidenten einer anderen großen Filmgesellschaft abgestattet hatte. Freundlicherweise war er bereit gewesen, uns einen seiner jungen Stars für die Rolle des erwachsenen Toru abzutreten.

Auch dieser Mann hatte mir den Eindruck einer bemerkenswerten Persönlichkeit gemacht. Er ist von kleinem Wuchs, schlank und zäh und voller Energie, mit lebhaften Augen und raschen Bewegungen. Ich sprach ihm unseren Dank aus, worauf er antwortete, daß er dem Film Erfolg wünsche. Zufällig fiel mein Blick dabei auf einen buddhistischen Tempel in Miniatur. Ich wußte, daß er aus ganzer Seele Buddhist war, und wir sprachen eine Weile über diese große alte Religion. Mein Vater hatte einst eine lange Monographie über den Buddhismus als Ursprung einiger christlicher Glaubensinhalte geschrieben und mehr als dreißig ähnliche Züge nachgewiesen; davon erzählte ich dem japanischen Buddhisten. Er hörte sichtlich bewegt zu und sagte, mein Vater habe durchaus recht gehabt: tatsächlich hätten die beiden Religionen viel Gemeinsames, und seiner Überzeugung nach beruhe dies nicht auf Zufall, sondern auf gemeinsam erlebten geschichtlichen Vorgängen.

Am nächsten Tag, unserem letzten in Tokio, gaben wir nach japanischem Brauch ein Fest, bevor wir das große Abenteuer begannen. Der große Raum, den wir im Hotel gemietet hatten, bot kaum genügend Platz. Sämtliche Darsteller waren zugegen, unser Kameramann (von ihm werde ich noch erzählen, denn zweifellos hatten ihn die Götter geschickt), der beste Maskenbildner von Japan und viele andere, natürlich auch Reporter.

Unsere Kinderstars prangten in ihren schönsten Festkleidern, die kleine Setsu, der kleine Toru, Yukio und ihre erwachsenen Gegenstücke. Die ganze Darstellergruppe erfüllte mich mit Stolz. Alle waren hübsch, entsprachen ihren Rollen und brannten vor Begeisterung. Auch unsere Mitproduzenten äußerten Zufriedenheit, selbst der Produktionsleiter. Er hielt eine japanische Rede, die offenbar glänzend formuliert war, denn er erntete lauten Beifall. Unser Star Sessue Hayakawa antwortete ebenfalls auf japanisch, die Reporter machten Notizen, Blitzlichter flammten auf, das Fest kam in Gang. Für Speisen und Getränke war reichlich gesorgt, und bald sprach jeder mit jedem.

Es war ein schöner Abend. Nur zögernd gingen wir auseinander, wobei

wir uns gegenseitig versicherten, daß wir uns ja bald wiedersehen und die Arbeit beginnen würden. Morgen – morgen – mögen alle kommenden Tage so hell leuchten wie diese Zusammenkunft im voraus, dachte ich bei mir.
In meinem Zimmer öffnete ich das Fenster und schickte meine heimliche Liebesbotschaft ins Weltall hinaus. Wo auch immer er war, ich glaubte von ihm gehört zu werden, denn eine noch nie empfundene Ruhe senkte sich über mich und brachte mir die erste Ankündigung späteren Friedens. Es war sein Segen.

III

Nach siebenstündiger Reise per Flugzeug, Zug und Auto kamen wir in der reizenden Stadt Obama an. Um Mitternacht erreichten wir das Hotel, und die auf dem Fußboden bereitgemachten Betten sahen bequem aus und waren es auch. Das große Hotel war typisch japanisch in jeder Hinsicht und bot in seiner Art sogar beträchtlichen Luxus.
Ich lag also wieder in einem japanischen Bett. Eine dicke Matratze auf Tatami-Matten und eine weiche zweite Matratze ergaben genau die richtige Mischung von hart und weich für die erquickendste Nachtruhe; Leintücher, Kissen und die seidene Steppdecke waren makellos sauber. Man fühlt sich auf dem Fußboden angenehm sicher, vielleicht einfach deshalb, weil kein Sturz aus dem Bett möglich ist. Ein unruhiger Schläfer kann mit Armen und Beinen um sich schlagen und sich so oft umdrehen, wie er will, er bleibt doch auf derselben Ebene. Es ist die Geborgenheit, die der Mensch immer fühlt, wenn er auf festem Boden ist, ein Kontakt mit der Erde. Kleine Kinder wissen das instinktiv und schlafen deshalb am besten auf dem Bauch. Wenn sie dann aufwachen oder auch nur träumen, berühren sie mit Händen und Füßen etwas Festes, anstatt in die Luft zu greifen. Außerdem erscheinen schmale Betten auf dem Fußboden viel breiter. Und wie vernünftig ist die Raumausnützung in Japan! Tagsüber wird das Schlafzimmer in einen freundlichen Wohnraum umgewandelt und das Bettzeug in Schränken verstaut, was für ein überfülltes Land große Vorteile hat.
Ich schlief gut, bis mich frühmorgens die Neugier weckte. Ich wollte wissen, welche Aussicht sich auf der kleinen Veranda vor meinem Zimmer zeigen werde. Die Fenster öffneten sich nach Süden, und ich sah eine geschweifte Bucht, die von grünen Bergen umrahmt war. Zwischen Hotel

und Meer lag die Küstenstraße und unmittelbar unter mir ein großer Teich mit dampfendem Wasser, denn Obama ist wegen seiner heißen Quellen als Kurort bekannt.
Auf meine ersten Schritte hin wurde die Schiebetür geöffnet und eine liebenswürdige kleine Dienerin erschien in einem bunten Kimono aus Baumwolle. Sie kniete nieder, verneigte sich und plauderte dann auf japanisch, während sie das Bett wegräumte. Nach wenigen Minuten war das Zimmer für den Tag bereit. In der Mitte stand ein niedriger polierter Tisch mit Sitzkissen und einer Rückenlehne, der Alkoven war mit schön angeordneten frischen Blumen geschmückt.
Die Dienerin gab mir mit Hilfe von Zeichen zu verstehen, daß bald mein Frühstück gebracht werde. Ich nickte, ging eine Treppe hinunter in mein Badezimmer und nahm ein japanisches Bad. Das Wasser im kleinen Bassin kam aus der heißen Quelle und war sehr erfrischend, anregend und doch nicht anstrengend. Das Frühstück bestand aus einem Ei, Früchten, Fisch und Reis. Durch das Mineralbad war ich hungrig geworden. Nach dem Frühstück brachen wir im Auto auf.
Eine Stunde lang fuhren wir durch eine phantastisch schöne Landschaft, die meine Erinnerungen wieder lebendig werden ließ, denn vor langer Zeit hatte ich viele Monate auf Kyushu gelebt. Wie deutlich entsann ich mich der spitzen Berge, die oft ein plötzlicher Regenschleier verhüllt, und der Buchteneinschnitte mit abgeschliffenen Felsen, der in Mulden geduckten Dörfer, der Bauernhäuser unter steilen Strohdächern, der terrassierten Äcker, die Stufe um Stufe die Hänge hinaufklettern, fast bis zu den Kuppen! Nichts hatte sich verändert. Ich verbot mir, an die zertrümmerte Stadt Nagasaki zu denken, die in der Nähe lag, denn auch die Japaner wollen nicht mehr daran denken und haben eine neue Stadt gebaut. Später sah ich sie dann doch an und fand abermals die für das heutige Japan charakteristische Vermischung von Neuem und Altem. Neu war das Denkmal für die Opfer der zweiten Atombombe, alt das Haus auf dem Hügel, wo Puccini sich aufhielt, als er »Madame Butterfly« schrieb. Jetzt ist dieses Haus ein Ausflugsziel und weder sauber noch gut im Stand. Die Geschichte der Madame Butterfly gilt heute als überlebt, denn die jungen amerikanischen Soldaten heiraten ihre japanischen Geliebten, und falls sie es nicht tun, nimmt sich Miki der Nachkommenschaft an.
Nichts hätte jedoch in erstaunlicherem Maß neu sein können, als eines Tages ganz selbstverständlich aufgefordert zu werden, den Kaiser und die Kaiserin in Fukuoka zu begrüßen. Früher wäre eine solche Einladung unmöglich gewesen, denn damals waren diese beiden Hoheiten so unnahbar – so unwirklich, könnte man sagen – wie Götter. Doch an jenem heißen Sommertag standen wir also im Bahnhof von Fukuoka Spalier und

verneigten uns vor dem Kaiserpaar. Beide trugen europäische Kleidung und wirkten freundlich und etwas matt, als sie aus dem Zug stiegen. Der Kaiser hätte ein leicht melancholischer Geschäftsmann sein können und seine Gemahlin eine mütterlich besorgte Ehefrau, mit langem Kleid und unvorteilhaftem Hut. Ich fragte mich, ob sie wohl mit Wehmut an vergangene Zeiten dächten, in denen sie kühl und einsam auf dem Olymp gelebt hatten.

Mein Herz schlug rascher, als wir uns dem Dorf Kitsu näherten, wo unser Fischersohn Toru zu Hause sein sollte. Vor zweihundert Jahren war Kitsu von einer Flutwelle weggespült worden. Man konnte sich leicht vorstellen, wie sich das abgespielt hatte: Dieses Fischerdörfchen liegt wie ein Sattel zwischen zwei Bergen, und über den niedrigeren ziehen sich gestufte Felder bis zuoberst. Kitsu muß mir vorgeschwebt haben, als ich »Die springende Flut« schrieb – so vollkommen entsprach das Dorf meiner Erzählung. Denn nach der Flutwelle hatten die Einwohner, diese eigensinnigen, tapferen Japaner, ihr Dorf an demselben Ort wiederaufgebaut, obwohl es früher oder später von einer neuen Flut heimgesucht werden mußte; es ist heute genauso gefährdet wie vor zweihundert Jahren, die Häuser haben dieselbe Form und stehen wie einst an der Küste, aber ohne Fenster zum Meer hin.

Jeder Schritt schien mir vertraut, als wir auf dem schmalen, gewundenen Pfad zum Dorf hinunterstiegen. Ich kannte die Häuser, die engen Straßen, die kein Gefährt und kaum zwei nebeneinandergehende Menschen durchließen. Über die abgenützten Steinstufen gingen wir zum Meer, mit einem Gefolge von neunundzwanzig Kindern – ich zählte sie bei der Ankunft vor Torus Haus. Auch dieses Haus glich bis ins letzte meiner Schilderung, und sogar der Großvater war da und spähte mit heiterem altem Gesicht über die Mauer. Seine Fischerzeiten waren vorüber, Söhne und Enkel taten jetzt die Arbeit. Seine Frau sei tot, sagte er, und seine Schwiegertochter und Enkelin besorgten nun den Haushalt, trockneten und salzten die Fische und brächten das Wasser vom Brunnen an der Küste herauf.

Wir schlenderten durch das Dorf und stellten mit tiefer Befriedigung fest, daß alles nach Wunsch war, von den am Strand trocknenden Fischernetzen bis zum kleinen alten Friedhof. Eine Steintreppe konnten wir sogar als Eingang zum Haus des Alten Herrn oben auf dem Berg verwenden. Der ganze Rahmen war geradezu unwahrscheinlich echt und passend.

Allmählich wurde es Zeit zum Mittagsimbiß. Wir suchten ein Restaurant auf, das für seine Aalgerichte bekannt war, und stiegen zwei Treppen hoch in einen großen, luftigen Raum. Dort aßen wir gesottenen Aal mit

Reis, tranken grünen Tee und beglückwünschten uns zur Wahl des Dorfes Kitsu.

Ich fürchtete mich davor, den nächsten Aufnahmeort kennenzulernen, und machte kein Hehl aus meinen Bedenken. Es handelte sich um das Haus des Alten Herrn, eines gelehrten Gutsbesitzers; würden wir eine Familie finden, die ein solches Haus bewohnte und gewillt wäre, es uns zur Verfügung zu stellen? Vor allem mußte es großzügig, schön, stilvoll sein, mit hübschen Gartenanlagen. Im geheimen hatte ich eigentlich jede Hoffnung aufgegeben, und als wir auf einer Landstraße dahinfuhren, beschäftigte ich mich in Gedanken nur mit irgendwelchen Notlösungen.

Doch das Unmögliche wurde möglich, so wie es in Japan oft geschieht. Beim ersten Blick, den ich von der Straße aus auf das Haus warf, wußte ich schon, daß dies der Landsitz des Alten Herrn war, wer immer darin wohnen mochte. Wir traten durch das Tor in einen entzückenden Garten. Es war kein Blumengarten, denn die japanischen Gärten sind selten mit Blumen bepflanzt. Ein Pfad aus unregelmäßigen Steinplatten führte zum Haupteingang, zu beiden Seiten wuchsen niedrige Büsche, Farn und Orchideen ohne Blüten.

An der Tür stand die Besitzerin in einem hübschen dunklen Kimono. Sie verneigte sich tief, was wir so gut wie möglich erwiderten, und ich fragte, ob ich mir den Garten ansehen dürfe. Wir kamen zu einem Teich, der zwar nicht groß, aber so angelegt war, daß er einen See darstellte. Über eine Brücke und einen schmalen Pfad gelangte man zu einem Pavillon zwischen Bäumen. Ich sah alles aus dem Gesichtswinkel des Alten Herrn. Genau diese Art von Garten paßte zu ihm, und ich erwartete beinahe, ihn im Haus vorzufinden.

Dieses Wunder geschah allerdings nicht. Nur die hübsche Hausherrin empfing uns und zeigte uns die großen, geschmackvoll eingerichteten Räume. Das Bauernhaus war dreihundert Jahre alt, aber dieser Wohnsitz des Gutsherrn war erst vor rund vierzig Jahren entstanden, um als Ersatz für das ältere Gebäude zu dienen. Der Alte Herr war offenbar sehr wohlhabend und kultiviert, wie die von ihm ausgewählten Möbel und Kunstgegenstände verrieten.

Die Gastgeberin stellte uns nun ihre Tochter vor, eine junge Frau, die nicht halb so hübsch war wie ihre Mutter; zudem trug sie ein modernes Kleid, das ihr nicht stand. Aber auch sie begrüßte uns sehr freundlich, und ich war tief gerührt, als beide von meinem Dank nichts hören wollten und versicherten, daß sie es als Ehre betrachteten, wenn ihr Haus für meinen Film benützt werde. Dann wurde Tee angeboten, und zwar in so kleinen Schalen, daß kein Zweifel in bezug auf seine erlesene Qualität bestehen konnte, obwohl diese Sorte fast nie einem Ausländer vorgesetzt

wird. Ich hätte den Genuß gern möglichst lange hinausgezögert, um ihn noch vor mir zu haben, doch er schmeckte so vorzüglich, so unvergleichlich besser als alle andern Teearten, daß ich der Verlockung nicht widerstehen konnte. Auf meine begeisterte Anerkennung hin brachte die Mutter das kostbare Teekännchen herein und füllte weitere fingerhutgroße Schalen mit dem Elixier. Es war der Tee aus den ersten zarten Blättern, die im Frühling geerntet werden. Für eine Unze bezahlt man einen amerikanischen Dollar, in japanischem Geld also eine hohe Summe. Ich bin überzeugt, daß sie sogar japanische Gäste nur ausnahmsweise damit bewirtete. Uns gegenüber sollte es ein Geschenk bedeuten.
Zu guter Letzt nahmen wir Abschied, indem wir uns mehrfach verneigten und bald wiederzukommen versprachen. Bei der Filmarbeit, so beteuerten wir, würden wir schonend vorgehen und sowohl im Haus wie im Garten keinen Schaden anrichten. Mit größter Liebenswürdigkeit forderte sie mich auf, aus dem Hotel in ihr Haus überzusiedeln, doch ich erklärte dankend, daß ich in der Nähe der andern bleiben müsse.
Nun waren noch der Bauernhof und der leere Strand zu besichtigen. Der Strand konnte warten, denn das Tageslicht begann zu schwinden, aber den Bauernhof mußten wir sofort sehen. Wir fuhren an einem Dorf vorüber, dann zwischen Feldern hindurch, und schon erkannte ich ihn. Er stand auf einer breiten Terrasse an der Straße, gut sechs Meter über einem Reisfeld. Die Vorderseite war durch eine alte Ziegelmauer geschützt, aber das große Holztor stand offen. Mit angehaltenem Atem betrat ich die Welt, die ich in meinem Buch beschrieben hatte. Ja, das war das Haus, einfach, aber geräumig, die Außenwände aus Holz, die Schiebewände zwischen den Zimmern aus Reispapier, darüber ein uraltes, mit Gras und Blumen bewachsenes Strohdach. Hühner, eine Ziege, ein Gemüsegärtchen, Ziersträucher, ein paar dekorative Felsstücke, eine prächtige altertümliche Küche, eine schmale Veranda, ein kleiner Teich, wo Gemüse und Reis gewaschen wurden – alles stimmte. Und das Erfreulichste war, wie herzlich und hilfsbereit uns der Bauer, ein heiterer Witwer, mit seiner verheirateten Tochter empfing. Wann, fragten sie, wollten wir kommen? Morgen? Gut, gut, das Haus gehöre uns. Ja, sie hätten Elektrizität – und eine Pumpe in der Küche – alles modern, sagte der Bauer stolz. Er freue sich, wenn amerikanische Besucher sähen, wie er eingerichtet sei. Und natürlich mußten wir Tee trinken. Es wurde Nacht, bis er uns ziehen ließ, und die Arbeit sollte am nächsten Morgen um sieben beginnen. Jede Stunde Tageslicht ist für die Außenaufnahmen kostbar.
Die Hühner schliefen längst, als wir fortgingen. Ihr mißtöniges Gegacker, ihre aufgeregten und empörten Aufschreie sollten vom ersten Drehtag an die Begleitmusik zu jeder Szene sein, die auf diesem Hof gefilmt wurde.

Was den Arbeitsbeginn zu unserem Leidwesen verzögerte, war Regen, Regen, Regen. Schon als wir an jenem Abend zurückfuhren, setzten die ersten Wolkenbrüche ein. Gerade das hatten wir befürchtet, denn das Wetter ist bei Außenaufnahmen immer eine Glückssache, besonders im südlichen Japan, wo Meer und Berge nahe Nachbarn sind. Bläst der Wind vom Meer herein, so wird sich der Himmel aufhellen; kommt er vom Land her, so bringt er Regen. Das hatte ich in weit zurückliegenden Tagen gelernt, und während ich in meinem japanischen Bett dem Rauschen zuhörte und auf den Schlaf wartete, sann ich über die seltsamen, ganz verschiedenen Teile meines Lebens nach.

Wie unglaublich, vor allem, daß ich in der ersten Lebenshälfte nichts davon ahnte, daß er existierte! Wo war er, als ich mich in früheren Jahren hier aufhielt? Und jetzt, da ich abermals hier bin, wo ist er nun? Zwischen diesen Zeitspannen lagen fünfundzwanzig gute Jahre des Zusammenseins, ein Juwel mitten in der davorliegenden und nachfolgenden Ewigkeit. Und wieder bewegte mich die Frage, so wie sie jeden Menschen umtreibt, der vom Tod berührt worden ist. Gibt es ein jenseitiges Leben?
Ich dachte an den Mut seiner atheistischen Überzeugung. Wie oft sprachen wir über die Zukunft, in der einer von uns beiden würde allein leben müssen! Denn die Vorstellung, daß wir im gleichen Augenblick sterben und Hand in Hand die unerbittliche Schwelle überschreiten dürften, wäre zu schön gewesen, um wahrscheinlich zu sein. Ich wußte seit Jahren, daß ich auf der Erde zurückbleiben würde; von beiden Ahnenseiten her hatte ich Langlebigkeit geerbt. Die Frage war nur: Sollte ich weiter an die Möglichkeit einer Fortdauer nach dem Tod denken oder sie beiseite schieben und so leben, als wäre die Ewigkeit jetzt und hier – was in gewissem Sinn zutrifft, da die Wiederkehr aller Dinge weder Anfang noch Ende hat. Was ist meine gegenwärtige Einsamkeit? Ist sie ein Ende dessen, was einstmals war, oder ein Anfang von etwas, das ich noch nicht erfasse?
Weiß er, daß ich hier in Japan bin? Zieht es ihn noch zu unserem Haus in Amerika, und würde ich, wenn ich dort wäre, seine Nähe fühlen? Im Dunkeln, während sich das Geräusch der steigenden Flut mit dem des Regens auf dem Ziegeldach vermischte, kämpfte ich gegen die verzehrende Sehnsucht, auf die Suche nach ihm zu gehen, wo immer er sein mochte. Denn sicherlich suchte auch er nach mir. Wir hatten einander immer gefehlt, wenn wir getrennt waren. Aber welche Pfade führen zu ihm?
Ein Abend im Restaurant Sardi in New York stieg in meiner Erinnerung auf. Ein Freund aus Hollywood hatte mich eingeladen und mir seine Frau vorgestellt. Während er mit anderen Gästen über Geschäftsangelegenheiten sprach, unterhielt ich mich mit seiner Frau, die aus dem Mittelwesten

stammte und in ihrer bescheidenen, sympathischen Art nichts mit Hollywood gemeinsam hatte. Zuerst war sie ziemlich schüchtern, dann aber sagte sie plötzlich mit gedämpfter Stimme, daß sie gern »richtig« mit mir sprechen möchte. Sie hatte, wie aus ihren Mitteilungen hervorging, in den letzten Monaten eine seltsame Entwicklung durchgemacht. Ihr Vater, der ihr sehr nahe stand, hatte nach dem Tod ihrer Mutter jahrelang in ihrem Haus gewohnt und war vor kurzem gestorben. In ihrer Trauer um ihn fragte sie sich ständig, ob er noch irgendwo weiterlebe und ob er glücklich sei, falls er noch lebte; sie selbst verlor durch diese ungelösten Fragen jede Lebensfreude.

Eines Abends, als ihr Mann noch nicht zu Hause war, saß sie allein an ihrer Häkelarbeit und hing dem Kummer um ihn nach. Plötzlich rief eine Stimme sie beim Namen, und als sie aufblickte, sah sie ihn ganz deutlich auf der andern Seite des Zimmers.

»Du darfst dir keine Gedanken mehr um mich machen«, sagte er in seiner charakteristischen sachlichen Art. »Es geht mir gut, ich bin glücklich.«

Da sie schwieg, fragte ich: »Hatten Sie Angst?«

»Angst vor meinem Vater? Nein.«

»Aber war er denn genau wie immer?«

»Genau wie immer«, antwortete sie und fügte dann leise verwundert hinzu: »Nur wußte ich, daß sein Körper nicht da war, obwohl er selber da war.«

»Und haben Sie ihn noch mehrmals gesehen?«

»Ja, mehrmals, obwohl ich mir keine Sorgen mehr mache. Wenn Jack und ich abends still im Wohnzimmer sitzen – meistens liest er, und ich häkle –, fühle ich manchmal, daß noch jemand da ist, und dann sehe ich, wie uns mein Vater zulächelt.«

»Sieht Jack ihn auch?« fragte ich.

»Ich habe ihn einmal gefragt: ›Jack, siehst du Dad dort drüben?‹ Er sah zwar nichts, aber er glaubte mir ohne weiteres, weil es in der Gegend, wo er aufgewachsen ist, hin und wieder Leute gab, die wie ich einen Verstorbenen sehen konnten.«

Ja, und nun fiel mir auch wieder ein, was meine vierzehnjährige Tochter am Tag nach der Beerdigung erzählt hatte. Sie wollte damals in seinem Zimmer schlafen, weil es leer stand und neben dem meinen war, und als ich fragte, ob sie denn wirklich so rasch nach seinem Tod dort einziehen wolle, sagte sie: »Ich will nicht, daß das Zimmer leer ist.«

Am nächsten Morgen erzählte sie dann in völlig selbstverständlichem Ton beim Frühstück: »Daddy ist gestern abend hereingekommen. Er sah prächtig aus – wieder ganz gesund und vergnügt. Er wollte nur schnell nachsehen, ob alles in Ordnung ist.«

Ich unterdrückte meine Ungläubigkeit. »Hat er mit dir gesprochen?«
»Nein, einfach nur gelächelt.«
»Und was hatte er an?« fragte ich.
»Die Hausjacke aus rotem Samt, glaube ich«, antwortete sie.
Doch die rote Samtjacke, auf die er besonders stolz gewesen war, hatte er schon seit fünf Jahren nicht mehr getragen, weil er von da an nicht mehr rauchte.
Glaube ich? Wenn ich glaube, dann nur deshalb, weil ich überzeugt bin, daß wir eines Tages erkennen, so wie wir erkannt werden; daß die Verbindung dasein wird; daß die wissenschaftlichen Gesetze uns die Gesetze der Schöpfung enthüllen werden. Die Religion gibt der schöpferischen Kraft einen Namen: Gott, auf den wir warten.
In jener Nacht am japanischen Meer beschwor ich ihn, mich durch ein Zeichen wissen zu lassen, daß er irgendwo lebe – mir nur zu sagen, daß er sei. Er schickte kein Zeichen. Doch das Schweigen bedeutet nichts Endgültiges. Vielleicht stellt es nur einen vorläufigen Zustand dar. Er ist dort, ich bin hier. Wir haben noch nicht dieselbe Wellenlänge. Ist das Glaube? Ich wage es nicht so zu benennen. In der Wissenschaft gibt es zwei Arten des Vorgehens. Die eine Schule betrachtet das Unmögliche als absolut, bis es sich als Möglichkeit beweisen läßt. Die andere betrachtet das Mögliche als absolut, bis der Beweis seiner Unmöglichkeit erbracht ist. Ich gehöre zur letzteren Schule. Daher ist alles möglich, bis es sich als unmöglich erweist – und selbst das Unmögliche ist vielleicht nur zeitbedingt.
Auf diese Weise spielte sich mein Leben weiter auf zwei getrennten Ebenen ab, auf einer bei Tag, auf einer bei Nacht; eine war auf der Erde, eine war das Suchen nach einer nicht greifbaren Wohnstätte.

Es schien endlos regnen zu wollen. Drei Tage lang goß es in Strömen und ohne Unterlaß. Die Berge versteckten sich im Nebel, das Meer brandete gegen die Felsen. Wir sahen uns bestürzt an. Was sollte geschehen, wenn es immer so weiterging?
»Ich dachte, Sie hätten gesagt, daß die Regenzeit im Juni sei, und jetzt haben wir September«, bemerkte der Amerikaner mit vorwurfsvollem Blick auf mich.
Auch mich beunruhigten diese Wolkenbrüche. Ich erkundigte mich beim japanischen Maître d'hôtel, der mir bestätigte, daß der Juni der Regenmonat sei.
»Und was ist das dann jetzt?« fragte ich.
»Das ist einfach Regen«, erwiderte er.
Da niemand diese Tatsache hätte bestreiten können, gingen wir zu diskutierbaren Angelegenheiten über. Wir beschlossen, am Drehplan zu arbei-

ten, und legten genaue Tageseinteilungen fest, für den Fall, daß besseres Wetter einträte. Szene um Szene, Bild um Bild wurden geplant. Dabei lernte ich, was ich nicht gewußt hatte: daß sich die Reihenfolge der Aufnahmen nicht an den zeitlichen Handlungsablauf hält. Sämtliche Szenen, die sich am gleichen Ort abspielen, werden hintereinander gedreht, ohne Rücksicht darauf, wann sie in der Erzählung vorkommen. In den vier ersten Tagen sollte also alles gefilmt werden, was mit dem Bauernhaus und seiner vierköpfigen Familie zu tun hatte, mit Vater, Mutter, Yukio und Setsu. Für mich war das ziemlich verwirrend, doch ich sah den Sinn ein. Die Beratungen mit unserem Kameramann, dem japanischen Tonmeister und der Atelierassistentin fanden an einem langen japanischen Tisch statt. Natürlich saßen wir auf dem Fußboden, und der Kameramann wählte unklugerweise den Platz am Tischende. Unklug war dies im Hinblick auf seine sehr langen Beine; wenn er die japanische Sitzstellung nicht mehr aushielt, konnte er die Beine nicht ausstrecken, weil ich längst vor ihm müde geworden und meine Beine schon unter dem niedrigen Tisch ausgestreckt hatte.

Ich erlaube mir hier eine Abschweifung, um über dieses Sitzen zu sprechen. Vor meiner Reise nach Japan hatte ich täglich gewissenhaft geübt, um mich wieder an das Sitzen auf den Füßen, mit untergeschlagenen Beinen, zu gewöhnen. Es ist nicht leicht. Anfänglich brachte ich es nur auf drei Minuten, was für ein japanisches Mahl nicht ausreicht, wenigstens nicht in den Häusern meiner Freunde. Ich war beschämt, aber länger konnte ich nicht. Zu meiner Freude entdeckte ich dann, daß die Japaner inzwischen selbst davon abgekommen waren, längere Zeit auf ihren Beinen zu sitzen. Wann immer möglich, benützten sie Stühle, viele Kinder wollten überhaupt nichts mehr von der alten Stellung wissen, und sogar meine traditionsliebende Freundin gestand offen, daß sie nicht lange so sitzen könne und es auch als schädlich für die Zirkulation betrachte. Sie schrieb den auffallend größeren Wuchs der jungen Generation dem Umstand zu, daß man die Kinder nicht mehr gezwungen hatte, stundenlang auf untergeschlagenen Beinen auszuharren. Vielleicht spielt dieser Faktor tatsächlich mit. Jedenfalls stellte auch ich fest, daß die Japaner größer sind als früher, besser aussehen und gerade Beine haben.

Doch zurück zum Kameramann. Er war äußerst sympathisch, freundlich, temperamentvoll und ein Künstler in seinem Fach. Er sprach nur gebrochen Englisch, verstand aber viel mehr, als wir vermutet hatten. Offensichtlich liebte er seinen Beruf, und er betonte, daß ihm »Die springende Flut« besondere Freude mache – was ich ihm auch glaubte, denn warum wäre er sonst zur Mitarbeit bereit gewesen? Er war berühmt und hätte mit einer leichteren Aufgabe ebensoviel verdienen können. Doch er gefiel mir aus anderen Gründen besonders. Sein bloßer Anblick hatte Seltenheitswert: noch nie war mir ein derart in die Länge gezogener Mensch begegnet, von den Füßen, Beinen, Armen, Händen bis zum Hals und Gesicht. Ich sah ihn immer wieder über den Tisch weg an; oft schien mir sein langes Gesicht traurig zu sein, dann wieder glaubte ich mich zu täuschen, und so mußte ich ihn eben unaufhörlich betrachten.

Ganz anders war unsere japanische Assistentin, eine sehr moderne junge Frau in Slacks und Hemdbluse, mit hochgetürmter Frisur. Sie beherrschte mehrere Fremdsprachen, hatte in Europa eine Ballettschule absolviert und war seit kurzem mit unserem jungen Hauptdarsteller, dem erwachsenen Toru, verheiratet. Infolge anderweitiger Filmverpflichtungen konnte er erst später zu uns stoßen, so daß die beiden zum erstenmal seit ihrer Hochzeit getrennt waren. Diese Tatsache bot Stoff für reichliche Neckereien; die Mitarbeiter zwangen die Neuvermählte, stündlich Postkarten an ihren Mann zu schreiben, adressierten die Karten für sie und so weiter. Sie machte den Spaß gut gelaunt mit – eine gleichmütige junge Frau, intelligent und tüchtig und außerdem – was aber sehr wichtig ist – auch von ganzem Herzen verliebt.

Am ersten Tag, an dem es endlich nicht mehr regnete und wir mit den Szenen im Bauernhaus begannen, fiel unglücklicherweise unser Kameramann in ein Reisfeld. Das war keineswegs so nebensächlich, wie es klingt, denn es ereignete sich am Ende eines zwölfstündigen Arbeitstages. Ich hatte den Aufnahmeort etwas früher verlassen, um einige Telefongespräche nach Tokio zu erledigen, und wurde plötzlich ins Spital beordert. Dort erblickte ich den langen Kameramann, der auf einer Bank in der Halle lag und darauf wartete, durchleuchtet zu werden. Wir befüchteten das Schlimmste, denn das Reisfeld befand sich am Fuß einer hohen Mauer, und er war nicht, wie ich gehofft hatte, in weichen Schlamm und hohe Reispflanzen gefallen, sondern auf das Geröll am Feldrand. Sein Körper glich ohnedies einer Konstruktion aus zerbrechlichen Knochen, lose verbunden durch braune Lederhaut, und als er nun dort auf der Bank lag, schien er zweieinhalb Meter lang zu sein.

Wir äußerten größte Besorgnis, wovon er jedoch nichts hören wollte, und schließlich wurde er widerstrebend in den Röntgenraum getragen. Nach einer halben Stunde teilte uns der Arzt mit, daß es sich nur um Quetschungen, nicht um Knochenbrüche handle. Der Kameramann selbst kehrte mit so heiterem Ausdruck, wie es seine Gesichtsform zuließ, wieder zu uns zurück und erwartete unsere Bewunderung, die wir ihm auch spendeten. Er sah in einer frischen weißen Yukata sehr schmuck aus und hatte dem Arzt sogar erlaubt, seinen rechten Arm in eine Schlinge zu legen. Da er darauf bestand, die Arbeit fortzusezten, fuhren wir mit ihm ins

Hotel zurück und gaben ihm durch die Dolmetscherin zahlreiche gute Ratschläge: daß er einen Helfer haben müsse, der ihm einen Stuhl nachtrage, damit er überall sitzen könne, sowie einen Fächer, einen Sonnenschirm, kühle Getränke und Früchte.
Der Kameramann hörte sich das an, ohne eine Miene zu verziehen, und fügte hinzu: »Und Beddo.«
Wir lachten, und die unbesiegbare hohe Gestalt saß kerzengerade neben dem Fahrer. In seinem Hotel wünschten wir ihm eine gute Nacht, und damit endete der erste Tag.

Hier muß ich meine Notizen zu Rate ziehen, die ich auf die leeren Stellen meines Textbuches kritzelte, während die verschiedenen Szenen gespielt wurden.
Die erste Notiz lautet: »Feder –«
Feder?
Ach ja, das war die Szene, wo Toru nach der Katastrophe in betäubendem Schlaf liegt und die vorwitzige kleine Setsu hereinschleicht und ihn mit einer Feder kitzelt, um ihn zu wecken. Es war eine hübsche Szene; gleich darauf kam die Mutter mit einem Körbchen voll Eiern und hinter ihr unser neuester Darsteller, ein kleiner, sehr intelligenter Hund. Der als allerletzter engagierte Darsteller war eigentlich eine Ente, aber ihr Auftritt war noch nicht aufgenommen.
Während dieses Bild gedreht wurde, rüstete sich der Vater für seine große Szene mit Yukio. Der Vater ist ein guter Bauer, sein Gesicht hat ehrlich erworbene Bräune. Unser Maskenbildner, der beste in Japan – habe ich das nicht schon gesagt? –, schminkte ihn und wischte mit zarter Hand den Konzentrationsschweiß weg. In einer andern Ecke tat die Assistentin dasselbe mit dem Gesicht der Mutter. Diese Assistentin erheiterte uns immer wieder von neuem. Sie war so überaus tüchtig, stürzte in letzter Sekunde auf die Szene, glättete ein Haar auf dem Haupt der Mutter oder fügte einen Tupfer Make-up an ihrem Augenwinkel oder an ihrer Lippe hinzu.
»Nach beendeter Arbeit«, steht in meinen Notizen, »ist es ein unvergleichlicher Anblick, wie Mutter in elegantem grauem Kimono würdig und behutsam über die schmutzige Straße schreitet. Sie hat als Schauspielerin einen Namen in Japan, Vater spielte schon in berühmten Filmen, und sowohl Toru als auch Yukio sind Kinderstars. Ich bin stolz auf unsere Filmfamilie.«

An jenem Tag, erinnere ich mich, kam ein Brief von einem japanischen Freund in Tokio, einem Schriftsteller, der sich die Mühe gemacht hatte, in den Bibliotheken nach alten Chroniken zu suchen, um Angaben über Flutwellen zu sammeln. Er schrieb mir, daß ein furchtbares, hohles Dröhnen zu hören sei, bevor eine springende Flut hereinrolle. Die Japaner nennen es »die Ozeankanone«. Ein anderes Vorzeichen besteht darin, daß die Brunnen versiegen oder überlaufen und das Wasser schlammig wird. Und die Fische schwimmen zum Land hin.

Während ich diese faszinierenden Berichte las, hörte ich den Hilfsregisseur die neue Szene einleiten.
»Yoi!«
»Humba!«
»Starto!«
»Backo!«
Die Darsteller nahmen ihre Plätze ein, und der Kameramann machte sich schußbereit. Dann rief der Regisseur das letzte Kommando.
»Aufnahme!«
»Schis-kani«, wurde unzählige Male während der Szene gesagt, und der Sinn war mir schleierhaft, bis ein Elektriker das Wort in verständlicherer Sprache brüllte: »Silento!« Das Resultat war lautlose Stille.
Die Einfachheit des ganzen Mechanismus fand ich verblüffend. Das Mikrophon hing in einem Baumwollsack an einer Bambusstange, deren Ende meist irgend jemand aufspießte, wie meine eigenen Rippen beweisen konnten, aber es funktionierte vorzüglich. Als ich das Tonband später abhörte, war ich über die Klarheit erstaunt. Alles Notwendige wurde mit äußerst einfachen Mitteln erreicht. Die Tonkamera zum Beispiel wickelte man so sorgsam ein, als wäre sie ein Säugling im Schneesturm. Ich verstand diese Maßnahme nicht, denn ich konnte mir nicht vorstellen, daß der Apparat bei der glühenden Hitze unter Kälte zu leiden hätte. Dann erfuhr ich, daß die Decken und Kissen das Geräusch der Kamera selbst dämpfen sollten, damit es nicht vom Mikrophon aufgefangen würde.

Soeben bemerkte ich, daß ich noch nichts von unserem Empfang in der Stadt Obama erzählt habe.
Wir kamen in kleinen japanischen Autos an und bezogen unauffällig unser Hotel. Bis auf den amerikanischen Regisseur, seine Frau, sein Kind und mich selbst bestand unsere Gruppe aus Japanern, und wir waren stille Gäste, wenigstens nach amerikanischen Begriffen.
Bald verbreitete sich jedoch die Nachricht von unserer Ankunft, von meiner Anwesenheit und von dem Plan, einen Film zu drehen. Die Stadtväter baten, uns besuchen zu dürfen, was wir ihnen gerne erlaubten. Sie erschienen mit großen Blumensträußen und riesigen flachen Kuchen, einer

Spezialität von Nagasaki. Beim Tee, den wir ihnen dann vorsetzen ließen, forderten sie uns durch die Dolmetscherin auf, sie um alles zu bitten, was wir brauchen könnten.

»Wenn Sie nicht fragen, können wir nicht wissen«, erklärten sie. »Darum also fragen Sie!«

Wir versprachen, daß wir uns an sie wenden würden, und nach dem Tee verabschiedeten sie sich unter vielen beiderseitigen Verbeugungen. Am nächsten Tag hing über der Hauptstraße ein großes beschriftetes Banner, auf dem uns die Stadt Obama in englischer und japanischer Sprache willkommen hieß. Das Hotel beeilte sich, ein ähnliches Ding auszuhängen, Reporter fotografierten uns mit Blumensträußen im Arm, und bis zum Ende unsres Aufenthaltes flatterten die Banner im Wind. Die Regengüsse hatten zur Folge, daß einige Buchstaben verblaßten und das Ganze allmählich etwas fleckig wurde, doch die Stimmung, kann ich zu meiner Freude sagen, blieb uns gegenüber so herzlich wie zuvor.

Und da ich gerade von Buchstaben schreibe, fällt mir ein, daß die japanischen Schulkinder drei verschiedene Sprachen lernen müssen: erstens die alten chinesischen Zeichen, die noch immer im offiziellen schriftlichen Verkehr verwendet werden, zweitens japanische Phonetik, drittens die neue, im modernen Leben unerläßliche Sprache, nämlich die Phonetik der englischen Wörter, die dem Japanischen einverleibt worden sind.

Trotz dieser sprachlichen Belastung schienen die Kinder gesund und munter zu sein, mit Ausnahme eines Jungen, den ich eines Tages auf dem Weg nach Kitsu sah. Hinter einer Straßenbiegung stießen wir auf eine robuste und zornentbrannte Mutter, die ihr Söhnchen wegen irgendeiner Untat züchtigte. Sie erledigte ihre Pflicht, ohne sich von uns stören zu lassen, wobei der Kleine aus vollem Halse brüllte; dann wischte sie sich die Hände ab und lächelte uns fröhlich zu, während er zur Mauer gekehrt sein Geheul beendete.

Soll man körperliche Strafen anwenden? Während ich meinen Weg nach Kitsu fortsetzte, sann ich darüber nach. Die Frage war in unserer amerikanischen Familie oft aufgeworfen und nie entschieden worden. Er fand, daß Kinder in einem gewissen Alter Prügel brauchten, weil sie noch keine vernunftmäßige Einsicht hätten und ausschließlich instinktiv und emotionell reagierten. Ich verabscheute alle derartigen Maßnahmen und hielt sie für wirkungslos. Der Unterschied zwischen uns war, daß ich im Augenblick der Wut – was selten und nur auf schwere Provokation hin vorkam – dem schuldigen Kind kurzerhand einige wohlgezielte Schläge verabreichte. Er dagegen brachte es trotz seiner prinzipiellen Ansicht nie übers Herz, ein Kind aus irgendeinem Grund körperlich zu strafen – die einzige Ausnahme war ein denkwürdiger Fall, in dem ich mich weigerte, etwas damit zu tun zu haben.

»Die Jungen müssen Prügel bekommen«, erklärte er mir eines Tages mit feierlichem Ernst.

Ich weiß nicht mehr, was sie angestellt hatten, aber zweifellos waren sie gemeinsam auf irgendeine Teufelei verfallen. Sie standen zu dritt vor uns, alle fast gleichaltrig und alle drei hübsch und kräftig und unbußfertig.

»Ich kann nicht«, antwortete ich.

»Dann muß ich es tun«, sagte er energisch.

Mein Erstaunen war ebenso groß wie das der Delinquenten, als er sie tatsächlich der Reihe nach vornahm. Heute sind sie längst erwachsene Männer, aber noch immer winden sie sich vor Lachen, wenn sie davon sprechen. Auch sie erinnern sich nicht mehr an ihr Vergehen, wohl aber an ihn – voller Liebe und Heiterkeit.

»Es war uns bewußt, daß wir Tränen vergießen sollten«, sagte der zweitälteste Sohn kürzlich. »Rein ihm zuliebe hätten wir es gern getan, um ihm die Genugtuung zu geben, daß er gute Arbeit geleistet habe, aber es war so furchtbar komisch – wir mußten einfach lachen.«

Ich hörte damals eigentümliche unterdrückte Laute, sah, wie die drei sich mit den Fingerknöcheln angeblich die Augen rieben, und fiel keine Sekunde lang darauf herein. Es war mir ganz klar, daß sie lachten und es doch zu verbergen suchten, um ihn nicht zu kränken.

Bei dem japanischen Jungen vermutete ich eine ähnliche Vorspiegelung falscher Tatsachen, denn sein lautes Gebrüll stand in keinem Verhältnis zu den harmlosen Schlägen. Lassen wir meiner Mutter die Freude, dachte er offenbar, lassen wir sie im Glauben, daß sie mich erzieht – kurz, laßt uns gut zu unseren Eltern sein!

Unsere Dreharbeiten im Bauernhaus nahmen eine gute Woche in Anspruch. Der Tageslauf spielte sich nach folgendem Muster ab: Ich stand um halb sechs Uhr auf und nahm mein Bad. Unterdessen kam die stets aufmerksame kleine Dienerin, entfernte das Bett, stellte den Tisch auf und brachte mein Frühstück. Diese Mahlzeit schmeckte mir nie, muß ich gestehen; am genießbarsten fand ich eine in der Form apfelähnliche Frucht, die jedoch eine Birne war, aber nicht saftig wie die amerikanischen Birnen, sondern von der harten chinesischen Sorte. Zwei Eier in der Schale, dicker Toast und merkwürdiger Kaffee vervollständigten das Menü. Ich erklärte, daß ich zum Frühstück nur ein Ei und nur eine Scheibe Toast äße, doch das nützte nichts. Der Leiter unserer Gesellschaft hatte meine Rationen festgesetzt, und seiner Bestellung gemäß wurde ich ver-

pflegt. Wahrscheinlich vertilgte die kleine Japanerin die Reste, und ich ließ es also dabei bewenden.
Um sieben Uhr mußte ich mich in der Hotelhalle einfinden. Die ganze Gruppe zog dort an Stelle der Pantoffeln Schuhe an, unter Assistenz kleiner Dienerinnen. Dann nahmen wir in mehreren Wagen Platz, erwiderten die Verneigungen des versammelten Personals und brachen auf. Die Straßen waren sauber wie alles in Japan, der Staub mit Wasser weggespült, die Pflastersteine feucht glänzend. Die Berge an der Küste leuchteten intensiv grün, und das Meer funkelte blau in der Morgensonne, wenn schönes Wetter war. In halsbrecherischem Tempo fuhren wir durch die Stadt, an Hunderten von Schulkindern vorbei und aufs Land hinaus, wo Reisfelder neben den geschotterten Straßen lagen.
Manchmal erscheint mir Japan als das schönste aller Länder auf der Welt. Doch jedes Land in Asien ist in seiner Art zauberhaft. Wir sagen »Asien« und stellen uns darunter einen riesigen, wimmelnden Kontinent vor, dessen Völker sich aufs Haar gleichen – nichts könnte unzutreffender sein. Die asiatischen Länder und deren Bewohner unterscheiden sich grundlegend voneinander, in weit stärkerem Maß als Amerikaner und Europäer. Indien und China sind zwar die beiden großen Mutterländer, und ihr Einfluß dehnt sich auf die Nachbarn aus, aber trotz dieser Tatsache hat jedes Land und jede Kultur ausgesprochen eigene Vorzüge entwickelt.
Bei der Ankunft im Bauernhof, wo uns jeden Morgen ehrfürchtige Zuschauer vor dem Tor erwarteten, fanden wir alles zur Arbeit bereit vor. Die Familie hatte schon die Betten aus dem Wege geräumt, gefrühstückt und das Haus verlassen. Von Zeit zu Zeit kam ein Mitglied zurück, um nachzusehen, was wir trieben, aber die Höflichkeit verbot ihnen jegliche Einmischung, was immer sie im stillen denken mochten. Nur die Dorfnachbarn fanden sich in Schichten ein und starrten uns unverhohlen an.
Die erste Schicht bestand aus Kindern, die auf ihrem Schulweg bei uns haltmachten. Gesittet und still verfolgten sie die Vorgänge, mit unverwandtem Blick. Punkt Viertel nach acht Uhr verließen sie uns, da die Schule um halb neun begann. Die zweite Schicht bildeten Mütter, die inzwischen ihren Haushalt besorgt und das Mittagessen vorbereitet hatten. Die meisten trugen ein festgebundenes Kind auf dem Rücken und benahmen sich nicht ganz so gesittet. Immer wieder ließen sie sich zu geflüsterten Ausrufen hinreißen und lachten hinter vorgehaltenen Händen. Auch sie entfernten sich pünktlich, um halb zwölf, weil sie den von der Arbeit heimkehrenden Männern das Essen vorsetzen mußten. Gegen drei Uhr erschienen dann Großeltern und Dorfälteste nach beendetem Schläfchen, um den restlichen Nachmittag bei uns zu verbringen. Zwei Stunden spä-

ter kamen die arbeitenden Männer, deren Feierabend um fünf begann, und harrten getreulich aus, bis wir gegen sieben Uhr das Feld räumten. Unsererseits begannen wir zu filmen, sobald die Kameras aufgestellt waren. Der Maskenbildner und sein Gehilfe behielten die Darsteller scharf im Auge, um einzugreifen, bevor Crème und Rouge ihnen infolge der Hitze über das Gesicht liefen und die Kostüme verschmierte. Dieser Fachmann war sowohl ein liebenswerter Mensch als auch ein echter Künstler; er stellte seine Mittel nach eigenen Geheimrezepten her und fertigte auch die Pinsel selber an. Nach Abschluß der Dreharbeiten fand ich einen dieser feinen Pinsel am Strand, und da sein Eigentümer schon nach Tokio abgereist war, behielt ich ihn zum Andenken. Er ist aus splitterdünnem Bambus, mit einer schmalen Spitze aus feinsten Haaren.
Über dem ganzen Arbeitstag hing der Fluch unerwünschter Geräusche. Der Ochse muhte im verfehlten Augenblick, die Ziege meckerte zu oft, obwohl sie es ja nur freundlich meinte, und in bezug auf die Hühner gaben wir überhaupt jede Hoffnung auf. Nichts vermochte sie zum Schweigen zu bringen, und wo auch immer der Film laufen mag, werden sie also während sämtlicher Szenen im Bauernhof gackern.
Eines Tages hatten wir zufällig Glück. Als die kleine Setsu mit flatternden Kimonoärmeln aus dem Tor rannte, kam gerade die älteste Frau daher, die man sich denken kann, tief gebückt unter einem Holzbündel. Ihr schönes altes Gesicht war braun und runzlig, aber die Augen leuchteten jung wie das Leben selbst. Auf unsere Bitte willigte sie freundlich ein, im Film mitzuwirken, und posierte, indem sie sich an ihrem hohen Stab aufrichtete und ihren heiteren Zügen den Ausdruck adliger Würde verlieh. In der Szene, für die wir sie brauchten, wandert sie die Straße entlang, während das Mädchen Setsu vorbeiläuft. Wir wollten ihr ein Honorar auszahlen, doch man versicherte uns, daß wir sie damit kränken würden. Die einzig mögliche Gabe bestand in einigen Päckchen Zigaretten, worauf sie zufrieden weiterzog.
Regen und Sonne wechselten im Lauf der Tage. Unsere Schauspieler arbeiteten gut und bildeten allmählich eine richtige Gemeinschaft. Wir alle begannen mit den Figuren der Erzählung zusammenzuwachsen. Ich erinnere mich besonders deutlich an einen Tag, an dem wir die Szene nach der Springflut filmten: Toru wird ins Haus getragen, und als er aus der Betäubung erwacht, fragt er nach seinen Eltern. Plötzlich wurden alle Darsteller von einer Welle echten Gefühls erfaßt. Sie verstanden den Sinn der Handlung nur zu gut. Tränen fielen aus den Augen der Mutter, und auch mir schnürte sich die Kehle zu, denn was sie spielten, war ein Stück reinster Wahrheit.
Die letzte Szene an jenem heißen Tag fand draußen im Hof statt. Es war

schon fast Zwielicht, und Hunderte von Zuschauern jeden Alters umringten uns schweigend und respektvoll, während das Bild vorbereitet wurde. Der Karren, der Ochse, die Bauernfamilie standen an ihrem Platz. Diesmal gehörte außer Setsus Hund auch ihre Lieblingsente dazu. Laut Drehbuch hätte es eigentlich ein zahmes Entchen sein sollen, aber nun war es ein mächtiger Enterich, der Urgroßvater aller Enten, und Setsu mußte einige Kraft aufbieten, um ihn zärtlich im Arm zu halten. Der Hund, eine Art Foxterrier, wollte nicht harmlos herumspielen, wie ihm das Drehbuch vorschrieb, sondern jagte wie toll den Hühnern nach, wobei er eine Glucke mit zahlreichen Küken aufscheuchte. Irgendwie klappte es dann doch, Setsu trug den Enterich fort, der Hund wurde gebändigt und besänftigt, und die Szene entwickelte sich weiter.
In diesem Augenblick vernahm ich menschliches Gegacker hinter meinem Rücken, während Vater den Karren ablud. Zwei elende Kerle in der Menge schüttelten sich vor Lachen, weil Vater zu unglaubwürdig mit Stangen und Körben hantierte. Offensichtlich überzeugte er sie als Bauer nicht. Und was Mutter betraf, so begannen bei ihrem Auftritt die Frauen zu kichern. Keine unter ihnen war hübsch, und Mutter war sehr hübsch. Wie konnte sie also eine Bauernfrau sein? Vielleicht war die Schauspielerin tatsächlich zu hübsch. Aber kann denn eine Frau für einen Film jemals zu hübsch sein?
Wir hofften, noch eine Szene drehen zu können, und begannen sie vorzubereiten, als ich plötzlich lautes Bellen hörte – wie von einem großen alten Hund. Ich konnte mir das nicht erklären. Zum Bauernhof gehörte kein Hund. Bei meinem Erkundigungsgang in den Stall roch ich nur Schweine. Ein Schwein konnte es nicht sein, da es wie ein Hund bellte. Aber es war tatsächlich ein Schwein, ein gewaltiger, kampftüchtiger alter Eber, der wie ein heiserer böser Hund bellte. Ich fragte durch einen Dolmetscher, warum dieses Tier wie ein Hund belle, obwohl es kein Hund sei. Die Antwort lautete einfach: »Wir wissen nicht, warum Schwein wie Hund bellt!« Das war alles. Der Eber bellte weiter, die Dunkelheit kam, der Kameramann erklärte, daß er die Arbeit einstellen müsse. Wir machten Ordnung und brachen auf. Das Schwein verstummte, die Menge verzog sich, und wir verzogen uns ebenfalls. Wieder war ein Tag vorüber. Der nächste, Sonntag, sollte noch einmal ein Ruhetag sein; weitere Arbeitspausen könnten wir nicht mehr erwarten, hatte man uns gesagt, von nun an müßten wir uns in sieben zwölfstündige Wochentage schicken. Für heute war mein Bedarf gedeckt – ich dachte nur noch an Bad und Bett. Japanisches Bad und japanisches Bett.

Nachts erhob sich ein derartiger Wind, daß ich von einem Taifun träumte. Der Traum kam noch aus meiner Kindheit oder aus der Zeit, in der ich früher auf der Insel gelebt hatte, vielleicht aber stammte er auch aus meinem eigenen Buch. Oder es war die Nachwirkung eines Gesprächs, das ich mit der Frau des Hotelbesitzers geführt hatte.
In meiner Jugend in Asien waren wir oft von Taifunen heimgesucht worden, und ich hätte ganz gern noch einmal einen erlebt. Die Wirbelstürme in Neuengland und Pennsylvanien waren trotz ihrer Heftigkeit nicht damit zu vergleichen. In den Tropen oder tropenartigen Gegenden erreichen Wind und Regen eine vulkanische Gewalt. Wir lebten damals in einem subtropischen Klima, zweihundert Meilen vom Pazifischen Ozean entfernt, und noch heute erinnere ich mich an den strengen Befehlston meines Vaters und das besorgte Gesicht meiner Mutter.
»Ein Taifun kommt! Wir müssen alle Läden mit dem Querholz festmachen und die Türen zuschließen!«
Während sich der Himmel verdunkelte und der Wind zu brüllendem Toben anschwoll, saßen wir horchend da. Unter der Attacke brachen Bäume, Mauern stürzten ein, das Haus bebte, aber wir konnten nichts tun, als zu warten und zu horchen. Wenn es schließlich wieder still wurde, öffneten wir Türen und Fenster. Der Anblick war immer wieder derselbe – Verwüstung weit und breit.
»Sinnlos«, pflegte meine Mutter zu sagen. »Völlig sinnlos!«
Die Erinnerung an diesen Kommentar gab mir den Gedanken ein, über den Taifun zu schreiben, und zu diesem Zweck stieg ich eines Morgens – es war vor vielen Jahren in Japan – auf einen Berghang. Das Radio hatte einen Taifun angekündigt.
Um die Mittagszeit traf er ein. Ihm voraus ging ein eigenartiges fernes Grollen am hochgewölbten Horizont, und ich suchte Schutz in einer offenen Felshöhlung, die hoch genug lag, um von den Fluten nicht erreicht zu werden. Ich hatte mich vergewissert, daß der Fels fest war und also im Sturm nicht auf mich herunterstürzen würde; nach menschlicher Voraussicht war ich so weit in Sicherheit, wie man es bei einem gefährlichen Unternehmen überhaupt sein kann.
Es wurde ein tiefes, beängstigendes Erlebnis, aber auch lohnend, denn es lieferte mir den Stoff für den Anfang meiner Erzählung. Ich will es zu schildern versuchen, so gut ich kann. Der Taifun stieg mit hohlem Brüllen aus dem Meer auf und nahm die Gestalt einer unheimlichen schwarzen Wolke an. Die Wolke schien lebendig zu sein, da sie von den kämpfenden Winden hin und her gestoßen und fortwährend umgeformt wurde. Während sie sich nach links oder rechts streckte, wuchs sie gleichzeitig nach oben, bis sich das Mittagslicht in fahle Dämmerung verwandelte. Das

furchtbare Heulen brauste auf mich zu, und ich duckte mich hinter meinen Felsen und wartete.

Zuerst fiel kein Regen, nur Wind und Wogen tosten. Eine Stunde zuvor war das Meer noch glatt und blau gewesen. Nun wurde es schwarz, von weißen Schaumstreifen durchzogen. Von einer Sekunde auf die andere begann der Regen zu prasseln, als wären die Wolken geborsten. Ein grauer Vorhang fiel zwischen Berg und Meer herab, eine Wasserwand schien dicht vor mir zu stehen. Gras und Gestrüpp wurden zu Boden gedrückt. Der Wahnsinn, die Sinnlosigkeit der wilden, unbeherrschten Kräfte umgab mich. Es war nicht nur zwecklos, es war ein Wüten der Natur, die ihre eigene Schöpfung zerstörte. In langen Wachstumsprozessen Formen zu bilden und sie dann in einem Zornesanfall zu vernichten – war das nicht Irrsinn? Ich wußte nun, wie ich die Erzählung einleiten wollte.

Zu guter Letzt erlahmte das Unwetter. Die Winde zerstreuten sich, der Regen tröpfelte und war schließlich nur noch feuchter Nebel, die Wolke brach entzwei und ließ die Sonne durch. Ich kroch aus meinem Unterschlupf und sah mich um. Bäume waren entwurzelt, tiefe Rinnen in die Erde gegraben, Gras und Sträucher lagen erschöpft am Boden. Ich konnte mir vorstellen, welche Verheerung in Küstendörfern angerichtet worden war: zertrümmerte und ins Meer hinausgespülte Fischerboote, eingestürzte Häuser, auseinandergerissene Wellenbrecher und Schutzmauern. Meine Mutter hatte ganz recht, es war völlig sinnlos.

Viele Jahre waren inzwischen vergangen, und nun dachte ich in meinem japanischen Bett über die vergleichbaren Züge der Taifun-Energie und der Energie menschlicher Leidenschaft nach. Wenn sie nicht beherrscht wird, zerstört sie. Aber muß sie denn zerstörend sein? Wann sind Gefühle wertvoll, und warum? Wie können wir sie als nützlich, Energie, nötige Energie im Leben verwenden? Wofür braucht man sie, und auf welche Weise können sie in etwas Nützliches umgewandelt werden? Ich suche nach Antwort auf diese Fragen, zuerst für mich selbst, dann für andere. Ich setze mch dabei an die erste Stelle, weil ich die Linse bin, durch die ich andere sehe.

Und wie immer, wenn ich meine Fragen nicht beantworten kann, schicke ich meine Gedanken, mein Herz auf die Suche nach ihm. Er wußte nicht immer eine Antwort, aber er hatte die Gabe, meine Fragen durch geschickte Gegenfragen zu lenken und zu erweitern. Er war kein tiefer Denker. Er konnte mir nicht immer folgen, wenn ich zu einzelnen Schlüssen gelangen wollte, die man nicht als absolute Ergebnisse auffaßt, sondern als Schritte zur Wahrheit. Natürlich ist auch die Wahrheit keine absolute Tatsache. Vielleicht liegt sie eher im Prozeß des Suchens selbst, wirkt

überall in allem, ewig wie die Zeit, eine Ganzheit, von der wir auf jeder Stufe nur einen Teil sehen. Er hatte weder das begriffliche Denken noch die wissenschaftliche Methode, worin ich geschult worden war. Wir wußten von jeher, daß wir vieles nicht miteinander teilen konnten. Unsere Naturen waren grundverschieden. Sogar unsere Freude an Musik und Literatur hatte nicht denselben Nenner. Ich bin am glücklichsten, wenn ich eine Beethovensonate übe oder Chopin spiele; er bevorzugte leichtere Musik, die ich nur wie Kaviar genießen kann. Andererseits interessiere ich mich lebhaft für Jazz – weniger aus musikalischen als aus psychologischen Gründen –, während ihm keine Jazzkomposition etwas sagte. Auch für Naturwissenschaft hatte er nichts übrig, obwohl er sich akademisch für Technologie interessierte. Und da er ein ausgesprochener Atheist war, konnte er zwar anerkennen, aber nicht nachfühlen, daß ich mich endlos mit den Theorien der Physiker beschäftigte, deren neueste Entdeckungen mir ungeheuer wichtig erschienen.
Was ihn auszeichnete, war ein stark intuitiver Verstand und – was weit seltener ist – die Fähigkeit, etwas ihm Unverständliches ernst zu nehmen. Er regte durch Fragen an, er schien nie zu führen, obwohl er auch nicht folgte, er enthüllte, ohne zu formen. Er umgab mich mit einer Atmosphäre, in der ich klarer denken und spontaner schöpferisch sein konnte, als es mir sonst möglich gewesen wäre. Wenn ich laut denkend ein mich interessierendes Thema umkreiste, hörte er mir zu, so daß sich meine Gedanken frei bewegen konnten, als wäre ich allein; seine Fragen waren nicht Wegweiser, sondern Anregungen zum Beschreiten von Pfaden, die ich selbst vielleicht übersehen hätte.
Ach, jetzt habe ich niemanden mehr, mit dem ich sprechen kann. Sei still, meine Seele!
Der Drehplan schrieb Außenaufnahmen vor, eine Picknickszene mit der kleinen Setsu, eine Ernteszene und Pflugarbeit auf dem Feld, aber es regnete wieder. Wir begaben uns trotzdem in die Nähe des ersten Aufnahmeortes, eines terrassierten Hügels mit einem grauen alten Friedhof im Hintergrund. Auf einem dieser Grabsteine sollte Setsu mit dem Eßkorb auf Vater und Yukio warten. Der Kontrast zwischen den bemoosten alten Grabsteinen und unserem hübschen kleinen Mädchen war der Kontrast zwischen Leben und Tod, und ich hatte mich auf die Szene gefreut.
Wir warteten in den Autos auf eine Regenpause. Eine freundliche Bauernfamilie lud uns in ihr gemütliches Haus ein, wohin wir dankbar mitgingen. Die Frau machte Tee für uns, und wir besprachen, was wir tun sollten. Der Himmel sah ganz so aus, als wollte er sich vierzig Tage lang ausschütten. Wir beschlossen daher, in unseren Bauernhof zu fahren und dort die Küche und – sehr passend – eine Regenszene aufzunehmen. Der

Hilfsregisseur sollte ins Fischerdorf Kitsu vorausfahren und für die Boote sorgen, die dann laut Drehbuch bei Regenwetter zum Haifischstand aufbrachen.

Doch der Vormittag wurde eine Enttäuschung. Es regnete sintflutartig weiter. Der Bauernhof verwandelte sich in einen schlammigen See, und der technische Stab arbeitete ohne Begeisterung. Der Regisseur wurde ungeduldig, mich befiel Langeweile. Wieder und wieder begann man die Szene, wieder und wieder klappte etwas mit der Kamera nicht. Um zwölf Uhr konnten wir endlich zur Regenszene übergehen, und ausgerechnet dann erschien die Sonne – blaß, aber doch stark genug, daß eine künstliche Beregnung nötig war.

Die Männer kletterten also bei Regenstimmung aufs Dach und befestigten dort die beste Regenmaschine der Welt, nämlich einen hohlen durchlöcherten Bambus, der an einem Ende zugestopft war und am andern in einen Gummischlauch mündete. Wundervoller künstlicher Regen sprudelte über die Dachtraufe und in die Wasserlachen des echten Regens. Nach Abschluß dieser Szene konnten wir essen. Es war ein solcher Unglückstag, daß sogar der Lunch zu wünschen übrigließ.

Die Küchenszene und die Regen-Strandszene zählten später zu den besten. In der Küche wurde die Auswirkung des Erdbebens gezeigt. Unsere Bauernmutter hastete kopflos hin und her, um ihr Geschirr zu retten. Sie war so verwirrt, daß sie einen Eierkorb auf den Fußboden zu stellen vergaß, und alle Eier zerbrachen und steigerten das Chaos. Tatsächlich gibt es nichts Chaotischeres als zerbrochene Eier, die eine Frau zu sichern vergißt, bevor sie bei einem Erdbeben das Geschirr von den Gestellen nimmt, während sie gleichzeitig sieht, daß die brennende Öllampe für das ganze Haus gefährlich ist. Es war eine Szene, die sich sehen lassen konnte, und unsere Darstellerin agierte so realistisch, daß sie zweimal in Glasscherben trat und die vorschriftsgemäß anwesende Krankenschwester endlich Gelegenheit hatte, jemandem das Leben zu retten. Sie trat im Bewußtsein ihrer wichtigen Funktion vor und klebte ein Heftpflaster auf Mutters Fuß. Ihr Können beeindruckte uns und hob unsere Stimmung.

Nur die reine Hartnäckigkeit hinderte mich daran, besiegt den schlammigen Rückweg zum Hotel einzuschlagen, und das war gut so. Es trat jener unerklärliche Umschwung ein, der wohl kommen muß, wenn der Tiefpunkt erreicht ist, und unsere Arbeit wurde nachmittags plötzlich faszinierend. Wir entließen die Bauerndarsteller für den Rest des Tages und boten die Familie des Fischers auf. Inzwischen hatte eine neue Sintflut begonnen. Der amerikanische Regisseur zeigte große Neigung, auch mich zu entlassen, auf Grund des Gewitters, des Regens, peitschender Wellen und dergleichen. Als ich seinem Wunsch nicht Folge leistete, erging er sich in vagen Andeutungen, daß ich mir bei dem steilen Abstieg nach Kitsu leicht ein Bein oder sonst etwas brechen könnte, und er habe genug von Unglücksfällen. Ich wies dieses lächerliche Argument zurück, denn ich gehe auf jedem Gelände sicher und klettere wie eine Ziege und bin noch nie ausgerutscht oder gestürzt, außer es hätte mich jemand als Wikkelkind fallen lassen, woran ich mich jedoch nicht erinnere. Ich riet diesem Regisseur, nicht auf mich zu achten, sondern nur abends vor der Rückfahrt nachzusehen, ob ich wirklich in einem der Wagen säße, und damit machte ich mich auf den Weg nach Kitsu.

Ich werde zeit meines Lebens dafür dankbar bleiben, daß ich den Entschluß ausführte, denn die Erfahrung gab mir – nun, ich will es erzählen:

Ich gelangte auf dem gewundenen schmalen Felspfad unversehrt zum Strand, wo ich ostentativ und unauffällig nicht anwesend zu sein vorgab. Es regnete prächtig, in ordentlichen Güssen, so wie ich es liebe. Regenmantel und Hut schützten mich zuverlässig, ebenso mehrere Schirme, die von freundlichen Dorfbewohnern über mich gehalten wurden. Das ist das einzige, was mich in Japan stört: die Leute sind so wohlmeinend, daß fortwährnd ein Schirm über meinem Kopf ist, ein Fächer in meiner Hand und ein Stuhl hinter mir. Während der Regisseur die Szene anordnete und in die Kamera schaute, lehnte ich an der hohen Mauer vor Torus Haus und blickte über das graue Meer, den grauen Himmel. Unser Schauspieler, Torus Vater, stellte einen Fischer dar, und auf das Zeichen hin begann er in die große Muschel zu blasen, um die Boote zu rufen.

»Stop!« rief der Regisseur.

Das gesamte Dorf war unter Riesenschirmen zugegen, und ein dummer Junge war über die Szene gerannt, weil er auf der andern Seite besser zu sehen hoffte. Das Dorfoberhaupt, unser bezahlter Verbündeter, hatte alle Geräusche und Bewegungen verboten, und die Zuwiderhandlung versetzte ihn in rasende Wut. Ich verstand kein Wort, aber ich erfaßte ohne Mühe, daß er seine Mitbürger als verfluchte Esel bezeichnete, und ob sie der Welt denn zeigen wollten, was für Idioten sie wären, da sie nicht wüßten, daß einer, der vor der Kamera durchlaufe, den ganzen Film verderbe, den die Amerikaner zum erstenmal in der Geschichte hier in Kitsu drehten, einem bisher unbekannten Ort, den die ganze Welt nun als Dorf der Narren kennenlerne? Alle grinsten beschämt und wichen ungefähr zehn Zentimeter zurück. Plötzlich schlüpfte ein anderer Bengel, der nicht zugehört hatte, zwischen den Beinen des Oberhauptes durch und vergaß dabei, vorher seinen Schirm zuzumachen. Der Schirm war ruiniert.

Jenem Oberhaupt gebühren hier ein paar herzliche Gedenkworte. Er hatte einen glattrasierten Rundkopf, ein faltiges, strahlendes Gesicht, krumme Krabbenbeine, einen eisernen Willen und ein wahrhaft königliches

Herz. Natürlich war er ein Diktator und regierte sein Volk mit absoluter Autorität. Allabendlich gab er ihnen an, was sie am nächsten Tag zu tun und zu unterlassen hätten. Nach dem tadelnswerten Benehmen der beiden Schlingel untersagte er den Dorfbewohnern zum Beispiel, weiter herumzulungern und uns anzustarren. Sie sollten sich ihrem Tagewerk widmen, als ob wir nicht da wären, gebot er, nur nachmittags von fünf bis sechs dürften sie zusehen, aber in mindestens fünfzehn Meter Entfernung und ohne einen Laut von sich zu geben. Seine Begeisterung für unseren Film war um so rührender, als er felsenfest glaubte, daß die Geschichte von ihm selbst handle: auch seine gesamte Familie war in einer Flutwelle umgekommen, als er ein Kind war.

Ich lehnte also an der nassen Mauer und sah zu, wie der Kameramann die Fischer filmte, die mit ihren Netzen zum Strand liefen und ihre Boote im strömenden Regen flottmachen. Dann eilte der Aufnahmestab zur breiten Mole, die einen idealen Standort bot, um die in See stechenden Boote zu filmen. Die Zuschauer rannten hinter der Kamera her, und ich geriet mitten ins Gedränge. Beinahe wäre ich dabei von der Mole ins Meer gestoßen worden, was dem Regisseur so eindeutig recht gegeben haben würde, daß ich wohl das nächste Flugzeug nach Amerika hätte nehmen müssen, um seinem Zorn zu entrinnen. Zum Glück rettete mich jedoch ein starker Dorfbewohner, der mir warm ins Gesicht atmete, und zwar mit unbeschreiblichem Mundgeruch – schade, er war im übrigen so nett. Er sagte mit weiteren Atemstößen, daß er mich vom Fernsehen her kenne und ob er seinen Schirm über mein Haupt halten dürfe und warum sich denn niemand um eine so bedeutende Persönlichkeit wie mich kümmere. Ich erwiderte, es habe sich noch nie jemand um mich gekümmert, wenn gefilmt werde, und vielen Dank, ein Schirm sei überflüssig, da ich einen Regenhut hätte; so entkam ich seiner Fürsorge und konnte mich auf eine Steinmauer setzen, um den überwältigend schönen Anblick auslaufender Boote zu genießen.

Ich überspringe das langweilige Drum und Dran – wie die Fischer zurückgerufen wurden und alles wiederholen mußten, weil der Operateur die Kamera sicherheitshalber zu fest verschlossen hatte, und wie er die Vermutung äußerte, daß mit der Kamera etwas nicht stimme, und der Regisseur bitter antwortete, daß einzige Verkehrte an der Sache sei nur der Kameramann selbst– und all das Geplauder dieser Art: Ich will nur erzählen, wie ich dort im Regen saß, dem schräg fallenden Regen, den Hokusai so gern zeichnete. Rings um mich lagen die grünen terrassierten Hügel, dahinter die höheren, verhüllten Berge; ich blickte über das grenzenlose Meer und sah die Boote zurückkommen und das Ende des Wellenbrechers umschiffen. Wie schön sie geformt waren, wie anmutig sie dahinzogen! In jedem Boot ruderten drei Männer, aber nicht abgehackt wie bei uns, sondern gleitend wie Fischflossen; die Ruder hoben sich nie aus dem Wasser. Ich verfolgte gebannt ihren Rhythmus: es waren fugierte Riolen, kein Ruderpaar bewegte sich genau im selben Augenblick wie die beiden andern, und doch griff alles fließend ineinander. Plötzlich erfaßte ich den Rhythmus – es war tatsächlich derjenige von Fischflossen. Die Boote schwammen wie Fische durch das Meer. Ich empfand tiefe Befriedigung über die Erkenntnis. Ja, so war es, und ich wunderte mich nur, daß es mir erst jetzt klar geworden war, in vorgerücktem Alter, obwohl ich schon als Kind diese japanischen Boote beobachtet hatte.

Die Fischer fuhren abermals aus, in einer langen Reihe. Sie wandten sich nach links, der Uferlinie folgend, bis sie durch einen Felsvorsprung verdeckt wurden. Der Zufall wollte, daß auf dem Fels die Gestalt eines Mannes stand, die einsam und namenlos zum Horizont blickte. Welche Schönheit! Genug für einen Tag. Ich danke Gott und hoffe, daß ich mein Leben lang alle Schönheit so klar sehen möge wie diese.

Dankbar und still kehrte ich in das Hotel zurück, badete und aß zu Abend. Das Badezimmer war geräumig und hatte zwei kleine Milchglasfenster zum Garten hin. Draußen riefen und lachten die Schwimmer im Teich, während ich badete. Fußboden und Wände waren aus weißen Kacheln, die quadratische Wanne hatte ein Meter zwanzig Seitenlänge und Tiefe, mit einer erhöhten Sitzfläche darin. Ich fand sie immer gefüllt vor und genoß das heiße, wohltuende Mineralwasser. Warum spreche ich von der Wanne? Die Sitte verlangte, daß man nicht ohne entsprechende Vorbereitung hineinstieg; man mußte zuerst einen kleinen Holzeimer mit Wasser füllen, sich auf einen Bambushocker setzen, den Eimer davorstellen, sich gründlich einseifen und mit Wasser übergießen. Dann erst war es Zeit für die Wanne. Nachdem ich gebadet hatte, war jede Spur von Schmerzen und Müdigkeit verschwunden. Ich fühlte mich erfrischt und verjüngt.

An jenem Abend saß ich in eine kühle Yukata gehüllt am Fenster, wie es meine Gewohnheit war, und hörte den Badenden zu, die im Teich tauchten und lachten. Der Tag war reich an schönen Eindrücken gewesen, und nun empfand ich es als unerträglich, daß ich ihm nicht davon erzählen konnte. Vielleicht wußte er es ja – aber wie sollte mich dieser Gedanke trösten, wenn ich keine Bestätigung, keine Mitteilung von ihm bekam? Ich hatte meine Sache gut zu machen geglaubt, und auf einmal wußte ich, daß ich mich täuschte.

»Es wird nicht besser«, hatte mir eine verwitwete Freundin gesagt. »Es wird im Lauf der Zeit schlimmer.«

Was bedeutet »schlimmer«? Wie konnte es überhaupt noch schlimmer werden? Am liebsten hätte ich alle schönen Bilder aus meinem Gedächtnis weggewischt, und doch gehöre ich zu den Menschen, die ohne Schönheit nicht leben können – und ich verbiete mir zu weinen. Ich hatte mich für tapfer gehalten, hatte gemeint, daß er stolz auf mich sein müsse, falls er mir von fern zusähe. Doch jetzt sehnte ich mich wieder flehentlich nach Hilfe. Wo war Hilfe zu finden? Die Schönheit hatte mich aufgelöst, hatte mich schwach vor Sehnsucht gemacht. Ich mußte wieder bei Fremden Zuflucht suchen. Ich zog die Yukata aus, schlüpfte in ein Kleid und wanderte allein durch die Stadt.

Nicht weit vom Hotel, am Ende einer engen Straße, befand sich ein Kino. Es war das einzige in Obama und sehr gut, mit bequemen Sitzen und großer Bühne. Der Besitzer hatte uns sagen lassen, daß wir während unseres ganzen Aufenthaltes in Obama freien Eintritt hätten, und von diesem Abend an schlich ich öfters durch die Hintertür des Hotels und setzte mich im Kino neben eine rotlackierte Säule. Das Publikum bestand zum größten Teil aus Männern; da es in Obama keine Bars gab, blieb ihnen nur das Kino, wenn sie sich von ihren schreienden Kindern und übermüdeten Ehefrauen erholen wollten. Zwar lebten auch drei alte Geishas in der Stadt, aber seit sie sich in den Ruhestand zurückgezogen hatten, waren sie ehrenwerte Mitglieder der Gesellschaft geworden. Ganz gewiß konnten sie nicht mehr als Entspannung für erschöpfte Geschäftsmänner betrachtet werden.

Die Programme waren sehr aufschlußreich. Nur die zahmsten und künstlerisch wertvollsten Filme werden ins Ausland geschickt, fürchte ich. Die richtigen Reißer bleiben im Inland und sind vor allem für abgelegene Gegenden bestimmt, wozu auch Obama gehört. Die Dramen auf der Leinwand waren wild, primitiv, wiederholten sich ständig und amüsierten mich außerordentlich. Alles war in krassen Farben dargestellt, sowohl im übertragenen als auch im buchstäblichen Sinn. Blutrot, giftgrün, das Blau der Schwefelflammen – und ebenso extrem war die Handlung. Eine einzige Vergewaltigung hätte für einen Film nicht genügt, die Heldin mußte zweimal, dreimal vergewaltigt werden, von ein und demselben Bösewicht oder von verschiedenen. Die Nachahmung der Schießereien in unseren Wildwestfilmen übertraf diese bei weitem. Jeder schoß auf jeden, bis nur ein einziger Mann übrigblieb, der sich dann seinerseits erschoß. Eine gute Abendunterhaltung bestand offenbar darin, daß sämtliche Frauen vergewaltigt und sämtliche Männer umgebracht wurden. War das erreicht, so seufzten die Zuschauer beseligt auf und kehrten traumverloren zu ihren Gattinnen und Kindern zurück. Aber die gleichen Männer behandelten einen Fremden immer mit feinfühliger Höflichkeit und verkehrten auch in diesem Stil miteinander.

Unter den rohen Leidenschaften, die ich mir auf der Leinwand ansah, ohne sie nachzufühlen, schien mir die Eifersucht vorzuherrschen; Vergewaltigung und Mord waren dann die unausbleiblichen Folgen. Ich würde auch jetzt noch darüber lachen, wenn ich mich nicht plötzlich an etwas erinnerte, das in unserem Haus als »Die Affäre der Holzteller« bekannt ist.

Wir machten einmal eine kombinierte Geschäfts- und Vergnügungsreise nach Skandinavien, er und ich, und stiegen in Kopenhagen ab, um Freunde zu besuchen. Am ersten Abend bewunderte ich beim Essen die wunderschönen Holzteller und erkundigte mich, wo sie zu haben wären. Gleich am nächsten Morgen kaufte ich dann ein Dutzend davon und ließ sie direkt an unsere Adresse in Pennsylvanien schicken. Bei unserer Heimkehr waren die zwölf Holzteller schon angekommen und ausgepackt, und sie gefielen mir noch viel besser als in Kopenhagen und wurden zum ersten Frühstück auf den Tisch gestellt. Die Kinder waren an diesem Morgen vor uns aufgestanden und hatten mit ihrer Betreuerin gefrühstückt, da wir nach der späten Ankunft länger schlafen wollten. Er und ich waren also allein.

Seit jenem Frühstück haben mich meine Kinder, meine Haushälterin und andere mit jahrelanger Beharrlichkeit gefragt, warum es nur elf Holzteller wären, und jahrelang gab ich undurchsichtige Antworten. Elf Teller? Sind es wirklich nur elf? Ich muß sie selber zählen – und so weiter.

In Wahrheit wußte ich genau, daß es nur elf sein konnten. Als wir uns damals zu Tisch setzten, waren es zwölf, aber als wir aufstanden, waren es elf. Das hatte folgende Bewandtnis – und ich will einleitend sagen, wie wunderbar es ist, eine Gnade Gottes, daß ein Fehler des geliebten Menschen kein Hindernis für wahre Liebe ist. Damit bestätige ich, daß dies sein einziger Fehler war – außer man würde mitrechnen, daß er keinen Nagel einschlagen konnte, ohne sich den Daumen blau und schwarz zu hämmern, wie ich schon erwähnt habe, weshalb er vernünftigerweise nichts mehr damit zu tun haben wollte. Sein einziger Fehler also war Eifersucht. Im Anfang lachte ich darüber, da ich Eifersucht nie begriffen habe. Hätte er sich zum Beispiel in eine andere Frau verliebt oder sich einfach vorübergehend angezogen gefühlt, so kann ich mir nicht vorstellen, daß ich deshalb eifersüchtig gewesen wäre. Wenn der Mensch, den man liebt, etwas Besseres findet, als was er schon besitzt, wie könnte man ihm diese Freude vereiteln wollen? Und was die vorübergehende Anziehung betrifft – nun, man kann sich ja immer mit etwas anderem befassen, solange sie andauert, und es gibt vielerlei schöne Beschäftigungen, die meistens aus Zeitmangel zu kurz kommen. Die Musik kann vierundzwanzig Stunden im Tag ausfüllen, ebenso Bildhauerei und Gartenarbeit, vor al-

lem mit Rosen und Kamelien, ebenso Lesen und Schreiben und Verschönerungsversuche im Haus und Waldspaziergänge und Autofahren und Fliegen und Schwimmen und, in allererster Linie, Gespräche mit interessanten Menschen.
Ach, gerade meine letztgenannte Vorliebe löste die ganze Sache aus. Ich kann mich nicht gegen interessante Menschen verschließen, und einige darunter sind Männer, obwohl es für mich nicht zählt, ob es Männer oder Frauen sind. Ein klarer Kopf ist immer faszinierend, sei die ihn umschließende Schädeldecke nun männlich oder weiblich. Doch bei ihm war das anders. Er, der ruhigste und besonnenste und weiseste aller Menschen, konnte absurd eifersüchtig werden, wenn das Hirn, das mich anzog, sich im Hirnkasten eines Mannes befand. Ich sage absurd, denn so erschien es mir anfänglich. Ich war keineswegs gewillt, die Gespräche auf weibliche Wesen zu beschränken, und das erklärte ich ihm auch. Ich zog das Ganze ins Scherzhafte, aber er lachte nicht mit. Das verwunderte mich erst, dann ärgerte es mich, wobei ich meinen Ärger zwar mit Grazie zu verbergen suchte.
Auf unserer Europareise war er vernünftiger gewesen als bisher, und ich hatte mit vielen interessanten Leuten gesprochen, ohne an irgendwelche Folgen zu denken. An jenem ersten Morgen unterhielten wir uns beim Frühstück, lachten über einige Reminiszenzen und genossen das Zuhausesein. Es war strahlendes Wetter, die Sonne schien ins Zimmer, die Rosen auf dem Tisch strömten süßen Duft aus, und wir waren im Begriff, Eier von unseren eigenen Hühnern und hausgeräucherten Speck zu verzehren. Ich hatte soeben den Anblick von Speck und Eiern auf unseren blauen chinesischen Tellern bewundert, unter denen die Kopenhagener Holzteller standen, als dieser liebenswerte und sonst nicht launenhafte Mann mich plötzlich über den Tisch weg ansah und mit keinem Lächeln mehr antwortete. Erstaunt bemerkte ich, wie seine blauen Augen sich grünlich verfärbten.
»Was ist denn?« rief ich.
»Diese Teller«, sagte er. »Sie erinnern mich an den Tag in Kopenhagen.«
»Ja und –«, begann ich, aber er fiel mir ins Wort.
Seine Stimme war eiskalt. »So wie du dort gesprochen hast mit diesem – und ihn angelächelt hast –«
Nun unterbrach ich ihn meinerseits, aber nicht mit Worten; dafür war ich viel zu wütend. Ich bin im allgemeinen weder jähzornig noch kampflustig noch argumentiersüchtig. Pressereporter bezeichnen mich meines Wissens als umgänglich, womit sie auch recht haben. Ich bin umgänglich und sogar sanft, trotz verborgener Zähigkeit. Außerdem wuchs ich in der konfuzianischen Tradition auf, daß ein überlegener Mensch nie im Zorn

spricht oder handelt. Damals aber, auf seinen Vorwurf hin, vergaß ich Konfuzius und alle Charakteristiken überlegener Menschen. Zwar sprach ich nicht im Zorn – weil ich eben zu wütend war, um überhaupt zu sprechen. Vielmehr wurde ich blind und taub vor Zorn, ergriff instinktiv den Holzteller samt blauem chinesischem Teller und Eiern und Speck und schleuderte alles auf den Boden. Das Ergebnis war totale Vernichtung, denn unser Eßzimmer hat einen Klinkerboden. Dann verließ ich das Haus und ging durch die Wiesen in den Wald. Dort setzte ich mich auf einen Baumstamm am Bach. Drei Stunden saß ich dort, dachte über mein gesamtes Leben nach, untersuchte meine Ehe und wog die Vor- und Nachteile ab, die es mit sich bringt, wenn man jemanden liebt. Inzwischen verrauchte mein Zorn, ich konnte darüber lachen und war wieder tauglich zum Zusammenleben. Ich ging erfrischt und hungrig zurück, denn ich hatte ja vor dem Wutausbruch nicht gefrühstückt. Er saß finster am Schreibtisch, als ob er arbeitete; ich sah sofort, was es ihn gekostet hatte, mich nicht suchen zu gehen. Wir stürzten uns gegenseitig in die Arme, und er murmelte etwas von Verzeihen, aber davon wollte ich nichts hören. Als wir uns wieder beruhigt hatten, fragte er so demütig, daß es mir beinahe das Herz zerbrach – denn Demut paßte gar nicht zu ihm –:
»Soll ich einen Brief an–«
»Sprich seinen Namen nicht aus«, sagte ich voller Verständnis.
»Aber soll ich denn nicht einen neuen Holzteller bestellen?«
»Nein«, erwiderte ich; »Es soll immer so bleiben, daß es nur elf sind. Denn falls du es jemals vergißt, werde ich die Teller vor deinen Augen laut zählen – eins, zwei, drei, vier, fünf, sechs, sieben, acht, neun, zehn – elf!«
Das Ende dieser Geschichte ist, daß wir von da in Glück und Frieden lebten, und ich brauchte die Teller nie mehr zu zählen, kein einziges Mal. Und ich habe alle interessanten Gespräche fortgesetzt, überall auf der Welt und mit jedermann.

Der Tag, an dem wir mit den Aufnahmen im Haus des Alten Herrn begannen, war ein wunderbarer Tag. Irgendwann um Mitternacht weckte mich eine Veränderung in der Atmosphäre. Die drückende Hitze des Landwindes verwandelte sich plötzlich durch einen Meerwind von Westen. Die Luft war frisch und rein und versprach einen sonnigen Morgen. Als wir aufstanden, waren die Berge nebelfrei, die Sonne schien, die Welt war neu. Pünktlich stiegen wir in die Wagen und fuhren an den Küstenfelsen entlang zum Landsitz des Alten Herrn. Tief unter uns holten Fischerboote die Netze ein, kreisförmig angeordnete weiße Punkte, die näher und näher gezogen wurden. Mitten in der großen Straßenkurve stand ein Schrein mit einem kleinen steinernen Gott darauf, als Warnung für unvorsichtige Fahrer, eine bittende und beschützende Figur. Ich kam jeden Morgen daran vorbei, und auch abends wieder, falls es noch nicht dunkel war.

Der Landsitz lag nahe bei Issahaya, einem geschäftigen Städtchen mit vielen kleinen Läden, sauber wie alle japanischen Städte. Besonders zahlreich waren die Geschirrläden, denn die berühmte Arita-Keramik wird in der Umgegend hergestellt, aber im Augenblick galt unser Interesse weder der Stadt noch den Auslagen. Wir dachten nur an das Haus, dessen taunasses Ziegeldach vor uns in der Morgensonne glänzte. Es war ein stattlicher Sitz hinter einer hohen Mauer, und schon das Eingangstor wirkte imponierend: zwei breite, eisenbeschlagene Torflügel in mächtigen Angeln, rechts daneben ein Gittertürchen, das nur knapp einen Menschen durchließ.

Das Tor stand offen, denn unser technischer Stab war schon eingetroffen und hatte mit den Vorbereitungen begonnen. Der Hausherr selbst begrüßte uns diesmal, ein stämmiger Mann in dunklem Kimono. Sowohl er als auch seine Frau empfingen uns äußerst herzlich.

Ich fragte mich im stillen, ob ihnen bewußt sei, was sie auf sich genommen hatten. Unsere erstaunlich tüchtigen Leute beherrschten das Feld, Schreiner und Elektriker und was alles dazugehört, und im Handumdrehen war aus den friedlichen, altmodisch eleganten Räumen eine Art Werkstatt geworden, trotz aller Sorgfalt der Arbeiter, keinen Schaden anzurichten. Strohmatten wurden über die feinen Tatamis gebreitet, und die Klammern, mit denen man die Jupiterlampen an den Zimmerdecken befestigte, unterlegten die Elektriker mit weichem Papier. Die Decken waren prachtvoll, aus kupferfarbenem, seidenglatt poliertem Holz. Doch alles übrige war nicht weniger schön. Zwischen den Zimmern und den Veranden entlang hingen dünne, mit Satinstreifen gebundene Bambusvorhänge als nicht nur zweckmäßige, sondern auch dekorative Abschirmungen. In jedem Zimmer war die Tokonoma-Nische mit Bildrollen und Blumen geschmückt. Der Tisch mit den Utensilien für die Teezeremonie stand in einem besonderen Raum, dessen Schiebewand einen golden glänzenden buddhistischen Schrein enthüllte. Die Gärten waren nicht sehr groß, aber mit künstlerischem Geschmack angelegt. Unsere Leute bedeckten die Ränder und Spalten der Plattenwege mit Seetang, und zwar so geschickt, daß ich richtiges Moos zu sehen glaubte.

Als alles bereit war, fehlte nur noch unser Star, unser Alter Herr, Sessue Hayakawa. Am Abend zuvor hatte er mit uns gegessen; in seinem europäischen Anzug sah er wie ein hübscher junger Mann von fünfzig Jahren aus. Unser Gespräch drehte sich um das Alter, und er erzählte uns, daß er Yoga-Übungen mache und fest damit rechne, hundertjährig zu werden.

Ob Yoga etwas damit zu tun hat, weiß ich nicht, aber seine Verwandten pflegen tatsächlich über hundert Jahre alt zu werden, offenbar aus Familientradition, und wenn sie vorher sterben, fühlen sie sich betrogen. Seine Großmutter, erzählte er, sei schon mit neunundneunzig gestorben, und ihre Angehörigen fänden, daß sie ihnen Unehre gemacht habe; die alte Dame hätte sich zusammennehmen und das Jahrhundert vollenden sollen wie die anderen auch, zumal sie schon so dicht vor dem Ziel war.
Sessue Hayakawa ließ glücklicherweise nicht lange auf sich warten, und als er im Kostüm eines altmodischen, konservativen japanischen Edelmannes erschien, war der Anblick berückend. Wir prüften sein Make-up und beanstandeten, daß ein Barthaar nicht glatt liege und daß der Schnurrbartrand ungenügend angeklebt sei. Sessues Bedienstete, eine Kombination von Sekretärin und Zofe, fächelte ihn unablässig, zündete ihm die Zigarren oder Zigaretten an, schenkte ihm Tee ein und amtierte allgemein als moralische Stütze. Sie war jung und tüchtig und umsorgte ihn wie ein nettes altes Baby, was er vielleicht auch war. Jedenfalls aber war er Berufsschauspieler und Star, und es bedeutete einen wahren Genuß, ihn bei der Arbeit zu beobachten. Er versetzte sich mit Leib und Seele in seine Rolle und formte sie im Lauf des Tages immer plastischer aus. Nach dem Mittagsimbiß brachte seine Betreuerin Kissen herbei, worauf er sich bis auf die weißseidenen Unterkleider auszog und in Yoga-Schlaf versank, mitten im Getriebe der Techniker.
Der ganze Tag war eine reine Freude. Die Luft war weder heiß noch drükkend, die Sonne schien strahlend. Ich glaube, wir gerieten alle in euphorische Stimmung, so herrlich war die Umgebung und so reibungslos verlief die Arbeit. Der Alte Herr nahm vor unseren Augen Gestalt an. Man hatte den Eindruck, ein Porträt unter der Hand eines großen Malers entstehen zu sehen. Ja, die Szene ist mir deutlich gegenwärtig, als hätte ich sie in diesem Augenblick vor mir: der große japanische Wohnraum, die zum lieblichen Garten hin offene Schiebewand und der Alte Herr in weißem Seidengewand. Aristokrat und Gelehrter, Poet und Prophet, der auf einem Kissen an einem niedrigen Tisch sitzt. Mit feiner Pinselschrift malt er drei Spruchzeilen auf einen großen Bogen Papier.

Die Kinder Gottes
Sind sehr liebenswert,
Liebenswert, aber blind.

Zu seinen Füßen knien die beiden Kinder. Er liest ihnen das Gedicht vor und fragt sie, was es bedeute. Sie wissen es nicht, und er erklärt es ihnen – langsam und mit feierlicher Würde.

Der Dialog ist englisch, und seine Aussprache ist nicht perfekt, aber er kann den Sinn vermitteln, seine Seele ausdrücken. Die beiden Kinder reagieren auf die vorgespielte Wirklichkeit. Ich lächle den ganzen Tag über vor mich hin, ich bin von Zufriedenheit und Erwartung erfüllt.
Der Höhepunkt der Geschichte ist nun erreicht, der Augenblick, in dem der Alte Herr sieht, daß eine Flutwelle herannaht. Er läßt die große Glokke läuten und die Fackeln vor dem Tor anzünden; das ist das letzte Warnzeichen für die Leute, damit sie sich auf den Berg in sein Haus retten können, sich und ihre Kinder. Er fürchtet – weiß es im Grunde –, daß sie es nicht tun werden, aber wenigstens ein paar könnten vielleicht doch kommen.

Es war schon dunkel, als wir uns für diese letzte Szene versammelten, und da ich sie im Schreiben von neuem erlebe, muß ich weiter im Präsens erzählen. Eine dichte Zuschauermenge ist aus den umliegenden Dörfern zusammengeströmt. Die Leute haben ihr Tagewerk beendet und wollen sehen, was auf der Anhöhe vorgeht. Auf der anderen Straßenseite hat man eine Plattform für die Kamera gezimmert, so daß sie in der richtigen Entfernung von Haus und Tor steht. Links und rechts werden Fackeln zum Anzünden bereitgelegt. Der Aufnahmeleiter, ein untersetzter Mann mit Trompetenstimme, tritt heraus und beschwört die Menge, keinerlei Lärm zu machen. Jetzt komme die große Szene, sagt er. Man dürfe kein Husten, keinen Laut hören. Die Menge schreit fromme Zusicherungen und wartet weiter. Endlose Zeit vergeht, während letzte Vorbereitungen getroffen werden. Der Maskenbildner ist aufgeregt, der Bart des Alten Herrn muß so hergerichtet werden, daß der Wind kein Haar wegblasen kann. Auch der Bedienstete braucht ein sorgfältiges Make-up.
Ich sitze auf einem Feldstuhl unter dem hohen Gerüst und warte still und gespannt. Der Hilfsregisseur gibt die letzten Befehle, der Regisseur sagt: »Aufnahme!«
Es beginnt. Mein Herz klopft heftig, ich kann kaum atmen. Als ich damals die Szene geschrieben hatte, war ich erschöpft. Nun soll ich sie lebendig vor mir sehen. Wird der Alte Herr sie so spielen können, wie ich sie schrieb? Ist es möglich, daß er die Kraft und Majestät vermittelt, die ich darin gefühlt habe?
Hinter und neben mir, zwischen den Reisfeldern, steht die hingerissene Menge. Die Beleuchter hantieren mit den Lampen, und plötzlich fällt Scheinwerferlicht auf den alten Diener, der aus dem Tor kommt, um die Fackeln anzuzünden. Die Flammen lodern im Dunklen auf, und man erkennt den stolzen Alten Herrn, der oben auf der Steintreppe steht. Er späht über das Meer. Er ist verzweifelt, der alte Mann, der einsame Pro-

phet, aber er hofft flehentlich, Gehör zu finden. Er überblickt nur zu klar, was den Dorfbewohnern bevorsteht, seinen unwissenden eigensinnigen und geliebten Schützlingen. Ja, ja – er ist der Charakter, den ich erdichtete. Ich sehe ihn genau bis in jeden Zug, alles liegt darin, und ich fühle erstaunt, daß mir Tränen über das Gesicht laufen – ich, die ich nie weine! Eine solche Verwirklichung erlebt ein Künstler nur selten – allerhöchstens ein paarmal. Ich selbst erlebe zum erstenmal die glückliche Fügung, wie eine von mir geschaffene Figur durch Körper und Geist eines anderen Menschen sichtbar wird. Ich möchte diesen Augenblick mit jemandem teilen – mit jemandem teilen! Hunderte umdrängen mich, lauter freundliche Menschen, und doch nur Fremde. Kein Vertrauter ist unter ihnen. Ich gehe durch die Dunkelheit zum wartenden Wagen und fahre in die Nacht.

In jener Stunde erfaßte ich ganz, was ich bisher nur gewußt hatte. Er war tot. Es gab keine Mitteilungsmöglichkeit mehr. Hätte es sie gegeben, so wäre sie auf irgendeine Weise dort im Dunkeln eingetreten, als ich allein in der Menge stand. Er würde mich gehört haben, meinen sehnlichen Wunsch verstanden haben. Über alle Schranken hinweg würde er den Weg zu mir gefunden haben, wenn er wach und bewußt gewesen wäre. Immer hatte er einen Weg gefunden. Sein Schweigen konnte nur bedeuten, daß es jetzt keinen Weg mehr gab oder daß er weder wach noch bewußt war.

Das Hotel wurde mir unerträglich. Ich schlich ungesehen zur Hintertür und ging durch die schlafenden Straßen. Alle guten Bürger lagen in ihren Betten, und sogar die Betrunkenen stolperten nach Hause. Der Mond war voll, und in seinem Licht wanderte ich aufs Land hinaus. Stille, überall Stille, nichts als Stille, denn der Tod ist Stille. Ich weiß nicht, wie lange und wie weit ich ging, nur daß ich ans Meer kam. Es war ruhig, ohne Wellen, bis auf die große Bewegung der Flut. Ich erinnere mich, wie schön die nächtliche Landschaft war, wie die Berge aus silbernen Nebelschleiern in die Täler ragten. Ich sah alles und empfand nichts – als triebe ich in seltsamer Ferne dahin, in einem fremden Land, das von meinem eigenen Leben abgetrennt war. Ich hätte gestorben sein können, so tief war die Stille in mir. Ich wußte, daß ich nie mehr weinen würde. Tränen hatten keinen Sinn, und es war auch kein Trost zu suchen oder zu finden. Es gab nur dies eine – mich selbst. Töricht, um mich selbst zu weinen!

Ich wandte mich wieder landeinwärts und folgte einem schmalen Pfad zwischen Reisfeldern. Die Luft war unbewegt, bis plötzlich ein Wind aus dem Nichts zu kommen schien, und ich blieb stehen, um den frischen Hauch auf meinem Gesicht zu fühlen. Im selben Augenblick hörte ich ein

Kind schreien – es war ein Säugling, das verriet mir die schrille, verzweifelte Stimme. Ich sah mich um. Ja, dort drüben brannte Licht in einem Bauernhaus. War das Kind krank? Ich habe schon so viele Kinder weinen gehört, daß ich ihre Sprache verstehe. Nein, das Geschrei drückte nicht Schmerzen aus, eher Überraschung, vielleicht Angst oder sogar Zorn. Es war die Stimme eines Neugeborenen.
Ich setzte mich an den Wegrand und lauschte. Das Schreien verstummte, ich hörte Stimmen und Lachen. Also ein Sohn! Ein Kind, ein neues Leben. Ich streckte mich im Gras aus und blickte lange in den sternlosen Himmel. Der helle Mond zog seinen Bogen über die Erde, ich sah ihm zu, bis ich wahrzunehmen glaubte, wie er sich bewegte. Eine dumpfe Ermattung befiel mich, die Traurigkeit des Hinnehmens, des Sich-Fügens in das Unentrinnbare, Unabänderliche. Von nun an durfte ich nie mehr erwarten, die großen Erlebnisse mit jemandem zu teilen. Immer wieder, solange ich lebte, würde es große Augenblicke geben, Schönheit, Spannung, Jubel; vor allem die Augenblicke des Gelingens. Jedesmal hatten wir uns dabei angesehen, er und ich, so instinktiv wie wir atmeten. Das sollte nicht mehr sein . . . Es ist nicht wahr, daß man nie allein auf seinem Weg ist. Eine ganze Ewigkeit lang geht man allein, und wir wissen nicht, wann sie endet.
Im Osten wurde es hell, unter dem Horizont schien die Sonne. Ich kehrte zurück in mein Zimmer, um mich für das Tagewerk zu rüsten.

Das gute Wetter hielt an. Wir fuhren zum Haus des Alten Herrn, wo unsere Techniker schon bereit waren. Auf den Plattenwegen lag sogar frischer Seetang. Diesmal begleitete mich ein Freund. Schon vor Jahren hatte ich gelernt, für kleine Wunder dankbar zu sein, und ein solches Wunder war jetzt das Auftauchen dieses Geistlichen aus Hiroshima. Wir hatten uns kennengelernt, als er mit seiner Frau nach den Vereinigten Staaten kam, wo er sich für junge Frauen einsetzte, die als Kinder durch die Atombombe verstümmelt worden waren und sich einigen Gesichtsoperationen unterziehen sollten, womit man ihre natürliche Schönheit halbwegs wiederherzustellen hoffte. Während er eine Vortragsreise machte, um die möglichen Mittel aufzubringen, wohnten seine Frau und seine drei Kinder den Sommer über in meinem großen Haus. An diesem Morgen nun erwartete er mich in der Hotelhalle, und ich freute mich sehr, sein freundliches Gesicht wiederzusehen.
»Hätten Sie Lust, heute mit mir filmen zu gehen?« fragte ich.
Natürlich ist in jedem Prediger auch ein Stück Schauspieler. »Mit dem größten Vergnügen«, antwortete er aufleuchtend.
Im Auto sprachen wir über vielerlei Themen. Ich erfuhr, daß Hiroshima

seit dem Wiederaufbau viel größer ist, als es vor dem Krieg war; es zählt gut eine halbe Million Seelen, die alle den dazugehörigen Körper haben. Ich erwähne die Körper, weil ja die Körper durch die Bombe vernichtet wurden, und Körper sind kostbar, denn offenbar können sich die Seelen nur auf diesem Weg miteinander in Verbindung setzen.

Der Tag verging einerseits zu rasch und andererseits zu langsam. Mein Freund harrte bis zum Ende aus und interessierte sich brennend für die unzähligen Einzelheiten der Filmarbeit. Von Zeit zu Zeit wechselten wir ein paar Worte.

»Versprechen Sie mir, daß Sie uns in Hiroshima besuchen, bevor Sie wieder nach Amerika zurückreisen«, bat er.

Ich konnte ihm das Versprechen nicht geben. Ich wußte zu gut, daß ich es nicht halten würde. Nur wenn ich dort nötig gewesen wäre, hätte ich es getan. Die Einwohner von Hiroshima haben die Katastrophe am eigenen Leib erlebt und betrachten den Frieden als Kostbarkeit, denn wo nicht Friede ist, da ist Tod. Wäre ich hingefahren, so hätte ich dies als Touristin tun müssen, und in Hiroshima kann ich mich nicht als Touristin aufhalten. Aber das konnte ich meinem Freund nicht alles erklären.

Am Abend nahmen wir Abschied, er kehrte in seine wiedererstandene Stadt zurück und ich in mein Zimmer. Ich war da und nicht da. Ich ruhte mich in tiefem, schlafähnlichem Schweigen aus. Später in der Nacht weckten mich lachende Stimmen unter meinem Fenster. Ich stand auf und sah hinaus. Der Mond schien wieder, und dort im großen Teich badeten drei schlanke, nackte junge Männer, halb verhüllt von den Dampfschwaden, die aus dem heißen Wasser aufstiegen. Das ganze Bild war ein Inbegriff von Schönheit und Leben, und ich erwog an meinem Fenster, ob der malende Künstler nicht allen andern gegenüber im Vorteil sei.

Der letzte Tag im Hause des Alten Herrn war gekommen und der Abschied fiel mir schwer. Auch im Bauernhof war es sehr nett gewesen; ich hatte mich mit der ganzen Familie befreundet, sogar mit dem Hahn und seinen Hühnern und der Ziege. Nur dem bellenden Schwein gegenüber wahrte ich eine gewisse Distanz, da ich einen beiderseitigen Mangel an Interesse fühlte – zweifellos deshalb, weil wir wenig gemeinsam hatten. Mit der Familie des Alten Herrn dagegen verband mich sehr viel. Ihre Bildung, ihre feinfühlige Höflichkeit, ihre zugleich offene und zurückhaltende Freundlichkeit fanden bei mir dankbarste Aufnahme. Doch auch hier mußte das Ende kommen. Unser Alter Herr, Sessue Hayakawa, hatte seine Rolle mit Würde und Grazie gespielt, sein Diener hatte Yukio, den Bauernsohn, und Toru, den Fischersohn, in das prächtige Haus geführt und sie wieder hinausgeleitet, nachdem Toru den schicksalsschweren Entschluß gefaßt hatte, im Bauernhof zu bleiben. Diese Szene am Tor bildete den Höhepunkt für den Diener, denn hier hatte er sein denkwürdiges Ja und Nein zu sprechen. Er verlieh den beiden Silben feierliches Gewicht, und tatsächlich sind es in jeder Sprache die wichtigsten Worte: die kurzen Laute enthalten alle positiven und negativen Kräfte des Universums.

Wir verneigten uns zum Abschied, wir dankten wieder und wieder, und ich signierte Hunderte von großen Autogrammkarten, wie sie in Japan für diesen Zweck üblich sind. Es ist beinahe ein Vergnügen, seinen Namen auf die leere weiße Fläche zu setzen, mit einem Pinsel oder einem weichen schwarzen Bleistift. Unwillkürlich schreibt man den Namen in großen, schönen Linien. Der Anblick ist irgendwie befriedigend, um so mehr, als die hübsche Karte einen Silberrand hat und auf der Rückseite mit silbernen Sternen gesprenkelt ist.

Mit Bedauern verließen wir den herrlichen Landsitz und die liebenswürdigen Menschen und fuhren bis zum Rand der Küstenfelsen über Kitsu, von wo wir wieder den steilen Abstieg zu Fuß antraten. Dieses Dorf sollte mir von allen Aufnahmeorten der liebste werden. Leider war strahlendes Wetter, obwohl der Drehplan noch einmal Regen verlangt hätte, der im Radio von Nagasaki auch angekündigt worden war. Es blieb uns nichts anderes übrig, als zum zweitenmal künstlichen Regen zu produzieren.

Dieser Aufgabe widmeten wir uns auf ebenso primitive wie wirkungsvolle Weise, bis wir den Dorfbrunnen leergepumpt hatten. Ein schwerer Leinwandschlauch verband den Brunnen mit den Tanks beim Haus des Fischers, wo sich die Szene abspielen sollte. Die Tanks waren große hölzerne Behälter von je zweihundert Liter Fassungsvermögen, aber ich weiß nicht, warum wir den Schlauch nicht ins Meer legten, denn zweihundert Liter waren für unseren Bedarf nur ein Tropfen. Jedesmal, wenn die Aufnahme hätte beginnen können, schrie jemand, daß kein Wasser mehr da sei, und die Pumpe mußte wieder in Aktion treten. Oder der Regen strömte, und die Schauspieler standen an ihren Plätzen, aber dann entdeckte der Maskenbildner einen Schweißtropfen auf der Stirn des Stars, und bis er den Schaden behoben hatte, war das Wasser wieder ausgegangen.

Doch Regen mußten wir haben, denn es kam die Szene, in der sich der Alte Herr zur Fischerfamilie begibt, um sie vor der Flutwelle zu warnen. Der Großvater wendet kichernd ein, daß kein Taifun, sondern nur Regen zu erwarten sei. Die Dorfältesten – Laienspieler, die auf ihre neue Karriere sehr stolz waren – versammeln sich auf der engen Veranda vor Torus Haus und stimmen ihm zu.

Diese Dorfältesten! Ich hatte mir nicht vorgestellt, daß ein einziges Dorf

eine solche Kollektion von zahnlosen, fröhlichen, witzelnden, ausgemergelten Greisen liefern könnte, doch in Kitsu gab es sie offenbar. Am Anfang benahmen sie sich abnorm ernst und gesittet, besonders ein raubvogelähnlicher alter Mann, der nur ab und zu mit den schweren Lidern blinzelte, sonst aber kein Lebenszeichen von sich gab, bis der Regisseur in einem bestimmten Augenblick Gelächter verlangte. Wir waren sprachlos vor Staunen, als dieses Adlergesicht daraufhin mit dröhnendem Baß einen langen Satz rief, dessen Inhalt uns wie folgt übersetzt wurde:
»Setz deinen Hut auf, Amerikaner, dann bringst du mich zum Lachen!«
Damit löste er wilde Heiterkeit aus, denn dieser Hut begeisterte ohnehin schon jedermann. Es war ein schreiend gelbes, lose geflochtenes Strohhütchen mit buntgeflecktem Band, zu nichts anderem zu gebrauchen, als den Standort des Regisseurs weithin sichtbar zu machen.
Als wir nach dem Gelächter endlich mit der Aufnahme begannen und auch der Regen funktionierte, erhob sich zur Verzweiflung des Tonmeisters Radiogebrüll. Die Quelle dieses Übels befand sich in der Schule oben am Felshang, und das Dorfoberhaupt rannte beflissen wie immer mit seinen Krabbenbeinen bergauf, um für Ruhe zu sorgen. Wir warteten seine Rückkehr ab, wobei natürlich wieder das Wasser ausging ...

O Kitsu, liebes kleines Dorf! Gestern abend sah ich mir in einem leeren New Yorker Kino den fertigen Film an, voller Spannung, ob er dem entsprechen werde, was wir uns bei der Dreharbeit vorgestellt hatten. Das Urteil müssen andere abgeben, denn als Kitsu auf der Leinwand erschien, die Uferwellen am weißen Strand, die vielfarbigen, zum Trocknen aufgehängten Fischernetze, die angebundenen, sanft schaukelnden Boote, die stolzen Felsen und – ja, vielleicht vor allem – die guten Gesichter der Einwohner, wurde ich von Heimweh ergriffen. Es gibt ein paar Gegenden, ein paar Orte, mit denen man sich so verwandt fühlt, daß sie für immer Heimat bedeuten. Vielleicht werde ich Kitsu in diesem Leben nicht mehr sehen, aber es bleibt mir nah, bleibt in mir.
Ich erinnere mich an alles. Jeden Morgen bestiegen wir in Obama Motorboote und fuhren der großartigen Küste entlang, und wenn wir dann eine hohe Klippe umschifft hatten, lag der weiße Strand mit den Steinmauern von Kitsu vor uns. Die Häuser waren zum Meer hin ohne Fenster. Nachts suchten die Dorfbewohner Schutz vor ihrem mächtigen Freund und Feind. Sie hätten an keinem andern Ort als am Meer leben wollen, aber ihre Stimmung hing ganz von der des Meeres ab. Wenn der Tag schön und windstill begann, wenn das Wasser so blau leuchtete wie das Mittelmeer, dann war das Dorf voller Lachen und Geschäftigkeit. Doch bei grauem Himmel und heftigem Wind schlichen die Leute ernst und bedrückt

den Mauern entlang, rollten Felsstücke an den Strand, banden ihre Boote sorgsam daran fest und verschwanden wieder in den Häusern. An schönen Tagen, falls wir früh genug in der weiten Bucht eintrafen, hatten wir manchmal das Glück, daß wir die Fischerflotte auslaufen sahen, und das war ein unvergeßlicher Eindruck. Bei stürmischem Wetter mußten wir den Landweg nehmen, da die Brandungswellen dann zu stark waren.
Während ich im dunklen Kino einer amerikanischen Großstadt saß, kehrte ich innerlich nach Kitsu zurück. Ich sah Toru und Yukio fischen und Setsu – aber ich will die Geschichte hier nicht erzählen. Erst waren es lachende, sorglose Kinder, dann wuchsen sie heran, und ihre Gesichter verrieten entschlossenen Willen; Toru war nun ein junger Mann und gestand Setsu seine Liebe, als er mit ihr unter den grauen Felsen saß, die von Stürmen und Wellen ausgehöhlt waren.

Unser Tagesablauf blieb immer derselbe. Wir standen gegen sechs Uhr auf, frühstückten und verließen um sieben Uhr das Hotel. Das rasche Boot trug uns in dreißig Minuten nach Kitsu. Dort begann jeder mit dem Teil der Vorbereitungen, für den er verantwortlich war. Eine Stunde lang hatte ich nichts zu tun, und meistens benützte ich die Zeit zu einem Spaziergang am Strand, bis zum Fuß eines steilen Hügels. Steinstufen führten auf den höchsten Punkt, wo die Steinmauern eines leeren kleinen Tempels standen, der einst ein Shinto-Schrein gewesen war.
Hinter diesem Schrein entdeckte ich meinen Lieblingsplatz. Am Rand der hohen Klippe fand ich eine Felsmulde, in die mein Körper genau hineinpaßte, und dort pflegte ich in regloser Ruhe zu liegen. Es war nicht die Ruhe des Schlafes. Es war die Ruhe, die sich einstellt, wenn alle Gedanken ausgelöscht sind und der Geist frei schweift. Er und ich waren nie zusammen hiergewesen. In den Jahren, die ich auf Kyushu verbrachte, wußte weder ich von seiner Existenz, noch träumte er von mir. Und auch jetzt bestand keine Verbindung zwischen uns – ich hörte seine Stimme nie und fühlte nichts von seiner Gegenwart. Doch allmählich durchflutete mich tiefer Friede. Niemand wurde ein Teil meines Wesens, aber ich selbst wurde ein Teil des Ganzen. Das warme Felsbett, in dem ich lag, der kühle Wind, der vom Meer aufstieg, der intensiv blaue Himmel und die ziehenden weißen Wolken – von all dem wurde ich ein Teil, und darüber hinaus ein Teil der ganzen Welt. Ich war nicht mehr ein verlorener Mensch mit wehem Herzen, solange ich dort lag. Etwas Heilendes strömte in mich ein. Wenn nach einer Stunde das Signal ertönte, kehrte ich mit frischen Kräften zu den anderen zurück.
Die Steinstufen sah ich gestern im dunklen Kino wieder. Ja, es waren dieselben, die ich fast täglich hinaufstieg – voller Sehnsucht nach dem Frie-

den, den ich dort oben gefunden hatte. Es wurde mir zur Gewohnheit, ich erwachte morgens im Gedanken an diese Stunde und trank sie jeden Tag mit neuem Durst. Allmählich bemerkte ich, daß ein Rest des Friedens für die Nacht übrigblieb. Ich zehrte nicht alles auf, es sammelte sich ein Vorrat. Ich wurde stärker. Ich konnte sogar einen Tag auslassen, dann zwei Tage, dann noch mehr. Nach und nach ruhte ich in mir selbst, ich brauchte nicht mehr in die Einsamkeit hinaufzuklettern und zu warten, daß ich beschenkt würde. Es gelang mir, aus eigener Kraft Frieden hervorzubringen, indem ich mir nur zurückrief, wie Meer und Berg und Himmel mich erfüllten und wie ich selbst in der engen Felsmulde geborgen lag. Von da an hatte ich den Frieden in mir, und der Ort wurde ein Schrein in meinem Gedächtnis. Ich weiß nicht, wie diese Genesung zustande kam. Ich betete nicht, falls Beten Worte bedeutet oder Bitten und Suchen. Vielleicht läßt sich der Vorgang als völlige Hingabe an ein Universum beschreiben, das ich zwar nicht begreife, doch von dem ich weiß, daß es weit über mein Begreifen hinaus groß und schön ist – und daß mein Platz darin nur einer Felsmulde entspricht. Aber die Mulde gibt es, und sie gehört mir, eine Mulde im Fels.

Wenn diese Chronik einen Wert haben soll, muß sie wahrheitsgetreu sein. Wir hatten mehr als ein Viertel der Dreharbeiten hinter uns und betraten damit die Wüste, die im Mittelteil jedes schöpferischen Vorhabens liegt. Die Wüste fängt an dem Punkt an, wo man schon zu weit vorgedrungen ist, um den Rückzug erwägen zu können, und noch so weit vom Ziel, daß man kein Ende absieht und es nur mit zweifelndem Glauben für erreichbar hält. Wie gut kenne ich diesen trostlosen Zustand! Ich erlebe ihn bei jedem Buch, das ich schreibe. Das erste Viertel fliegt wie der Wind. Die Arbeit ist meine Freude. Es wird ganz sicher das beste von allen meinen Büchern. Dann gelange ich zum mittleren Teil, und die Freude verläßt mich. Die Figuren wollen sich weder bewegen noch äußern und weigern sich, zu lachen oder zu weinen. Sie stehen starr wie Salzsäulen. Warum, o warum habe ich überhaupt damit angefangen? Es steckt schon zuviel Arbeit darin, als daß ich das Buch einfach aufgeben könnte, aber das Ende ist so fern wie das Ende eines Regenbogens. Also schleppe ich mich weiter, schiebe die Figuren hierhin und dorthin, hauche sie heiß an, um sie zum Leben zu erwecken, und wende jede Art künstlicher Atmung an. Irgendwann, obwohl man seit Wochen und Monaten oder sogar Jahren kaum mehr hofft, beginnen sie sich doch zu regen. Welche Erleichterung! Die Wüste ist überwunden, das letzte Viertel des Buches fliegt wieder mit Windeseile.

Mitten im Wüstenteil unseres Films saß ich eines Morgens auf dem Rand eines Fischerbootes und betrachtete Sessue Hayakawa, den Star. Voll grimmiger Geduld erwartete er seinen Auftritt. Die Szene mußte wiederholt werden, weil der Tonmeister eine Fliege am Mikrophon gemeldet hatte, die niemandem aufgefallen war. Fliegen gab es leider trotz dem Insektenmittel, das eifrig auf Gerechte und Ungerechte gespritzt wurde, und eine Fliege also hatte sich schlau am Mikrophon versteckt und summte laut genug, um alles zu übertönen. Unser Star wartete, und seine Betreuerin fächelte ihn unter seinem schweren Gewand.

»Warum werde ich nicht auch so strategisch gefächelt?« fragte der Regisseur.

Niemand antwortete, und niemand fächelte ihn. Der Star saß ergeben da. In der Hand hielt er einen winzigen Transistorapparat. Er hörte einen Wettkampf mit, und als ich lächelte, erklärte er mir, daß er die gegenwärtigen Lebensbedingungen nur auf diese Weise ertragen könne. Unterdessen eilte der Maskenbildner herbei, um ihm mit nassen Tüchern Genick und Handgelenke zu kühlen und ihn neu zu schminken; gleich darauf zündete sich der Star eine dicke Zigarre an, zum Entsetzen des Maskenbildners, der um den kunstvoll angeklebten Bart zitterte. Niemand wagte jedoch, den Star zu belehren, und so rauchte er friedlich mit geschlossenen Augen, während er den Wettkampf verfolgte.

Auf der Szene mühte sich der Regisseur mit unserem Großvater ab, der trotz seines Alters eine zu junge Stimme hatte. Der Regisseur machte vor, wie eine Greisenstimme klingen sollte. Ich schwieg dazu. Ich weiß, daß alte Männerstimmen hoch und schrill sind, nicht tief und heiser, aber ich schwieg. Ich hatte schon am ersten Tag schweigen gelernt – »um Gottes willen!«

Irgendwie stolperten wir durch die Wüstenmitte, standen morgens früh auf, stiegen abends erschöpft in die Boote, nur durch die Schönheit der Sonnenuntergänge getröstet. An manchen Tagen arbeiteten wir so lange, daß es dunkel war, wenn wir heimfuhren; dann funkelte das Meer von phosphoreszierenden Fischen, die alle Sterne im Himmel überboten.

Als Sessue Hayakawa seinen letzten Drehtag begann, steckten wir noch immer in der Wüste. Der Maskenbildner hatte alle Kunst angewendet, um ihn die vorgeschriebenen zehn Jahre älter zu machen, doch derselbe Wind, der die Brandung peitschte, blies die linke Augenbraue des Alten Herrn fort. Der Maskenbildner war einem Tobsuchtsanfall nahe, da er keine Reservebraue aus dem Hotel mitgebracht hatte. Es gab keinen anderen Ausweg, als eine neue Augenbraue aus weißen Barthaaren anzufertigen. An diesem Vormittag ging alles schief. Die Kuchen, die uns gutherzige Bürger von Obama als besondere Aufmerksamkeit gestiftet hatten, schmeckten niemandem. Wir waren alle schlechter Laune.

Auch verzögerte sich das längst erwartete Eintreffen der ersten Filmstreifen um drei Tage, da ein japanischer Feiertag und ein Sonntag dazwischenkamen. Wir hingen düsteren Gedanken nach, jeder für sich allein. Würde das Englisch unserer Schauspieler überhaupt verständlich sein? Oder war dieser Versuch völlig verfehlt? Die beiden Jungen Yukio und Toru und die Mutter hatten inzwischen etwas Englisch gelernt, aber genügten ihre Leistungen? Und selbst die Aussprache unseres Stars – wie würde ein amerikanisches Publikum darauf reagieren?

In dieser Einöde von Pessimismus erreichte uns ein Brief unserer Geschäftsführerin aus Tokio. Sie hatte die Filmstreifen der Szenen mit dem Alten Herrn gesehen und fand die Qualität hervorragend, auch den Dialog. Sie sei zu Tränen gerührt gewesen, schrieb sie. Für eine junge Intellektuelle bedeuteten Tränen eine ungewöhnliche Reaktion. Wir hätten dergleichen nie erwartet, denn sie war ausgesprochen kühl und beherrscht und pflegte mit Lob nicht verschwenderisch umzugehen. Unsere Hoffnungen stiegen. Vielleicht waren wir doch schon über die Wüste hinaus.

Mit wiedererwachten Lebensgeistern gaben wir ein Abschiedsessen für Sessue Hayakawa. Er war in bester Stimmung und trank ein Gemisch von kaltem Bier und Reiswein, das er bewundernswert vertrug, und seine Anekdoten waren ebenso gut wie seine Schauspielkunst. In fünfzig Jahren Theaterleben hatte er einen unendlichen Vorrat an erzählenswerten Geschichten gesammelt. Es tat uns leid, ihn ziehen zu lassen, aber beim Theater ist nichts von Dauer. Man arbeitet einige Tage, Wochen oder Monate eng zusammen, kommt sich näher, trennt sich wieder und vergißt. Nichts dringt tief ein – nur so kann man es ertragen.

Als die Probepositive endlich kamen, sahen wir sie im Kino von Obama an, nachdem die Abendvorstellung beendet war. Sie rührten mich zwar nicht zu Tränen, aber ich war damit zufrieden. Plötzlich bemerkte ich, daß der vor mir sitzende junge Star, der Darsteller des erwachsenen Toru, fest eingeschlafen war. Mein Herz fiel unter den Sitz. Konnte er wirklich schlafen? Ja, kein Zweifel. Ich wandte mich zu meinem Nachbarn.

»Sehen Sie sich das an!«

»Er ist betrunken«, antwortete er ärgerlich.

Tatsächlich. Nach der Vorführung sollte eine kleine Feier stattfinden, und unser Held war betrunken. Er konnte nicht mehr aufstehen, als wir das Kino verließen. Ich fühlte mich wie mit kaltem Wasser übergossen. Nüchtern oder betrunken, wie hatte er bei der Vorführung schlafen können? Nein, wir waren noch immer in der Wüste und mußten uns weiterschleppen.

Immerhin brachte der Tag auch etwas Erfreuliches. Es war der letzte Auftritt des alten Dieners, eine Großaufnahme. Sie wurde vor dem Hotel gemacht, und die Menge umringte uns in Festtagsstimmung und fotografierte mit. Der Diener des Alten Herrn war natürlich der kleine affenähnliche Kostümschneider von Tokio, doch seit seinem Engagement zeichnete er sich durch große Würde aus. Er gehörte nun zu den Schauspielern. Jahr um Jahr hatte er nur Kostüme für andere entworfen, jetzt aber hatte er selbst ein Kostüm tragen dürfen und war geschminkt worden – allerdings nur andeutungsweise, denn sein Gesicht war ideal für die Rolle. Er stand ernst und ruhig im Scheinwerferlicht, während der Kameramann filmte und die Zuschauer ihn bewunderten. Nach der letzten Aufnahme dankten wir ihm, worauf er sich seinerseits verneigte. Er versicherte uns, daß dies in seinem ganzen Leben das bedeutendste Jahr sei. Er sei Schauspieler geworden, er habe Sessue Hayakawa zum Partner gehabt, und im nächsten Monat verheirate er seine Tochter.

Damit schloß der Tag. »Otsukaresama!«

Das Wort bedeutet »Sie sind müde« – eine zarte japanische Umschreibung von »Sie können für heute gehen«.

Der Ausdruck paßte. Wir waren müde.

Die Wüste lag nun hinter uns. Es fehlte noch eine große Szene in Kitsu, das Herannahen der Flutwelle. Während wir an den umrahmenden Aufnahmen arbeiteten, hatte unser Spezialist in Tokio die Modellbauten im Atelier hergestellt. Zweimal war er zu Besprechungen nach Obama gefahren und hatte Kitsu und den leeren Strand Hunderte von Malen fotografiert. Die Arbeit war bei ihm in guten Händen; wir wußten, daß die Flutwelle vollkommen sein würde, obwohl wir sie erst sehen konnten, wenn wir wieder in Tokio waren. Bis dahin hatten wir noch die Stunden vor und nach der Katastrophe zu filmen.

Eine gespannte, angsterfüllte Atmosphäre herrschte im Dorf, als wir die Vorbereitungen trafen. Das Thema ging ihnen zu nahe. Männer, Frauen und Kinder, jeder Dorfbewohner fürchtete in seinem kostbaren, gefährdeten Leben nichts so sehr wie die Flutwelle, die ohne Warnung zuschlägt – das unheilvolle Grollen, der Schlamm im Wasser, das Zittern der Erde sind die einzigen Vorzeichen. Sich das Grauen auch nur vorzustellen, war für sie fast nicht zu ertragen, als sie verbissen darangingen, die Wirklichkeit zu spielen. Doch alle machten ihre Sache gut, und wir näherten uns rasch der Szene, wo die verängstigten Fischerfamilien im Dunkeln den gewundenen Pfad hinauffliehen.

Toru war der Star dieses Abends, das Kind Toru. Er sieht, wie das Dorf weggespült wird, und das Filmpublikum liest es in seinem Gesicht. An dieser Stelle sollte dann die künstliche Flutwelle eingefügt werden, und uns fiel wieder der darauffolgende Teil zu: Toru ist vor Schmerz und Entsetzen außer sich und würde ertrinken, wenn ihn nicht eine starke Hand packte, als er sich an die Klippe klammert. Er spielte die Rolle hervorragend, und doch erinnere ich mich vor allem daran, wie die Bevölkerung bergauf hastete, auf dem Pfad, den ihre Vorfahren so oft in Wirklichkeit eingeschlagen hatten.

Bei diesen letzten Aufnahmen gewannen wir noch tieferes Verständnis für den unvergleichlichen Mut der Leute von Kitsu, ihre Treue zum Meer und ihr Festhalten an ihrer Lebensweise – einer sauberen, guten, aber gefährlichen Lebensweise. Wir nahmen voller Liebe und Bedauern Abschied von ihnen. Ich erinnere mich an die freundlichen Gesichter im Laternenschein, an den Stolz des Dorfoberhauptes, als wir ihm Dank und Lob aussprachen, und an seine Antwort: die einzige Belohnung, die er sich wünsche, sei, daß wir ihn benachrichtigten, wenn der Film in Japan gezeigt werde.

»Wir ziehen unsere besten Sachen an und gehen sogar bis nach Tokio«, sagte er.

Oben auf dem Berg, wo im Film das Haus des Alten Herrn stand, wurden die Fackeln gelöscht. Dunkelheit lag über allem, es war zu Ende. In meinem Gedächtnis bleiben die langen schönen Tage am Meer, in Wind und Sonne, die gemeinsamen Mahlzeiten am Strand und die großen Zinnkannen voll Tee, und ebensowenig vergesse ich die Stunden, die ich halb schlafend in einem an Land gezogenen Boot verbrachte, während die Wellen murmelten und die Mittagshitze mich einhüllte. Für kurze Zeit befreite ich mich von den wartenden Schatten, von Trauer und Einsamkeit. Ich lebte für den Tag, die Stunde, die Arbeit, die heilende Sonnenwärme, den schräg fallenden Regen und das stürmische Meer.

Das Ende des Films war nun so nahe, daß wir die letzten Tagespläne festlegen konnten. Auf Kitsu folgte der einsame Strand von Chijiwa; dort sollte sich der große Haifischfang abspielen und die abschließende Szene mit den inzwischen erwachsenen Kindern, die Liebe und Leben, Freude und Sorgen vor sich haben. Danach war nur noch die Vulkan-Szene auf Oshima zu drehen und an der entsprechenden Stelle im Film einzusetzen.

Doch ich greife vor. Zuerst kommt Chijiwa an die Reihe, ein weiter, wundervoller Strand an einer unvergleichlichen Küstenstrecke. Seit Jahrhunderten ist Chijiwa unbewohnt. Man sieht dort nur die zum Trocknen ausgelegten Fischernetze, aber keine Menschen. Der Grund ist, daß Chijiwa in einem ungünstigen Winkel zum Meer liegt; Taifune und Flutwellen wüten dort mit zerstörender Gewalt, und nach wiederholten schlechten Erfahrungen kamen die Fischer endlich zur Einsicht und verlegten ihren Wohnsitz.

Trotzdem ist es, wie gesagt, ein ungewöhnlich schöner, etwa drei Kilome-

ter langer Strand, der sich weit ins Land hinein erstreckt und im Osten und Westen von hohen, malerischen Felsen begrenzt wird. Durch mein Leben in Asien und meine Vorliebe für asiatische Kunst habe ich eine besondere Beziehung zu Felsen. Sie geben der Landschaft Halt, und in den Formen, die sie durch Wetter- und Alterseinflüsse annehmen, drücken sich Naturkräfte aus. Ich sehe Stärke und Widerstand und ewige Werte in ihnen. Felsen dieser Art sind in Chijiwa, und wir benützten sie als Hintergrund für die Liebesszene zwischen Toru und Setsu.
Auch die Haifische müssen erwähnt werden. Die Szene im Film ist einzigartig, und ein ebensolches Erlebnis waren die Aufnahmen. Einmal im Jahr gehen die Fischer der Umgegend auf die Haifischjagd, denn diese gefräßigen Räuber vernichten den Fischbestand in jedem Gebiet, das sie heimsuchen, und müssen deshalb bekämpft werden. Ihr Auftauchen wird durch Schwärme kleiner Weißfische angekündigt, und auf dieses Zeichen hin beginnen die Fischer mit den strategischen Vorbereitungen. Sie laufen in gut zweihundert Booten aus, wobei sie das größte und stärkste Netz mitziehen, das man sich vorstellen kann. Die Boote bilden dann einen riesigen Halbkreis, in den die Weißfische hineinschwimmen, verfolgt von den Haien. Sobald genügend Ungetüme darin sind, schließen die Boote den Kreis, und die Haie zappeln in der Falle. An der Küste holen Hunderte von Männern das Netz ein und ziehen damit die Haie an Land. Dann erschlagen sie die Haie und schaffen sie fort; die genießbaren Teile werden gegessen, aus dem Rest macht man Öl und Dünger. Manchmal ist der Fang gut, manchmal spärlich. Im vergangenen Jahr war es nur ein einziger Haifisch, in diesem Jahr aber brachten wir ihnen Glück, behaupteten sie, denn sie töteten hundertzwanzig Stück.
Ich habe zwar keine besondere Zuneigung zu Haifischen, aber das Totschlagen war trotzdem kein genußreicher Anblick. Dagegen begeisterte mich die Fischerflotte, die in der Sonne flatternden Wimpel und die lebhafte Menge am Strand. Die Menge folgte uns überallhin, und wir hatten uns längst daran gewöhnt, sie als Teil der Landschaft hinzunehmen.
Warum sollte ich die Szene weiter beschreiben, da sie ja im Film viel eindrucksvoller ist, als ich sie in Worten schildern könnte? Es ist der uralte Kampf zwischen Mensch und Hai, und an jenem Tag siegte der Mensch. Neben dieser Schlacht fechten unsere Filmfiguren ihre persönlichen Kämpfe aus, und schließlich sieht man den erwachsenen Toru mit seiner geliebten Setsu auf das offene Meer hinausfahren.
Nun blieb noch die Fahrt nach Oshima, doch vorher mußte ich mir einen lang gehegten Traum erfüllen. Es war ein kleiner Traum, der nur mir selbst etwas bedeutete: ich wollte das japanische Häuschen am Berghang bei Unzen aufsuchen, wo ich in einem längst vergangenen Leben, wäh-

rend der Zweiten Revolution in China, Zuflucht gefunden hatte. Die angreifende Armee stand unter kommunistischer Führung, wie sich herausstellte, und sämtliche Ausländer mußten Nanking verlassen. Ich flüchtete mit meiner Familie und ein paar Amerikanern nach Japan und wohnte in den Bergen über Nagasaki. Dorthin kehrte ich nun zurück, in Begleitung einer japanischen Freundin, die für mich dolmetschte.
Wir mieteten einen Wagen mit Chauffeur und fuhren im üblichen halsbrecherischen Tempo über die kurvenreiche Straße nach Unzen. Das Bergdorf von einst hatte sich in einen modernen Badeort verwandelt, unverändert waren jedoch die heißen Quellen, die in dampfendem Strahl aus Hunderten von Felsöffnungen sprudelten, und noch immer kochte die Bevölkerung Eier darin.
Da ich mich in den neuen Straßen nicht zurechtfinden konnte, fragten wir eine junge Frau, ob sie je von Häusern gehört habe, wo vor vielen Jahren amerikanische Flüchtlinge aus China gewohnt hätten. Ihre Augen leuchteten auf: ja, ihr Großvater wisse davon, er habe oft von diesen Amerikanern erzählt. Dann holte sie den Großvater, einen mageren, quicklebendigen Greis, der uns höchst vergnügt zur richtigen Straße führte, bis wir zu guter Letzt bei der gesuchten Häusergruppe ankamen. Alles war jetzt leer und geschlossen, aber ich sah wenigstens das kleine Haus, wo wir eine Weile in Sicherheit und unter Freunden gelebt hatten, wenn auch in großer Armut. Durch die Revolution war uns alles, was wir besaßen, geraubt worden. In der Zwischenzeit hatte sich mein Leben völlig verändert. Ich war nicht mehr die von Sorgen bedrückte junge Frau, die unter diesem Dach und den darüberhängenden Tannen gewohnt hatte. Ich drängte dem Alten einen Führerlohn auf und ging wieder; ich wußte, daß ich nie mehr zurückkehren würde. Doch als wir von Unzen wegfuhren, hörten wir jemanden rufen und ließen den Wagen halten. Ich erkannte die junge Frau, und sie drückte mir ein Paket in die Hand.
»Mein Großvater sagt, Sie hätten immer solche Reiskuchen für die Kinder gekauft«, sagte sie.
So war es tatsächlich gewesen. Ich hatte es vergessen, aber er erinnerte sich noch.

Oshima hatte schon bei unserem Erkundungsausflug im Mai wie eine Höllenlandschaft ausgesehen; jetzt aber war Oktober, und der Vulkan war seit Monaten in Bewegung. Sogar in Tokio verkündete das Wetter nichts Gutes. Wir hatten ein Flugzeug gechartert, das uns mit Zwischenlandungen über den Kanal bringen sollte, doch am Morgen war der Himmel so düster, daß der Pilot nicht fliegen wollte. Die Zeit drängte, und um keine kostbaren Tage zu verlieren, buchten wir Schiffsplätze für densel-

ben Abend. Ein Taifun war angekündigt, aber wir hatten nun schon so viele Gefahren überstanden, hatten uns so oft dem Meer und der Luft anvertraut, daß dieses eine Mal mehr nicht aus der Reihe fiel.
Bei peitschendem Regen und heulendem Wind bestiegen wir einen kopflastigen, altmodischen Dampfer – glücklicherweise im Dunkeln, so daß wir nicht sehen konnten, wie viele Passagiere sonst noch an Bord gingen. Nachdem wir alle verfrachtet waren, bezogen wir sofort unsere Kabinen, und wenige Minuten später stachen wir in See.
Mir schaudert noch heute in Erinnerung an die entsetzliche Nacht. Die See tobte, Wind und Regen überboten sich, doch am schlimmsten war, daß der Dampfer viermal soviel Passagiere beförderte, als seine Tragkraft erlaubte; zudem waren es Hunderte von Kindern, die einen Schulausflug nach Oshima machten. Natürlich wurden sie auch zu Hunderten seekrank, die armen Kleinen, und bald waren die Toiletten und Gänge unbenützbar und unpassierbar. Die eigentliche Gefahr lag jedoch im Schiff selbst, das infolge des viel zu hohen Oberteils in beängstigender Weise hin und her schlingerte.
Ich bin Seereisen gewohnt und habe unzählige Male Ozeane überquert – von meiner ersten Fahrt über den Pazifik, im Alter von drei Monaten, bis zu meinem letzten Flug über denselben Ozean, in schon kaum mehr bestimmbarem Alter –, aber nie habe ich eine derartige Angst erlebt wie in dieser langen Nacht bis Oshima. Irgendwann vor dem Morgengrauen kam ein Freund zu uns, um nach seiner Frau zu sehen, die mit mir die Kabine teilte. Sein gutes Gesicht war grün vor Schrecken.
»Wir brechen alle mathematischen Gesetze«, ächzte er. »Das Schiff liegt in einem unmöglichen mathematischen Winkel. So etwas gibt es nicht. Wir sollten längst gekentert sein.«
Ich lag in meiner Koje und dachte über ein seltsames Leben nach – mein eigenes. Wie kommt es, daß eine sanftmütige, friedliebende Frau, die keinen Ehrgeiz, keinen Wunsch nach Abenteuern hat und auch keinen Sinn dafür, wie kommt es, daß sie es fertigbringt, immer wieder in Abenteuer zu geraten? Ich bin so leidenschaftlich für das Übliche, das Alltägliche, das Unbemerkenswerte eingenommen, daß ich den Fernsehapparat sofort abdrehe, wenn eine Abenteuergeschichte kommt. Vergeblich. Fortwährend bin ich in irgendein gewagtes Unternehmen verwickelt, obwohl mir alles dieser Art verhaßt ist. Und der Gedanke, im Meer zu ertrinken, ist mir von jeher besonders verhaßt. Ich finde das Ertrinken in jedem Fall unsympathisch, aber wenn es schon sein muß, dann ziehe ich ein kleines Schwimmbassin vor oder, noch besser, eine Badewanne. Ich kann die Meere nicht zählen, die ich befahren habe: den Pazifischen Ozean und kaum weniger oft den Atlantischen, das Mittelmeer, das Rote Meer und

all die Meere an den vielen Küsten von Asien. Und jetzt sollte mich anscheinend mein Schicksal zwischen Tokio und Oshima ereilen. Die springende Flut in natura.

Endlich begann der Tag, ein schwacher, nasser Tag; die Sonne stand blaß am nebligen Himmel, der Ozean schob fauchend und grollend seine weißgekrönten Wogen bald hierhin, bald dorthin. Aus dem Nichts tauchten plötzlich die Umrisse von Oshima auf, und wir zogen uns hastig an. In fünfzehn Minuten sollten wir landen. Die fünfzehn Minuten wurden eine Stunde, dann zwei Stunden, während das Schlingern andauerte. Wir konnten nicht landen, weil die See zu bewegt war. Falls der Wellengang nicht nachließ, erklärte man uns, müßten wir auf die andere Seite der Insel fahren, wo sich ein Nebenhafen befinde. Nun, er ließ nicht nach, und wir liefen also den Nebenhafen an. Eine lange Prozession bleicher, aber entschlossener Schulkinder ging an Land, und dann kamen wir an die Reihe und begaben uns im Regen zum Hotel. Diesmal war ich zu mitgenommen, um Protest zu erheben, als man mir abermals das Kaiserzimmer anwies, das ich im Mai zu großartig für die bescheidene Bürgerin einer Republik gefunden hatte.

Wir frühstückten rasch und fuhren dann bis zum Fuß des Vulkans. Für diejenigen, die reiten wollten, standen Pferde bereit. Ich zog es vor, zu Fuß zu gehen, da ich mehrere Jahre nicht mehr geritten war. Außerdem hatte mich die Erfahrung gelehrt, asiatischen Pferden, Mauleseln oder Ponys zu mißtrauen. Ihr Leben ist hart, denn im Gegensatz zu uns hat der Asiate kein Mitgefühl für Tiere. Er glaubt an Seelenwanderung und ist daher überzeugt, daß sich ein verbrecherischer Mensch in seinem nächsten Leben als Tier verkörpert, das ebensowenig Vertrauen verdient wie einst der ihm innewohnende Verbrecher. Ich selbst teile diesen Glauben zwar nicht, aber wenn ich aus dem Benehmen der Pferde, die ich in Asien beobachtete, einen Schluß ziehen sollte, so würde ich es für möglich halten, daß sie tatsächlich von irgendeiner bösen Macht besessen sind. »Setze dein Vertrauen nicht auf Pferde«, steht im Buch der Weisheit.

Kurzum, ich machte mich zu Fuß an den Aufstieg durch die dunkle und kahle Gegend, deren Schönheit zugleich malerisch und furchterregend war.

Unter dem grauen Gewitterhimmel wirkte die Landschaft noch düsterer und fremdartiger. Weiße Dampffetzen flogen aus jeder Spalte des Vulkans und der umliegenden Berge. Bei meinem ersten Besuch hatte ich keinen Dampf bemerkt; man erklärte mir, daß der Taifun die Ursache sei. Der Krater ist sehr groß und hatte sich in den letzten Tagen noch vergrößert, da die Wände durch die starken Regengüsse an verschiedenen Stellen eingestürzt waren. Die Krateroberfläche war durchnäßt und undurchlässig, und der gestaute Dampf erzwang sich Auswege am Berghang.

Immer wieder blieb ich stehen und betrachtete das Schauspiel, wie die weißen Bänder und Fahnen alle in dieselbe Richtung geblasen wurden. Ich habe viele der herrlichsten Anblicke gesehen, die es auf der Welt gibt, doch in bezug auf Großartigkeit und Furchtbarkeit räume ich dem Vulkan von Oshima, so wie er sich an diesem Tag zeigte, den ersten Platz ein.

Zwei Tage verbrachten wir dort – tollkühne, wunderbare, unvergeßliche Tage. Kurz vor unserer Ankunft hatte der Vulkan große Felsbrocken in die Luft gespien und den Berg angefressen. Überall standen Wachen und wollten uns den Durchgang verwehren, aber wir drangen trotzdem bis zum Kraterrand vor. Die Kamera wurde überall aufgestellt, wo sie überhaupt stehen oder gehalten werden konnte. Innen im Krater lief ein Absatz um die ganze Rundung, darunter fielen die Wände ins Bodenlose ab, und aus dem Abgrund quollen Wolken aus übelriechendem Gas und Dampf. Der Kameramann, seine Gehilfen und der Regisseur stiegen zum Absatz hinunter, während ich oben am Rand blieb, nicht nur aus Vorsicht, sondern auch, weil die Wachen uns gesagt hatten, daß wir um unser Leben rennen müßten, sobald wir das leiseste Grollen oder Poltern im Krater hörten. Ich wollte auf keinen Fall die jungen Männer in Gefahr bringen, da sie sich vielleicht ehrenhalber verpflichtet gefühlt hätten, auf mein Tempo Rücksicht zu nehmen.

Bei bitterkaltem Wind ging die Arbeit ohne die üblichen Scherze vor sich. Rasch und konzentriert erfüllte jeder seine Aufgabe. Mein Herz setzte mehrere Schläge aus, muß ich gestehen, als ich verfolgte, wie die Männer im Krater herumstiegen, über breite Spalten sprangen, tief im weichen Aschenboden versanken und an der äußersten Kante standen. Alles wurde mir wieder gegenwärtig, als ich in New York der Vorschau beiwohnte. Ich sah auf der Leinwand den kleinen Yukio, der mit angstvoll geweiteten Augen in den Krater blickt, umbrodelt von weißem Dampf. Kein Wunder, daß er seinem Vater zuschreit:

»Wir sind vom Unglück verfolgt, wir Japaner!«

»Warum sagst du das?« fragt der Vater.

»Meer und Berg wollen uns vernichten«, sagt Yukio.

Wir atmeten auf, als die Arbeit beendet war, und doch hätten wir das Erlebnis nicht missen wollen. Ich werde diese Landschaft nie vergessen – schwarz wie die Rückseite des Mondes. Und am dritten Tag flogen wir bei klarem Wetter über das Wasser und kamen nach genau dreiviertel Stunden wohlbehalten in Tokio an.

Fünf Tage später erfolgte ein neuer Vulkanausbruch, und der Lavaboden, auf dem wir gestanden hatten, stürzte in den Abgrund.

So ist der Film entstanden. Die Dreharbeit war nun abgeschlossen bis auf die Darstellung der Flutwelle, die im Atelier konstruiert wurde. Dorthin begab ich mich an meinem letzten Tag in Tokio. Der berühmte Spezialist erwartete mich schon, höchst elegant in einem neuen hellen Anzug, mit Hut und Spazierstock. Er begrüßte mich mit der Selbstsicherheit eines Menschen, der sich seiner hervorragenden Leistung bewußt ist, und nach Besichtigung des Modells konnte ich ihm nur recht geben. Auf einer riesigen Fläche – vielleicht so groß wie Madison Square Garden in New York, ein größerer Platz fällt mir im Augenblick nicht ein – hatte er Kitsu samt Meer und Bergen aufgebaut. Die Häuser waren vollkommene Miniaturen von einem Meter Höhe, und alles übrige hatte die entsprechenden Proportionen. Außerhalb des Ateliers befand sich ein Fluß, und die Wassermassen für die Flutwelle sollten durch große, an der Seite angebrachte Schleusen auf die Modellbauten strömen. Ich spähte in die Häuser, stieg auf den kleinen Berg und bestaunte die Genauigkeit, mit der die Küste nachgebildet war – sogar die Felsen, wo ich so oft Zuflucht gesucht hatte. Vorläufig war noch nicht alles für die Flutwelle bereit; erst auf der Leinwand sah ich sie dann mit der ganzen zerstörenden Wucht hereinbrechen. Immerhin konnte ich mir die Szene nun in allen Einzelheiten vorstellen, und ich dankte dem Künstler und verabschiedete mich von ihm.
Mein Hotelzimmer war mir in der langen Zeit ein Zuhause geworden, von dem ich mich nur sehr ungern trennte, aber es hätte keinen Sinn mehr gehabt, weiter in Tokio zu bleiben. Die Monate in Japan waren angenehm vergangen und hatten mich allmählich mit immer tieferem Frieden erfüllt. Jetzt befiel mich wieder die alte Angst vor dem Leben ohne ihn, und es graute mir davor, allein dorthin zurückzukehren, wo wir immer zu zweit gewesen waren. Doch es mußte sein. Es war kein Entfliehen und kein Aufschieben möglich.
»Kommen Sie wieder, kommen Sie bald wieder nach Japan«, sagten meine lieben Freunde; ich versprach es und riß mich innerlich los und stieg allein in das Düsenflugzeug, das mich nach New York bringen sollte.

Ich spreche von New York, obwohl New York natürlich nur auf dem Weg zu meinem Landhaus in Pennsylvanien liegt. Aber ich habe ein Absteigequartier in New York, dieser Stadt der Wunder und Schmerzen. Er und ich hielten uns dort immer eine Wohnung. Für ihn war es sowohl eine berufliche als auch eine geistige Notwendigkeit, und ich habe unsere Tradition fortgeführt, allerdings nicht in derselben Wohnung, die wir so viele Jahre zusammen benützt hatten. In den vertrauten Räumen hielt mich die Qual der Erinnerung gefangen. Ob ich freiwillig umgezogen wäre,

weiß ich nicht, doch die Wolkenkratzer aus Stahl und Glas drangen immer weiter in unsere Straße vor, und das Gebäude, in dem wir uns eingerichtet hatten, sollte abgerissen werden. Ich fand eine Wohnung etwas näher bei der Stadtmitte in einem neuen Haus, wo es nur noch die Erinnerungen für mich gab, die ich im geheimen überall in mir trage.
Und jetzt erzähle ich eine Geschichte, die nichts mit dem Film zu tun hat, außer daß sie mir selbst als Schlußszene dient. Bei der Wohnungssuche half mir eine meiner Töchter, indem sie die nicht in Frage kommenden Angebote ausschied und mich dazu überredete, die zwei oder drei vielleicht brauchbaren Möglichkeiten zu besichtigen. Eines Abends sah ich mir diese Wohnungen an. Ich war eilig, und es hatte ohnedies keine große Bedeutung mehr für mich, wo ich hausen würde. Wir traten in kahle, ungestrichene Räume. Ich sah ein breites Fenster und dahinter flüchtig ein Dach; es sei ein Schulhaus, sagte meine Tochter, und der Vorteil wäre hier, daß mir keine höheren Gebäude die Aussicht nehmen würden. Auch daraus machte ich mir nicht viel, denn wann hätte ich in New York jemals Zeit, die Aussicht zu betrachten? Außerdem habe ich in Pennsylvanien Aussicht genug. Ich entschloß mich rein impulsiv.
»Ich nehme die Wohnung.«
Die Wahl war eigentlich überstürzt, eine Zufallssache. Allmählich beginne ich aber zu glauben, daß es auf dieser Welt keine bloßen Zufälle gibt. Denn nun kommt die Einleitung zu dieser abschließenden Geschichte:
In meiner Kindheit hatte ich oft keine Lust, meine Pflicht zu tun, worauf mein Vater fest und sanft zu sagen pflegte:
»Wenn du es nicht tun willst, weil es recht ist, dann tu es zur größeren Ehre Gottes.«
Zur größeren Ehre Gottes also und auch meinem Vater zuliebe, allerdings immer noch widerstrebend, tat ich dann, was getan werden mußte, wenigstens so oft wie möglich.
Und nun zurück zu der Wohnung. Ich ging kein einziges Mal mehr hin, während sie hergerichtet wurde. Erst als alles fertig war, öffnete ich die Tür und trat sofort an das breite Fenster. Ich erinnere mich, daß es ein strahlender Tag war, einer der besten, die New York zu bieten hat, mit frischem Meerwind und blauem Himmel. Und direkt vor mir am andern Haus, unter dem Dach entlang, las ich in großen eingemeißelten Buchstaben:

AD MAIOREM DEI GLORIAM

Auch während ich jetzt schreibe, stehen die Worte vor meinen Augen. Zur größeren Ehre Gottes! Was bedeutet diese Stimme aus dem Grab, aus

dem Grab meines Vaters? Er ist auf einem Berg mitten im Herzen von China beigesetzt, in einem Land, das für mich verloren ist. Ich bin hier und lebe, tausend Meilen von ihm entfernt. Sind wir durch meinen Vater in Verbindung, er und ich? Das ist nicht möglich.
Wie kann ich zu behaupten wagen, daß es nicht möglich sei?
Eines Tages werden wir wissen. An welchem Tag? An jenem Tag vielleicht, wenn Heilige und Wissenschaftler sich zu der Erforschung der Wahrheit vereinen. Die Heiligen, die Glaubenden sollten die Wissenschaftler mutig zur Mitarbeit drängen, um mit ihrer Hilfe festzustellen, ob der Geist als Energie weiterlebt, wenn die Masse, die wir Körper nennen, nicht mehr das Gefäß ist. Der Glaube stellt die Hypothese auf, aber nur die Wissenschaft kann die Methoden zur Bestätigung liefern. Der Ungläubige wird die Forschungsarbeit niemals durchführen. Er ist statisch, eine Salzsäule, für immer mit zurückgewandtem Blick.
Es gibt keine Wunder, dessen bin ich gewiß. Wenn man auf dem Wasser wandelt und die Kranken heilt und die Toten zum Leben erweckt, so ist das nicht Zauberkunst, sondern eine Frage des Wissens, wie man vorzugehen hat. Es gibt nichts Übernatürliches, sondern nur das überaus Natürliche, das rein Wissenschaftliche. Wissenschaft und Religion, Religion und Wissenschaft, wie auch immer ich es drehe, sind zwei Seiten desselben Fernglases, durch das wir verschwommen sehen, bis die beiden Linsen richtig eingestellt sind, so daß sie die Wahrheit enthüllen.
Eines Tages, wenn die Botschaft aus der Ferne, wo »die große Mehrheit« wohnt, zu uns durchdringt, wird uns der Beweis erreichen; nicht in Gestalt von Engelsscharen im Himmel, sondern als Wellenlänge, die in einem Laboratorium aufgefangen wird: eine Wellenlänge, die so unbestreitbar persönlich ist, wie ein Fingerabdruck zu jemandem gehört, dessen Körper sich in Staub verwandelt hat. Der Wissenschaftler, der die Wellenlänge erkennt, wird dann ausrufen: »Aber das ist ja jemand, den ich kenne! Ich habe diese Wellenlänge notiert, als er noch lebte.« Und er wird sein Material mit der soeben aufgefangenen Wellenlänge vergleichen und wird dann wissen, daß es endlich ein Verfahren, eine Maschine gibt, die eine seit Jahrhunderten erträumte Botschaft zu empfangen vermag, die Botschaft der fortdauernden individuellen Existenz, die wir als Unsterblichkeit der Seele bezeichnen.
Vielleicht auch wird sie nicht von einem Wissenschaftler empfangen, sondern von einer Frau, die wartend am Fenster steht und in den Himmel blickt.

Knaur®

Die großen Romane

McCarthy, Mary:
Die Clique
352 Seiten. Band 218.

Michener, James A.
Die Bucht
928 Seiten. Band 1027.

Paretti, Sandra:
Der Wunschbaum
288 Seiten. Band 519.

Styron, William:
Sophies Wahl
608 Seiten. Band 810.

West, Morris L.:
Der Salamander
320 Seiten. Band 443.

Wouk, Herman:
Die „Caine" war ihr Schicksal
608 Seiten. Band 689.

Du Maurier, Daphne:
Rebecca
400 Seiten. Band 1006.

Simmel, Johannes Mario:
Es muß nicht immer Kaviar sein
560 Seiten. Band 29.

Danella, Utta:
Der blaue Vogel
448 Seiten. Band 459.